아이는 혼자 울러 갔다

읽어 두기
이 책은 2012년에 나온 《달려라, 탁샘》을 새로 정리해서 펴냈습니다.
아이들이 쓴 글은 맞춤법에 따르지 않고 그대로 실었습니다.

# 아이는 혼자 울러 갔다

오색에서 공수전에서 상평에서 아이들을 만나다

탁동철 씀

양철북

오래오래 같이 보아주는 사람,
정말 몰라서 자꾸 묻는 사람은
한 아이를 얼마나 기쁘게 할까.
모르고, 모르는 사람끼리
같이 헤매며 알아내는 과정은 아름다울 수 있겠지.

# 생라면

오색초등학교(1998년~2001년)

# 오색 아이들

학교 옮겼다. 복식 수업을 하는 학교다.

올해는 잘해 봐야지, 잔뜩 기대를 하고 첫날 교실에 들어갔다. 어수선하다. 그래도 첫날인데 '어떤 선생인가' 기대하는 눈빛으로 나를 바라봤으면 좋겠는데 다들 별 관심이 없다는 얼굴이다. 가방 메고 서성이며 앉는 자리 때문에 다툰다.

"자리에 앉아."

"어디에 앉아요?"

우선 아무 데나 앉으라 했는데도 앉을 줄 모르는 아이가 있다. 어깨를 잡고 털썩털썩 앉혀 주었다. 정현이라는 남자아이가 얼굴을 잔뜩 찡그리며 책상이 너무 작아요, 에이, 하며 책상을 발로 민다. 내일 바꿔줄게, 했더니 옆에 있는 여자아이 책상을 끌어당긴다.

"이거랑 바꿔 줘요! 에이."

참자, 참는다. 다가가서 어깨를 주무르며 "내일 꼭 바꿔 줄게, 꼭" 하며 비위를 맞췄다.

1년 동안 같이 살 건데 나한테 바라는 게 뭐냐고 물었더니 때리지 말아 달라고 한다. 니들이 나를 안 때렸으면 좋겠다고 했다.

아이들이 좀 일찍 학교에 왔으면 좋겠는데 9시나 되어야 온다. 서류 정리할 것도 많고 해서 다른 선생님들이 학교 나오기 전에 아이들을 봐야 좀 느긋하게 말도 하고 일기장도 보고 할 텐데 안 그렇다. 학교를 한 바퀴 돌고 교무실에 앉아 공문을 뒤적이다 보면 아이들이 하나둘 교문을 들어선다. 책가방을 운동장에 벗어 놓고 노는 아이도 있다.

한 주가 지났다.

월요일, 마지막 시간 영어 시간에 정현이와 명준이가 싸웠다. "둘 다 손들고 있어!" 했다가 10초 뒤에 "이제 내려!" 했더니 책상을 "꽝" 치고 자리에 엎드려서 운다. 다가가서 정현이를 덜렁 들었다. "놔요, 놔요" 하며 떠민다. 다른 아이들이 와아, 하며 힘세다고 수군거린다. 청소 끝나고 정현이와 둘이 앉아 새끼손가락 걸고 엄지손가락으로 도장 찍으며 얘기했다. 너는 싸우지 않기, 나는 벌주지 않기. 하지만 고개 푹 숙이며 버스 타러 가는 아이를 보니 마음이 편하지 않았다.

다음 날, 음악 시간에 장구를 치며 '어화둥둥 우리 사랑'이란 노래를 가르쳤다. 아이들이 꼭 가수 현철처럼 음을 꼬아서 부른다. 테이프 노래 들어 보라고 녹음기를 틀고 있는데 난로가 엎어졌다. 잠깐 눈 돌린 사이에 3학년 남자아이 둘이 투닥대다가 엎어뜨린 것이다. 난로 위에 있던 주전자가 떨어지면서 물이 튀어 4학년 여자아이들이 죽는다고 얼굴과 목을 만지며 운다. "빨리 가서 찬물에 씻어라" 해 놓고 물을 만져 보니 그냥 미지근하다. 불 안 난 게 다행이다. 학교 다 태울 뻔했다고 소리 지르며 야단치는데 정현이가 나한테 오더니 껌을 먹으라고 준다. 제 딴에는 어제 일도 있고 해서 앞으로 잘 지내자고 준 것이겠지만 하필이면 이럴 때 주나. "싫어!" 하고 소리쳤다. 나중에 생각하니 '학교 오면서부터 껌 줄라고 생각했을 텐데, 받을 걸' 후회가 되었다.

이곳 아이들은 날마다 뭘 들고 온다. 둘째 날은 사과 한 개를 내 책상 위에 올려놓더니 그다음 날은 4학년 여자아이가 꼬불꼬불한 라면땅 한 봉지와 빨간 병을 하나 준다. 병에다 물을 넣고 빨간 물감을 탄 것이다. 그걸 보고 그다음 날은 3학년 여자아이가 노란 물감 탄 병과 파란 물감 탄 병을 들고 왔다. 저녁때는 집에 와 보니 아이들이 포장지에 싼 선물을 마루에 놓고 갔다. 풀어 보니 때가 끼고 실밥이 조금 풀린 고슴도치 인형과 손바닥만 한 사기 저금통 한 개였다. 그 뒤에도 뻥튀기 한 봉지, 껌 두 개, 사탕 한 개, 식혜 한 통을 받았다. 안 되겠다 싶어서 앞으로 절대 가져오지 말고 교실에 뭐 먹을 거 있으면 똑같이 나누어 먹자고 했다. 나중에 들으니 4학년 여자아이는 나 먹으라고 김밥을 싸 왔다가 그 말 듣고 그냥 가져갔다고 한다.

오후에는 공부가 먼저 끝난 1학년 아이들이 교실에 들어와서 논다. 막자사발에 물을 떠 와서 흙을 찧고 논다.

아이들 글을 모아서 신문 같은 거라도 만들었으면 좋겠는데 당분간은 좀 어렵겠다. 일기장을 보면

연실이 "이상한 사람을 보았다. 정말 웃겼다."

명준이 "개구리를 잡았다. 즐거운 하루였다."

이렇게 쓰고 다른 아이들도 거의 이와 비슷하니 말이다. 4학년 아름

이는 일기를 잘 써서 3학년 때 상을 받았다고 한다.

"방학 때 한 달 정도 밀린 일기를 한꺼번에 썼는데요, 일기 잘 썼다고 상 받았어요. 그것도 금상을요."

3학년 광복이는 입도 큰데다가 하루에 다섯 번은 운다. 수연이가 바보라고 놀렸다고 울고, 자기 리코더 어디 갔다고 울고. 눈물을 줄줄 흘리고 입을 다 벌리고 엉엉 소리 내어 운다. 화요일에는 사물함 뚜껑이 안 닫힌다고 우는 걸 덜렁 안고 교무실에 데려갔다. 교감 선생님이 "야, 뭐 6.25때 아가 다 있나!" 하고 소리쳐서 웃음이 나왔다.

교장 교감 선생님하고 단단히 다짐을 한 모양이다. 좀 이따가 교실에 들어오며 "앞으로는 안 울 거예요" 한다.

"교감 선생님이 뭐라 하더니?"

"남자는 세 번만 울어야 된다고 했어요."

"어떻게 세 번인데?"

"아버지 돌아가셨을 때 한 번, 어머니 돌아가셨을 때 한 번, 그리고 장가가서 부인이……."

"부인이 어떻게? 술 먹고 들어와서 때릴 때 한 번 울라 그랬니?"

"예!"

점심 먹으며 교감 선생님한테 물어보니 "장가가서 색시가 죽었을 때 한 번"이라고 말해 주었다 한다.

열흘쯤 지났다. 학교 가는 게 즐겁다. 아침저녁으로는 뒷산 돌각담에 새들이 몰려와 운다. 점심 먹고는 숙직실 옆에 바람 안 부는 따뜻한 양지쪽에 앉아 햇볕을 쬔다. 학교 둘레에 있는 나무순이 날마다 불거지는 것이 보인다. 열 명 되는 아이들이 서로 자기가 먼저 말하겠다고 엉덩이를 들썩들썩한다.

오늘 체육 시간에는 4학년 여자아이가 장화 비슷한 걸 신고, 내복 위에 치마를 입고 한 손에는 과자 봉지를 들고 한 시간 내내 뛰어다녔다.

[ 1998.3.16 ]

# 핫도그

아침에 학교 와서 교실에 들어가니 3학년 광복이 얼굴이 벌겋다. 4
학년 아름이가 "동생이 머리가 아파서 그러는데요, 집까지 데려다주세
요" 한다. 아프면 학교 못 온다고 전화를 하거나 쪽지를 보내도 되는데
힘들게 학교까지 왔다. 결석을 하기 싫어서 그랬겠지. 집까지 차를 태
워 주었다.

점심시간이 되어서 밥 먹는 컨테이너 교실에 가니 핫도그가 나왔다.
직원들은 밥을 다 먹고 자리에 앉아 있다. 음식 만드는 아주머니가 핫
도그에 케첩을 발라 주며 먹으라고 해서 하나씩 먹고 있다.

아이들은 밥과 핫도그를 다 먹고 나가 논다. 그런데 아름이는 다 먹
었는데도 나가지 않고 문밖으로 몸을 반쯤 내놓고 서 있다. 목을 움츠
리고 말없이 몸을 오른쪽 왼쪽으로 기우뚱기우뚱한다. 나는 뭔 할 말이
있는 모양이구나 생각했다. 교감 선생님이

"넌 왜 거기에 서 있냐? 다 먹었으면 나가지."

그래도 안 나가고 기웃기웃한다. 음식 만드는 아주머니가 "자가 핫

도그 남으면 지 동생 줄라고 저러고 있잖아요." 그러면서 한 개 남은 핫
도그를 주었다. 그제야 그걸 받아 들고 나간다.

　교실에 와 보니 벽에 붙은 한지를 뜯어서 핫도그를 싸고 있다. 얼마
나 먼지가 많이 붙었겠나. 내가 교무실에 가서 하얀 종이를 갖다 주었
다. 집에 누워 있을 동생 광복이가 그걸 보면 얼마나 좋아할까.

[ 1998.3.25 ]

# 사회 시간

오후 과목은 4학년 사회, 3학년 자연이다. 사회는 '축척'을 공부할 차례다. 4학년은 달랑 셋이니 한 아이라도 모르면 그냥 넘어갈 수가 없다. "지도에서 1cm가 실제 거리로 5km라면 5cm는 몇 km일까" 알아보는 것이다. 3학년은 자연 '올챙이 관찰' 단원이라서 어항에 있는 올챙이를 살피고 그림으로 그려 보라고 했다.

4학년 축척은 설명을 해도 알아듣지 못해서 자꾸만 되풀이했다. 3학년은 벌써 다 마치고 "이제 뭐 해요, 뭐 해요" 한다. 나는 축척을 설명하는 데 한참 열이 올랐기 때문에 다른 데 정신을 쏟을 여유가 없다. 좀 기다리라 해 놓고 축척만 했다.

"1cm가 5km면 2cm는 10km. 3cm는 15km, 4cm는 20km. 그럼 5cm는 얼마냐?"

칠판에 줄을 죽죽 그으며 목소리를 높이는데, 아이들은 모르겠다며 앉아서 웃기만 하니 속이 터진다.

"아이고, 3학년 다 나가 놀아라!"

4학년 세 명 다 칠판 앞으로 나오라고 해서 칠판에 숫자를 쓰면서 다시 말했다. 말하고 또 말했다. 아무리 해도 "너무 어려워요, 복잡해요" 하며 웃는다.

"지도에서 1cm가 실제 거리로 3km면 지도에서 3cm는 실제로 얼마냐?"

"사탕 한 개에 3원이라면 사탕 세 개는?"

내 목소리가 점점 커졌다. 아이들은 이제 알다 모르다 한다. 쉬지 않고 이것만 했다. 벌써 3시가 넘었다. 3학년이 놀다 지겨운지 교실에 들어온다. 4학년은 여전히 한숨만 쉬고 있다. 3학년 장선이가 교실에 들어와 칠판을 보더니 소리친다.

"구구단으로 하면 되잖아, 9km!"

장선이 말을 듣고 나도 모르게 말이 헛 나왔다.

"아이고, 1학년 아이들 데려다 놓고 해도 알겠다."

내 말이 끝나자마자 유정이가 연필을 집어 던지며 자리에 앉아 머리를 파묻었다. '아이고, 실수!'

"얘들아, 이제 그만하자. 너무 한 가지만 오래 하니까 점점 머리가 복잡해진다야."

사회 때문에 마지막 시간은 못 하고 말았다. 유정이한테 그만 화 풀라고 했다.

"그래 미안하다. 내가 말을 잘못했어."

여전히 책을 책상 위에 세게 팍팍 놓는다. 자꾸 화를 낸다. 나는 자꾸 변명을 했다.

"니네가 장난처럼 공부를 하니 나도 모르게 그런 말을 했잖아."

집에 갈 때도 쿵쿵 걸으며 화난 얼굴로 교실 밖을 나간다. 괴로웠다. 그런데 가면서 "안녕히 계세요" 한다. 조금 마음이 놓였다. 이건 비율 문제니까 6학년 수학 시간에 해도 되는데, 시간이 지나면 저절로 알 수 있는 건데 욕심을 내다가 실수를 하고 말았다.

마음이 울적해서 밖에 나가 한참 앉아 있었다. 그래, 4학년 아이들이 1cm면 1cm고 2cm면 2cm지, 1cm가 1km 되는 걸 어떻게 알겠나. 선생이 알기 쉽게 설명도 못하니 모르는 게 당연하지. 다음 사회 시간에는 사진을 들고 가서 "봐라, 내 얼굴은 이만한데 사진은 요만하다. 이렇게 줄여 놓은 게 축척이다" 하고 끝내야지. [ 1998.3.31 ]

# 쓰레기통

공부가 끝나자마자 학부모가 찾아왔다. 아이가 다른 애한테 얻어맞아서 보다 못해 왔다고 한다. 아이들한테 청소하라 해 놓고 얻어맞는다는 아이 어머니와 계단에 서서 이야기를 했다. 길게 말하지도 않았다. 이야기를 마치고 교실에 들어오니 이게 어찌 된 일이냐! 아이들이 하나도 없다. 아니, 반장 혼자 걸상에 앉아 있다.

"애들 다 어디 갔나?"

"다 도망갔어요."

참 귀신같구나. 그 짧은 시간에 다 가 버리다니. 벌써 이게 세 번째다. 틈만 보이면 없어진다. 처음에는 그럴 수도 있지, 했는데 그게 아니다. 얼굴에서 열이 막 난다. 가슴 한구석이 꽉 막힌다. 청소가 얼마나 중요한지 책임이란 게 무엇인지 깨우치겠다고 삼풍백화점 무너진 이야기며, 감옥 간 대통령 이야기며 별별 소리를 다 했는데 도무지 통하지가 않는구나. 다른 선생님들은 이런 말을 하면 아이들이 감동을 받아서 청소 잘한다더구만. 이건 자기 편할 생각만 하니, 이런 아이들과 앞으로 1년을 어찌 사나. 참을 수가 없다.

'하나하나 다 전화해서 다시 학교로 오라 할까.'

밖을 보니 우리 반 아이들이 축구를 하고 있다. 교실에 앉아서 한숨만 쉬었다. 칠판 밑에는 우유가 한 줄로 쭉 늘어서 있다. 스물두 개다. 날마다 잔소리하는데도 날마다 남는다. 아이들이 우유 먹는 걸 잊어 먹어서 남는 게 아니다. 어쩌다 딸기 우유라도 오면 서로 차지하려고 난리다. 자기 우유 없어졌다고 우는 아이도 있다. 이걸로 봐서 우유 먹는 게 싫어서 교실에 처박아 두는 게 분명하다. 안 먹으려면 아예 우유 신청을 하지 말 것이지, 돈 버리고 쓰레기 생기고 억장이 무너진다. 부모들은 옛날 생각으로, 남들 다 먹는데 우리 아이만 멀뚱멀뚱 남 먹는 것 쳐다보고 있지나 않을까 싶어서 우유를 자꾸 신청하는 모양이지만 아이가 먹기 싫다는데 억지로 먹이면 오히려 탈이나 생기지 않을까. 어쨌든 먹기 싫으면 집에 가져갈 것이지, 날마다 잔소리 들으면서 날마다 버리고 간단 말이냐.

우유는 한 줄로 나란히, 교실은 어수선. 점점 뒷머리가 뜨거워진다. 머리에서 김이 난다. 못 참겠다. 벌떡 일어나서 교실 뒤에 있는 쓰레기통을 들고 휙 뿌렸다. 조금 속이 시원하다. 그래, 막가자. 그동안 뒷면 쓰려고 종이 상자에 모아 둔 종이며 앞뒤 다 쓴 종이며 할 것 없이 막 교실에다 뿌렸다. 칠판 턱에 있던 우유도 내던졌다. 어떤 것은 부딪혀서 터진다. 우유를 아이들 책상에다 부었다. 이제 교실에는 더 버릴 만한 게 없다. 방송실에 가서 비닐봉지에 담긴 쓰레기를 가져왔다. 교실에 쫙쫙 뿌렸다. 속이 씨원하다. 칠판에다가 "주인이 안 먹는 우유는 책상이 대신 먹었다"고 썼다. 앞에 앉아 넋을 놓고 교실을 바라보았다.

옆 반 선생님이 보더니 오늘 기분이 별로 안 좋았는데 이걸 보니 상쾌하다고 했다. 나중에 들으니 주임 선생은 아침에 나한테 잔소리한 게 있는데 그것 때문에 내가 교실을 이 모양으로 한 줄 알고 마음에 걸렸다고 한다. 교실 감상을 한참 하다가 밖이 어두워진 다음에 학교를 나갔다.

'앞으로 일주일 동안은 절대 청소 못 하게 해야지. 교실에서 썩는 냄새가 나면 좀 느끼겠지.'

다음 날 아침 8시 20분쯤에 교실로 오니 남자아이 둘이서 앞문 뒷문을 지키고 있다. 다른 반 아이들은 얼씬도 못 하게 막고 있다. 내가 교실에 들어가도 본체만체한다. 책가방은 앞에 쌓아 놓고 걸상은 뒤에 쌓아 놓고 청소한다고 난리다. 걸레질하는 아이, 빗자루로 쓰는 아이. 밖에 나가 노는 아이들은 하나도 없다. 기분이 안 좋다. 일주일 동안 청소 안 하려던 계획이 무너지고 말다니. 아이들이 칼로 책상을 긁고 있기에 들통에 물을 떠 와서 책상에 붙어 버린 종이를 떼 주었다. 꼴도 보기 싫어서 다시 밖으로 나왔다.

첫째 시간 시작종이 울려 다시 들어왔다. 교실이 깨끗해졌다. 아무 일 없다는 듯 공부 시작하려는데 남자아이가 따진다.

"왜 선생님 책상에는 우유 안 쏟고 우리 책상에만 우유 부었어요?"

생각해 보니 그렇다. 그나저나 기껏 모아 두었던 재활용 종이를 다 버린 것이 마음에 걸린다. [1997.4.11]

*1997년 삼척초등학교에 있을 때 쓴 글입니다.

# 광복이랑 연실이

광복이와 연실이는 사이가 안 좋다.

연실이가 광복이 싸대기를 때려서 광복이가 코피를 흘리며 울었다. 며칠 전에는 광복이가 연실이 배를 걷어차서 연실이가 울었다. 광복이는 맞은편에 앉은 연실이 물건이 조금만 자기 책상에 넘어와도 화를 낸다. 연실이를 바로 안 보고 째려본다. 연실이는 광복이가 얄미워서 광복이 물건을 감추기도 한다. 광복이 물건은 원래부터 제자리에 있는 적이 거의 없고 발이 달린 듯 여기저기 돌아다니기 때문에 광복이가 학교에 와서 하는 일의 반은 자기 물건 찾느라 돌아다니는 일이다. 학교 기사님이 운동장에서 자연책을 주워다 주고, 내 책꽂이에 와서 자기 책 찾아가고, 교과서를 집에서 가져오지 않고는 책이 어디 갔다며 가방을 쏟아붓고는 뒤진다. 그러니 광복이를 골려 줄 마음만 먹으면 물건 어디다 감추는 건 쉬운 일이다.

어제는 광복이 지우개를 연실이가 감추었는데 가방에 감춘 걸 광복이가 찾아냈다. 지우개를 칼로 자르고 구멍을 뻥뻥 뚫어 놨다. 연실이는 아주 혼이 났다. 다시는 남의 물건을 함부로 하지 않겠다고 약속하며 울었다.

오늘 아침에 광복이가 또 지우개를 잃어버렸다. 어제 찾아 놓은 건데 하루를 못 간다. 지우개 찾는다고 공부고 뭐고 다 집어치우고 책상 밑에 머리를 집어넣고 "내 지우개, 내 지우개, 내 지우개 어디 갔나" 찾더니 멀쩡히 있는 연실이 가방을 열어 본다.

광복이를 일으켜 세워서 꾸중을 했다.

"너는 무조건 연실이만 의심하냐. 연실이는 그런 짓 안 한다. 물건을 제대로 간수 못하는 네 잘못이다."

연실이는 식식대며 머리를 숙이고 앉아 있다. 내 말이 끝나고 아이들과 다른 얘기를 하고 있는데 광복이가 손을 들고는 "어떨 때는요, 연실이가 참 착해요" 한다.

갑자기 이런 말은 왜 하나. 좀 전에 일로 연실이한테 미안한 마음이 든 모양이다. 고개 숙이고 있던 연실이가 웃으며 얼굴을 든다.

오늘 반장 선거하는 날이다. 아이들이 반장은 있어야 된다고 하도 우겨서 할 수 없이 반장을 만들었다. 처음에는 일주일마다 돌아가면서 했는데 얼마 전부터 선거를 해서 뽑고 있다. 한 번 반장을 해 본 아이는 바로 그다음 주에는 후보로 나올 수 없도록 했기 때문에, 아이들한테 크게 미운 짓을 하는 아이가 아니면 골고루 반장을 할 수 있다. 반장을 하고 싶은 아이는 자기가 일주일 동안 아이들한테 어떻게 봉사할 것인지 말한 다음에 아이들이 뽑아 주기를 기다리면 된다.

3학년 광복이는 반장을 선거로 뽑자고 한 날부터 한 번도 빠짐없이 반장 후보로 나왔다. 하지만 한 표도 얻은 적이 없다. 오늘이 일곱 번째 인가, 여덟 번째인가. 자기가 반장 하겠다고 칠판에 이름을 올려놓기는 하지만 한 표도 안 나온다. 자기라도 손들면 한 표는 나올 텐데 다른 사람한테 손을 들어 준다. 선거 때마다 "최광복 : 0표"이다. 그런데도 끈질기게 반장 후보로 나온다.

아이들이 "반장 선거합시다" 해서 또 반장을 뽑기로 했다. 4학년 김유정, 4학년 최아름, 3학년 최광복. 이번에도 광복이는 후보로 나섰다. 유정이는 일주일 동안 아이들 도와줄 일이 없을까 생각해서 열심히 할 일을 찾아 하겠다고 했다. 아름이는 교실 정리를 하고 청소를 열심히 하겠다고 했다. 광복이는 아이들이 싸우면 뒤에서 꽉 안아서 말릴 거예요 한다. 아이들이 모두 책상에 엎드리고 손을 들어서 반장을 뽑는다.

"김유정이가 하면 좋겠다는 사람 손들어 봐라."

네 사람이 손든다. 칠판에 "김유정 : 4"라고 적었다.

"최아름이가 좋겠다는 사람?"

세 명.

"최광복이가 반장 하면 좋겠다는 사람?"

어? 한 표 나왔다. 광복이 맞은편에 앉은 연실이가 살그머니 손을 들었다. 칠판에 "최광복 : 1" 이렇게 썼다. 광복이가 드디어 한 표를 얻었다. 아이들이 박수를 쳤다.

광복이 지우개는 청소 시간에 정현이가 바닥을 쓸다가 주워서 광복이 책상에 올려놓았다. [ 1998.6.13]

# 삼팔선

자리를 바꿔 앉았다. 정현이와 연실이가 짝이 되었다. 첫째 시간부터 정현이가 화를 낸다. 연실이 책이 자기 책상에 넘어온다고 그런다. 책상 가운데에 금이 그어져 있다. 오래전에 누군가 그어 놓은 것이다.

"어휴, 넘어갈 수도 있지. 조금씩 참고 살자."

자꾸 언짢아졌다. 오늘은 수요일이라 네 시간만 하고 간다. 마지막 쓰기 시간만 끝나면 밥 먹고 집에 간다. 3학년은 쓰기 책에 나오는 글씨 바르게 쓰기를 하고 있고 4학년은 감상문 쓰기를 하고 있다. 4학년 쪽에 가서 감상문에 대한 이야기를 하는데 정현이는 글씨를 쓰다 말고 또 화를 낸다.

"연실이가 자꾸 넘어와요."

나는 내 입에 손을 대고 "쉿! 똑바로 앉아" 해 놓고는 4학년 감상문 쓰기를 봐주었다. 4학년 공부가 먼저 끝나서 쉬라 하고 3학년 쪽으로 오니 정현이가 삐딱하게 앉아 있다. 팔꿈치가 썩 연실이 쪽으로 넘어가 있다.

"봐라, 너도 넘어가잖아."

"아니에요. 연실이는 계속 넘어와요, 이씨."

주먹을 쥐고 연실이를 겁준다.

"왜 연실이한테 그러냐?"

"아침에 내가 넘어갔다고 연실이가 나를 걷어찼어요."

이런 걸로 자꾸 공부를 방해하니 분통 터진다.

"좋아, 내가 봐줄 테니까 아예 넘어가지 마라" 하고는 막대기를 책상 가운데 금 위에 올려놓았다.

3학년 공부 마저 마치고 점심시간이다.

"둘 다 이제 그만하고 밥 먹으러 가자."

정현이가 안 나간다. 화가 안 풀린 얼굴이다. 교실 문이 연실이 쪽에 있는데 아예 책상 금을 안 넘어가겠다는 것이다. 그러면서 하는 말이 "연실이도 못 가요, 급식소가 내 쪽에 있잖아요." 급식소는 교실 문을 나가서 오른쪽에 있다. 책상을 중심으로 밖에까지 쭉 금을 긋는다면 정현이 쪽이다. 연실이도 꼼짝 않고 자리에 앉아 있다. 아무리 그래도 밥은 먹어야지.

"연실아, 일어나라. 정현아, 연실이 가라 해라."

정현이가 싫다고 한다.

"연실아, 정현이 보내 줘라."

연실이도 고개를 흔든다. 또 말했다. 밥은 먹어야 되지 않겠냐고. 그래도 끝내 버틴다. 어디 마음대로 해라 해. 두 아이를 놔두고 나만 가서 밥을 먹었다. 꾸역꾸역 먹었다.

남들 다 청소하고 집에 가는데도 두 아이는 끝까지 앉아서 버틴다. 집에 가는 아이들한테

"정현이네 집에 가서 엄마보고 저녁밥 가져오시라고 해야겠다. 아마 밤 12시가 넘어도 안 갈 거야."

두 아이를 교실에 남겨 두고 나만 교무실에 가서 앉았다. 좀 있다가 둘이 같이 교무실 앞에 와서 이제 가겠다고 한다. 정현이가 먼저 연실이한테 집에 가도 된다고 말했다 한다.

아이들이 다 집에 간 뒤에 '내가 너무 속 좁게 행동했구나' 싶어 자꾸 후회가 되었다. 그냥 두 녀석 다 덜렁 들고 가서 밥 먹일 것을.

다음 날 자연 시간에 4학년은 우유 단백질 분리 실험을 하고, 3학년은 날씨와 생활의 관계에 대한 그림을 그렸다. 4학년은 우유에 식초를 붓고 우유가 굳어지기를 기다리느라 시간이 걸렸다. 3학년 명준이와 광복이는 그림을 먼저 그리고 나서 4학년 쪽을 기웃거린다. 4학년 유정이가 "야, 너네 이쪽으로 오지 마. 이거 엎지르면 큰일 난다" 하니까 3학년 명준이가 말한다.

"알았어, 이제 거기 삼팔선이다."

4학년 아이들 셋 다 깜짝 놀라며 "아니야, 삼팔선 아니야. 여기 와도 되는데 식초 엎지르면 니네가 다칠까 봐 그러는 거야. 올라면 와."

서로서로 말한다. [1998.7]

# 상 받는 날

월요일 아침. 전교생이 벚나무 아래에 모여 아침 조회를 했다. 얼마 전에 현산 문화제 백일장에서 입상한 아이와 호국 글짓기와 포스터 그리기, 웅변대회에서 입상한 아이들이 상을 받는다. 상 받은 아이들은 좋아서 얼굴에 웃음이 가득하다.

3학년 수연이가 백일장에서 받은 장려 상장과 공책 한 권을 받아 가지고 자기 자리에 들어갔다. 상장을 발아래 놓고 열중쉬어 하고 있다. 교장 선생님이 말씀하시는데 수연이 상장이 바람에 펄럭인다. 옆에 서 있던 연실이가 수연이 상장이 날아가지 않도록 얼른 공책 밑에 눌러 놓는다. 연실이가 상 받는 것을 아직 한 번도 못 보았지만 남이 상 받을 때 박수는 열심히 친다.

교실에 들어가니 아이들이 시무룩하다. 상 받는 날은 늘 이랬다. 우리 반에서 상 받은 아이들 세 명만 빼고, 거기에 연실이 빼고는 다들 기운이 없어 보인다. 다른 날은 공부 시작하기 전에 "노래 불러요, 일기 발표할래요" 하더니 오늘은 "빨리 공부나 해요" 한다. 아이들 마음을 달래 볼까 해서 한마디 했다.

"상을 받든 못 받든 자기 그림에 온 정성을 다 들였으면 그건 자랑스러운 일이다."

이런저런 말을 해도 아이들 얼굴이 안 펴진다.

"남 상 받는 걸 보면 어떤 생각이 드니? 나도 저렇게 열심히 해야지 하는 생각이 드니?"

4학년 여자아이가 말한다.

"아니요, 잘해야겠다는 생각이 하나도 안 들어요. 내가 그린 그림을 그냥 콱 찢어 버리고 싶어요."

아, 그렇구나. 사람을 평가한다는 것이 얼마나 조심스러운 일인가. 하나하나 살펴보면 모두들 몇 번이고 상을 받아야 할 아이들. 씩씩하게 뛰어노는 정현이, 자기주장을 바르게 내세우는 명호, 끝까지 청소하는 장선이, 노래 잘하는 수연이, 밥 잘 먹는 광복이, 잘 웃는 연실이, 일 잘 하는 명준이, 마음씨 고운 세라, 이야기 재미있게 하는 아름이, 동생들에게 친절한 유정이. 날마다 상을 주고 싶은 아이들. 예쁜 아이들.

[ 1998.7 ]

# 가정방문

아이들 집에 갔다.

학기 초부터 간다 간다 해 놓고 이제야 가게 되었다. 밑에 동네에는 반 아이가 세 명이 있는데 두 아이는 서로 남매 사이라 두 집이 있다. 장선이, 광복이, 아름이. 아름이와 광복이가 남매 사이다. 아름이네 어머니는 산에 솔잎혹파리 막는 주사 놓으러 다니시고 아버지는 어디 나가셨다 한다.

집 가려고 버스 기다리는 장선이를 불러서 걸어가자고 했다. 그러니까 함께 버스 타려고 기다리던 다른 아이들까지 다 따라나섰다. 모두 일곱이다. 찻길 옆으로 죽 따라서 내려갔다. 길옆에 딸기가 있다. 내가 "야, 여기 개미딸기 있구나" 하니까 "아니에요, 그거 뱀딸기예요" 한다. 광복이는 "그거 구렁이 딸기래요" 한다. 긴 풀을 꺾어서 밑을 동여매고 뱀딸기를 구슬처럼 꿰었다. 걸어가며 하나씩 빼 먹는다. 이 길을 차 타고만 다녔지 걸어서는 처음 간다. 아이들이 걸어 다니기에는 위험하다. 길을 조금 더 내서 사람도 마음껏 다닐 수 있도록 했으면 좋을 텐데.

길옆으로 여러 가지 꽃이 피었다. 싸리꽃, 인동꽃, 고무딸기, 노란물
봉선화. 보기 좋으라고 일부러 심어 놓은 꽃도 있다. 천인국이다. 아이
들이 보더니 "이게 무슨 꽃이에요?" 물어본다. 마음대로 생각해 봐 했
더니 "난장이 꽃이다, 고개 든 꽃이다, 키 작은 해바라기다" 저마다 한
마디씩 한다. 가로수로 심은 벗나무에 버찌가 까맣게 달렸다. 가면서
하나씩 따 먹느라 입이 새까맣다.

아름이와 광복이네 집에 다 왔다. 아름이 할머니께 인사를 했다. 처
마 밑에 제비 집이 다섯 개나 있다. 문간 위에는 제비 똥 막으려고 널빤
지를 올려놓았다. 8년째 같은 자리에 날아와 집을 짓는다고 한다. 방에
들어가 할머니와 이야기를 했다. 아름이가 컵에 물과 얼음을 넣어 온
다. 할머니가 그걸 보더니 "커피 타 와라" 해서 이게 더 좋다고 했더니
"암만 그래도 손님이 오셨는데" 하시며 커피를 타 오라고 하셨다. 얼마
전에 칠순 잔치를 하셨단다. 할머니는 아이들 때문에 애가 마른다고 하
신다. 텔레비전에 뉴스를 봤으면 좋겠는데 애들이 지들 좋은 대로 돌리
니 화가 나고, 광복이가 물건을 여기저기 흘리고 다녀서 속상하시다고
한다. 광복이가 방에 들어오며 문지방을 밟았다. "문지방 좀 밟지 마라"
꾸중을 하셨다. 이야기하는 동안에도 아름이, 광복이, 광복이 동생 구
름이까지 들락날락 뛰고 옆에서 말 시켰다.

며칠 전에는 구름이가 다니는 유치원 차에 같이 끼어 시장을 가는데
속상해서 혼났다고 하신다. 아이들이 과자를 먹고는 차 안에다 막 버리
고, 차 안에 쓰레기가 뒹구는데도 어느 누구 하나 주울 생각을 안 하더
라는 것이다. 운전기사도 아무 말 없고. 할머니가 아이들한테 욕을 하

며 그걸 하나하나 주워서 버렸는데 아마 운전기사가 뭐 저런 할멈이 다 있냐며 욕했을 거라고 한다.

광복이네 어머니가 오셨다. 산에 주사 놓으러 갔는데 비가 와서 오늘은 일찍 왔다고 한다. 밖에서 오자마자 미처 씻지도 못하고 내 앞에 앉으신다. 무척 힘든 얼굴로 기침을 자꾸 하셨다. 가서 쉬시라는 말도 못 하고 앉아서 이야기를 했다. 광복이가 글자를 제대로 못 써서 걱정, 책을 떠듬떠듬 읽어서 걱정, 학교 갈 때도 빈 책가방, 집에 올 때도 빈 책가방, 광복이 공책이 밭에도 가 있고 마당에도 있고 물건을 챙길 줄 몰라서 걱정, 아름이보다는 광복이 걱정하는 이야기를 많이 하셨다.

이야기하고 있는데 광복이가 어디서 꼬리가 아직 다 없어지지 않은 올챙이를 잡아 가지고 할머니 앞에서 자랑했다. 할머니가 화를 내신다. 날마다 어디서 뭘 잡아 온다는 것이다. 병에다 올챙이 잡아 가지고는 방에다 놓으니 썩어서 죽는데 아무리 말을 해도 안 들으니 큰일이라는 것이다. 학교에도 자꾸 이런 걸 잡아 오기에 며칠 전에 내가 광복이한테 살아 있는 목숨을 함부로 하지 말라고 편지를 썼는데, 여전하다. 광복이가 공부는 못해도 좋은데 뭐 한 가지라도 꾸준하게 하는 걸 봤으면 좋겠다고 하신다. 피가 나도록 때려도 좋으니 제발 정신 좀 차리게 해 달라는 것이다. 광복이가 학교에서 잘하는 게 참 많다고, 장차 큰일을 할 아이니 두고 보시라고 안심시켰다. [ 1998.6.10]

# 망신이다, 망신

개학을 해서 창고에 넣어 두었던 내 책상을 교실로 옮겼다. 광복이
랑 둘이 들고 가려는데 책상 다리가 발에 걸려서 제대로 들고 갈 수가
없다. 책상을 뒤집어서 들고 가니 편했다. 광복이가 책상을 끙끙 겨우
들고 가다가 머리로 책상을 가리키며 웃는다.

"망신이다. 망신도 망신도 개망신이다."

"광복아, 뭐가 망신이여?"

"보세요, 책상이 뒤집혀서 가잖아요."

생각해 보니 다리 네 개를 하늘로 뻗은 채 우리 손에 들려 가는 책상
모습이 우습기도 하다. [ 1998.8.26 ]

# 광복이의 결심

여름방학 마치고 오늘 아이들과 만나는 날이다.

아침 일찍 학교에 갔다. 먼저 쓰던 학교를 부수고 4월부터 학교를 새로 짓기 시작했는데, 아직 다 못 지었으니 1학기처럼 컨테이너 상자에서 공부해야 한다. 아이들을 기다리며 교무실 앞에 혼자 앉아 있는데 교문을 들어오고 있는 4학년 아름이와 3학년 광복이 남매가 보인다.

"선생님!"

아름이와 광복이가 입을 함빡 벌리고 손을 흔든다. 나도 웃으며 손을 흔들었다. 아름이는 하얀 천으로 된 가방을 메고 오고 광복이는 종이를 둘둘 말아 들고 걸어온다.

"선생님, 나 신문에 나왔어요."

아름이가 손바닥만 하게 오려 낸 〈강원일보〉 기사를 보여 준다. 여름 독서 교실 이야기가 실리고 거기에서 상 받은 아이들 이름이 나왔다. 아름이 이름도 조그맣게 나왔다. '군수상 최아름' 이렇게 쓰여 있다. 남들 상 받는 날이면 입을 잔뜩 내밀고 삐치던 아름이가 이번에 드디어 여름 독서 교실에서 독후감을 잘 썼다고 상을 받은 것이다.

"와, 축하한다. 아름아."

아름이 손을 잡고 흔들고는 종이쪽지를 복사기에 올려놓고 아주 크게 복사해서 주었다. 아름이가 좋아한다.

"저 방학 숙제예요."

광복이가 종이 둘둘 만 것을 준다. 크레파스로 그린 그림 두 장이다. 한 장은 동네 지도를 그렸고 한 장은 황소 한 마리가 들에 서 있는 모습을 그렸다. 아무리 봐도 광복이 그림이 아니다. 광복이 그림은 광복이 설명을 듣지 않고는 무슨 그림인지 알 수가 없어야 하는데 이 그림은 대번에 알아보겠다.

"이거 니가 그린 게 아니잖아."

"아니에요, 나도 그렸어요. 친척 누나가 그려 준 건데요, 여기 이 선은 내가 그렸어요."

손가락으로 소 등을 가리키며 쭉 긋는다. 자기가 자를 대고 소 등을 그렸다고 한다.

"그래, 잘 그렸네!"

아름이와 광복이가 방글방글 웃으며 교무실 밖으로 나간다. 광복이가 나가다가 말고 뒤돌아보며 말한다.

"선생님, 우리 또 노래 배워요."

1학기 때처럼 일주일에 한 번 새로운 노래를 배우자는 말이다.

"그래, 알았어!"

광복이가 껑충껑충 뛰어나간다. 숙제는 원래 안 하는 광복이가 방학 숙제를 해 왔다는 건 대단한 일이다. 오늘 방학 숙제 해 온 것 하며 '노래 배우자'고 하는 걸 보면 2학기가 되었다고 무슨 결심을 한 모양이다.

좀 이따 보니 교장 선생님이 교무실에 들어온다. 자리에 앉으며 "아름이는 뭐 군수상을 받았어" 하신다. 아름이가 신문 복사한 걸 여기저기 들고 다니며 자랑을 해서 학교 아이들과 직원들이 아름이가 상 받은 걸 다 알게 되었다.

교실에 들어가려고 하는데 교육청에서 전화가 왔다. 무슨 사업 결과를 빨리 보고하라는 것이다. 공문 넣는 서랍을 뒤져서 서류를 찾아 공문을 만들었다. 이런 건 그래도 간단히 끝나는 일이다.

1학기에는 제시간에 교실에 못 들어간 날이 많았다. 계획표에는 9시 10분에 교실에 모두 모여서 노래 부르고, 악기 연주하고, 서로 이야기하기로 써 놓았는데 거의 못 지켰다. 처음에는 얼른 공문 결재 받고 교실에 들어가려고 글씨도 빨리 쓰고 계산도 서두르지만 아침 10시가 넘어 버리면 그만 속에서 화가 난다. 겨우 결재를 받고 교실에 들어갈 때면 '신나게 뭘 해 봐야지' 하던 생각은 다 없어지고 말았던 것이다.

서둘러 보고할 공문을 만들고 있는데 광복이가 교무실 안으로 머리를 디밀고 소리친다.

"선생님, 얼른 오세요. 빨리 공부해요."

"기다려, 좀 이따 갈게."

교감 선생님이 "자 아직도 그 버릇 못 고쳤군" 하며 웃는다. 공문을 마저 만들고 있는데 이번에는 3학년 장선이가 뛰어와서 소리친다.

"선생님, 광복이 울어요. 공부 안 한다고 책상에 엎드려서 울어요."

광복이가 결심을 단단히 한 모양이라며 교무실에 있던 직원들이 웃었다. 공문 결재를 받고 컨테이너 교실에 가니 광복이와 아이들이 조른다.

"체육 해요, 체육 해요!"

한번씩 눈을 맞추며 이름을 부르고 방학 지낸 이야기하고는 밖으로 나가서 달리기를 했다. [ 1998.8.26 ]

# 오소리 똥

광복이가 아침에 유리병 속에 검은 똥을 넣어 가지고 와서는 "선생님, 이거 오소리 똥이에요" 한다.

오소리 똥을 보여 주려고 병 속에 담아 온 아이.

광복이 덕에 처음으로 오소리 똥을 보게 되었다. 그걸 보더니 어떤 아이가 "나는 내일 토끼 똥 가져와야지" 했다. 이거 좋은 공부가 되겠구나.

"그래, 우리 토끼 똥, 염소 똥, 닭 똥, 너구리 똥, 다 병 속에 담아서 교실에 두자. 앞으로 똥을 자세히 살펴보자."

더럽다고 얼굴 찌푸리는 아이에게 세상에 똥이 얼마나 귀한 것인지 종이에 똥을 그려 가며 이야기했다. [1999.3.14]

# 얼음과자

아이들 공부 마치고 학교 앞 가겟집에 갔다.

학교에 급식소를 새로 지었는데 고사 지내자고 해서 막걸리를 사러 갔다. 교문 앞 가겟집에서 아이들이 버스를 기다리고 있다. 가겟집 가까이 가다가 갑자기 숨이 턱 막혔다.

여덟 명쯤 되는 아이들이 가겟집 앞에 모여서 저마다 하나씩 얼음과자를 들고 먹는데 3학년 연실이와 연실이 동생 1학년 연선이 둘만 안 먹고 있다. 연실이는 가겟집 계단에 앉아서 버스표를 만지작거리고 있고, 연선이는 아이들과 저만치 떨어져서 혼자 서 있다. 학교 밑에 동네 아이들, 위에 동네 아이들 모두 얼음과자 하나씩 입에 물고 있다. 아랫동네 광복이와 아름이는 한 손에는 얼음과자, 한 손에는 과자를 들고 있다.

세상에 이런 일이 다 있을까. 동무 하나 안 주고 저들끼리만 잘도 먹고 있다. 그게 목구멍으로 넘어가나.

"너무한다. 어떻게 이럴 수가 있냐?"

내가 한숨을 쉬며 말하니 윗동네 4학년 여자아이가 "아무렇지도 않은데요" 한다.

교실에서는 먹을 거 가져오면 잘도 나누어 먹는 척했던 아이다. 아무렇지도 않겠지. 학교 입학하면서부터 습관이 되었으니. 연실이는 늘 구경만 했고 다른 아이들은 보란 듯이 사 먹고, 이게 습관이 되었다. 가게에 들어가서 연선이한테 아무거나 고르라고 했다. 활짝 웃으며 제일 싼 얼음과자 두 개를 골라서 나간다. 언니 하나 주고 자기가 하나 먹고. 이제는 모두들 하나씩 빨고 있다. 보건소 아줌마가 버스 타려고 왔다가 나를 보고 연실이가 선생님이 하드 사 줬다고 자랑하더란다.

가겟집 앞에 있는 아이들을 다 모아 놓고 말했다.

"이러고도 친구냐. 날마다 이런 거 사 먹는 것도 안 좋지만 그래도 먹을 때는 나누어 먹어야 할 것 아니냐. 저 아이는 얼마나 먹고 싶겠냐."

한 녀석이 "나누어 먹는 게 더 끔찍한데요" 한다. 장난삼아 한 말이겠지만 속상하다. 나는 이마에 손을 대고 힘없이 걸어왔다.

아침에 오면 가방 메고 가겟집 먼저 들르고, 집에 가면서 들르고. 어제 아랫동네에 가서 광복이네 어머니와 장선이네 어머니를 만나서 아이들이 군것질을 너무 많이 한다는 얘기를 했더니, 윗동네 아이들이 날마다 뭘 사 먹기 때문에 우리도 어쩔 수 없이 날마다 돈을 준다고 한다. 연실이네와 몇 명 아이들만 빼고는 전부 식당 하는 집 아이들이라 돈은 많다. 손님들이 아무 때나 아이들한테 돈을 주기 때문이다. 부모들도 아이들을 챙길 시간이 없으니 대신 날마다 돈을 주는 것 같다. 돈은 넘쳐 나는데 시골에서 돈을 쓸 곳은 이 가겟집밖에 없으니 이런 일이 벌어진다.

오늘 아침에도 과자 너무 먹으면 뼈가 약해진다, 힘들게 번 돈을 함부로 까먹어서야 되겠나, 이야기를 하고 정 먹고 싶으면 일주일에 한 번만 먹으면 어떻겠냐 해서 모두 그러겠다고 하더니 아무 소용없다. 더구나 오늘 동무를 팽개치고 저만 맛있게 먹는 꼴을 보니 도저히 못 참겠다. 이런 것 하나 바로잡지 못하면서 무슨 공부를 가르치겠다는 건가. 가겟집 아주머니와 사이가 나빠지는 한이 있어도 꼭 바로잡고 말겠다. [1998.6]

# 새 교실

일기 안 쓴 지 일주일째.

얼마 전 새로 지은 학교, 새 교실로 공부하는 곳을 옮기고부터는 뭐 한 가지라도 마음을 쏟아서 하고 싶은 게 없다. 학교 부수고 새로 짓느라 4월부터 10월 초까지 컨테이너 상자에서 공부했는데 차라리 그때가 그립다. 아무 기계도 없는 교실에서 아침에 오면 동무들 이야기 듣고, 노래 부르고.

지금 교실에는 세상에 없는 게 없다. 프로젝션 TV, 컴퓨터, 실물화상기, OHP, 비디오, 캠코더, 녹음기, 재생기, TV, 또 어떻게 쓰는지 알지 못하는 검은색 기계. 복도에는 286 컴퓨터가 들어찼다. 교실에는 개인 책장, 공동 책장, 비디오장 같은 온갖 것이 있는데 아이들은 담임을 닮아서 뭘 쓰고는 제자리에 두는 법이 없으니 교실이 너저분하다. 열린 교실이랍시고 교실에는 문이 없는데 학교 잘 지었다고 틈날 때마다 학교에 손님이 와서 교실을 들여다보니 교실을 마냥 내널어 놓을 수도 없고, 반듯한 모습을 보여 주자니 틈날 때마다 정리해야 하고, 아이들한테도 좀 정리하고 살자고 잔소리를 해 댈 수밖에 없다.

일주일에 세 번 아침마다 피리를 불었는데 이젠 하기 싫다. 소리가 크게 퍼져서 옆 반 공부하는 데 방해될까 봐 마음이 조마조마하니 재미있을 리가 없다. 일주일마다 새 노래 배우던 것도 요즘에는 안 한다. 한쪽 구석에서 아이들과 장구 치며 노래를 부르고 있는데 교감 선생님이 너무 시끄럽다고 우리 교실에 올라온 뒤로는 누구도 노래 부르자는 소리를 안 한다. 음악 시간에는 어쩔 수 없이 노래를 부르는데 그것도 조심스럽다. 늘 다른 사람한테 시끄러울까 봐 걱정을 하니 재미없다. 교실은 번쩍번쩍한데 나만 꺼주하다.

아침에 아이들이 학교에 오면 가방을 멘 채로 컴퓨터에 달려가 오락을 한다. 내가 교실에 들어가도 컴퓨터에 정신이 팔려 고개도 안 돌리고 겉으로만 인사할 뿐이다. 오늘 3학년 명준이가 일기를 써 왔는데 이렇다.

새가 날아가는 걸 봤다. / 추워서 남쪽 나라로 가는 모양이다. / 참 멋있다. / 컴퓨터 영상 같다.

날아가는 새를 보고 머리에 떠오르는 게 컴퓨터 영상이니 내가 가르칠 게 뭐 있겠는가? 교실이 번쩍번쩍해서 그러는지 아이들도 꾸미는 걸 좋아한다. 유정이는 여러 가지 모양이 있는 지우개를 한 움큼이나 가지고 다닌다. 샤프 연필도 한 움큼 가지고 다닌다. 글씨는 몇 글자 쓸 수도 없는 스티커 수첩을 가지고 다닌다. 수연이는 반지를 끼고 울긋불

굿 수첩을 자랑하고 공책마다 스티커를 붙인다. 모두들 스티커 자랑하고 온갖 모양의 지우개 자랑하고 울긋불긋 샤프 연필 자랑하는데 오색 약수터 밑 안터에 사는 연실이만 자랑할 게 없다.

며칠 전 연실이는 수연이네 집에 놀러 갔다가 수연이 반지 하나를 주머니에 넣었다가 다음 날 학교에 끼고 왔다. 둘째 시간 끝나고 쉬는 시간에 수연이가 크게 소리를 질러서 아이들이 연실이 곁으로 모여들었다. 모두들 연실이를 둘러싸고 연실이가 도둑질했다고 한마디씩 한다. 그건 도둑질이 아니다. 하지만 어쩌란 말이냐. 연실이보다는 연실이를 둘러싼 아이들 때문에 더 화가 났다. 몽둥이 가져오라고 소리쳤다. 남자아이가 작은북 두드리는 작대기를 가지고 왔다. 연실이를 앞으로 나오라고 하고는 작대기로 종아리를 때렸다. 연실이는 울었다. 아이들은 놀라서 자리에 앉아 숨소리도 안 낸다. 속상해서 견딜 수가 없다. 아이들이 밉고 내가 미워서 견딜 수 없다. 학교 뒤로 나가서 얼굴을 감싸고 앉아 있었다.

다음 날 수연이는 일기장에 "선생님은 다이어리를 가져오지 말라고 한다. 정말 기분 나쁘다"고 써 왔다. 연실이가 왜 얻어맞았는데, 또 이따위 소리를 한다. 어제보다 더 기분 나쁘다. 점심시간에 미워하는 마음으로 글을 써서 오후 첫 시간에 미워하는 마음으로 글을 읽었다.

버스를 기다리는 아이들
백암에 사는 아이, 약수터에 사는 아이, 관터에 사는 아이
입에 하나씩 아이스크림 물고,

입에 한가득 과자를 우적이는데
안터 사는 연실이는 한 귀퉁이에 앉아서
버스 오는 쪽만 바라본다.
아이들은 쭉쭉 목구멍으로 잘도 넘긴다.
그게 목구멍으로 넘어간다.
연실이는 버스는 언제 오나, 버스는 언제 오나
손에 든 차표만 만진다.
어느 아이 하나 연실이 먹어 보라고
과자며 아이스크림 주는 아이는 없다.


어제 반지를 두 개나 낀 수연이가 반지 하나를 잃어버렸다.
연실이가 가져갔다.
수연이네 집에서 놀던 연실이가
반지가 부러워 주머니에 넣었다가
다음 날 학교에 끼고 왔다.
과자와 아이스크림을 우적이던 녀석들이
연실이를 빙 둘러싸고 한마디씩 내뱉는다.
연실이 도둑이라고, 저번에도, 그 저번에도 그랬다고.
반지를 두 개나 갖고 있고
공책마다 번쩍이는 스티커를 붙이고
울긋불긋 가수 사진을 갖고 와 자랑하는 수연이도
연실이가 훔쳐 갔다고, 도둑이라고 소리 지르고

지우개를 한 움큼이나 갖고 있는 유정이도
연실이가 남의 걸 훔쳐 갔다 하고
아침마다 군것질할 돈을 300원씩 받아 오는 장선이도,
물건이 넘쳐 나서 흘리고 다니는 광복이도
연실이 나쁘다고만 한다.
틈날 때마다 공주를 그리는 아름이도
연실이는 혼나야 된다고 한다.
어느 아이 하나 연실이 편드는 아이는 없다.
막대기를 들고 연실이 종아리를 때렸다.

연실이는 운다.
그러나 진짜 맞아야 할 사람은 연실이가 아니다.
진짜 아프게 맞을 사람은 따로 있다.
연실이를 때린 내가 맞아야 한다.
과자를, 아이스크림을 목구멍으로 꿀떡꿀떡 삼키던
아이들이 맞아야 한다.
반지를 두 개나 끼고 울긋불긋 가수 사진을 자랑하던
수연이가 맞아야 한다.
내가 연실이 때릴 때
어느 아이 하나 나서서 말렸으면,
몽둥이 갖고 오라고 소리쳤을 때
아주 작고 가늘어서

맞아도 안 아픈 걸 갖고 왔으면.

　세라, 아름이, 장선이는 나한테 편지를 썼다. 다시는 연실이 괴롭히지 않겠다고. 나는 다이어리 자랑하고 반지 자랑하는 것이 왜 나쁜지 말하려고 했는데 내 말을 못 알아들은 것이다.

　다음 날 수연이는 "다이어리와 반지는 인제에 사는 숙모가 사 준 건데 선생님이 알지도 못하면서 그런다"고 일기를 써 왔다.

　유정이는 지우개가 한 움큼이 아니라 사실은 두 움큼이라고 정직하게 말하며 자기 지우개를 모두 가져왔다. [1998.10]

# 생라면

오후부터 다시 쏟아진다. 개울물 소리가 점점 커진다.

윗마을 아이들은 길 건너편 버스 대기소에, 아랫마을 아이들은 길 이쪽 편 가겟집 앞에 서서 버스를 기다린다. 나는 길 건너편에 가서 6학년 아이들과 이야기를 나누고 있었다.

"선생님, 저기 성묵이 좀 씌워 줘요. 비 다 맞잖아요."

윗마을 가는 2학년 성묵이는 비를 그냥 맞고 있다. 처마 밑에 들어가 있으면 버스가 그냥 지나칠까 봐 목을 쭉 빼고 버스가 올 아래쪽 굽이 길을 바라본다. 내가 못 보고 있는 것을 연실이가 살펴 주었다.

"알았다, 연실아."

얼른 길을 건너가 성묵이와 어깨동무하고 우산을 같이 썼다. 버스가 오고 성묵이는 버스를 탔다. 이제 저 버스가 다시 내려오면 아랫마을 아이들을 태우고 간다.

우산을 들고 길옆 밭에 들어갔다. 아직 콩 싹 몇 개는 살아 있다. 비 오는 날에는 비둘기도 쉬는 모양이다. 실습지 밭에 몇 고랑 심어 놓은 콩은 싹을 내다 말고 가뭄에 다 말라 죽고, 다시 심어서 뒤늦게 흙을 밀치고 나오던 싹은 비둘기가 똑똑 다 잘라 먹었다.

담장 너머로 버스 내려오길 기다리는 아이들이 보인다. 집에 가는 승찬이 광복이, 학원 가는 명준이, 연실이도 며칠 전 이사를 가서 이제 아랫마을 가는 버스를 탄다. 명준이가 라면을 부숴 먹고 있고 "나 좀 줘" 하며 다른 아이들이 손을 내밀어 조금씩 얻어먹고 있다. 나도 어렸을 때 누가 생라면 먹으면 라면 스프라도 얻어먹으려고 따라다녔지. 내 어릴 때 소원은 돈을 많이 벌어 과자를 실컷 사 먹는 거였는데 어른이 되어서 보니 날마다 군것질하는 아이들이 못마땅하다.

연실이가 고개 숙인 채 가겟집으로 뛰어간다.

"선생님, 이거 다른 애들 주면 안 돼요. 혼자 다 드세요."

밭 울타리 너머로 김치라면 한 봉지를 건네주며 환하게 웃는다. 머리카락에 물방울이 맺혔다. 손을 내밀어 라면을 받으면서 얼굴을 가만히 보았다. 아버지가 술 안 잡숫는 게 소원이라는 아이, 끝없이 틀리면서도 포기하지 않고 수학 문제를 맞히겠다고 애쓰는 아이. 가느다란 목에, 눈물 그칠 날이 없다. 그저께 1학년 진실이 전학 가던 날도 아침부터 울었지. 나는 아무것도 해 줄 게 없으면서 오늘 아침에도 이 아이한테 껌을 받아먹었다.

연실이는 길 건너 버스 타는 곳으로 뛰어가고 나는 이쪽 편 밭에 우산을 받쳐 들고 서서 라면을 뜯어 깨물어 먹었다.

"스프 쳐 드세요!"

"그래, 알았어."

스프를 뜯어 라면에 붓고 흔들어서 잘 섞었다. 조금씩 떼어 먹으며 아이들이 버스 타길 기다렸다.

"얼른 들어가세요!"

비 맞지 말고 들어가라고 소리친다. 이거 거꾸로 내가 아이들의 보살핌을 받고 있는 게 아닌가. 들어가는 척 물러서서 삐죽 담 귀퉁이에 피해 섰다. 버스가 왔다.

"잘 가!"

아이들이 손을 흔들고 나도 손을 흔들었다. 안 보일 때까지 손을 흔들다가 그 자리에 서서 라면 한 봉다리를 부스러기 안 남기고 다 먹었다. [2001.6]

# 정현이 누명

　점심시간 끝나고 아이들이 방울나무 밑에서 발야구를 하고 있다. 나는 옆에서 구경하다가 오후 공부할 시간이 되어서 들어가자고 했다. 조금만 더 할게요, 하는 걸 억지로 들어가라고 했다. 신발장에서 실내화로 갈아 신으려는데 유정이가 지갑을 들추며 말한다.

　"선생님, 돈 없어졌어요. 지갑에 넣었는데 없어졌어요."

　"얼마나?"

　"모르겠어요, 100원짜리 몇 개하고 10원짜리 몇 개인데."

　에이, 오후 자연 공부하기는 다 글렀구나 싶다. 교실에 들어와서 아이들더러 책상 밑을 뒤져 보라고 했다. 아이들이 막 뒤지고 있는데 정현이가 점심시간에 놀이터에서 돈 520원을 주웠다며 유정이한테 준다. 유정이는 그 돈을 받고 조금도 기쁜 낯이 없이 쿵쿵거리며 사물함 문을 열고 뭘 꺼내고 사물함 문을 쾅 닫더니 다시 쿵쿵거리며 자리에 앉아서 가방을 아무렇게 콱콱 열고는 책상 위에 세게 놓고 엎드린다. 수연이랑 아름이를 비롯한 여러 아이들이 정현이가 훔쳤다가 돌려준 것이라며 수군댔다. 유정이한테 화내지 말고 이런 일은 차근차근 풀어 나가자고 했다. 정현이는 잔뜩 겁을 먹고는 "주었어, 진짜야" 하며 몇 번이고 말한다. 그 말을 믿는 아이가 아무도 없는 듯하다. 한 사람씩 돌아가며 왜 이러는지 말을 해 보라고 했다.

명준이는 정현이가 장난감 가져간 이야기를 했다. 광복이는 지난번에 정현이가 팽이 가져간 이야기를 했다. 아름이는 가방에 둔 회수권을 정현이가 훔치려고 하는 것을 봤다고 한다. 명호는 정현이가 자기 집에서 무슨 하얀 물건을 가져갔다고 한다. 수연이는 개울에서 정현이가 자기 지갑 뒤지는 걸 보았다고 한다.

정현이한테 일일이 따지며 물어보았다.

명준이 장난감은 실수로 자기한테 밀려 들어간 것이라고 했다. 광복이 팽이는 집에 가서 가방을 열어 보니 팽이가 있어서 돌려주었다고 한다. 아름이 회수권은 정현이가 밥을 먹는데 팔에 가방이 걸려서 보니까 지퍼가 열렸기에 닫아 주었을 뿐이란다. 명호 하얀 물건은 훔친 게 아니라 중앙문구사에서 자기도 똑같은 물건을 샀다고 한다. 수연이 지갑은 자기가 수연이한테 돈 500원을 맡겨 두었는데 그걸 찾아가려고 뒤졌다고 한다.

나는 알 수가 없다. 정현이가 유정이 돈 520원을 훔쳐서 돌려주는 건지, 주워서 찾아 주는 건지. 그렇지만 사람을 함부로 의심해서는 안 되는데 아이들이 다 정현이를 의심하고 있으니 짚고 넘어갈 수밖에 없다. 유정이는 분이 안 풀린다는 듯 고개를 푹 숙이고 식식댄다. 만약 정현이가 훔쳤더라도 금방 돌려주었으니 아이들 마음속에 꽉 차 있는 미움은 풀어 주고 싶다.

"정현아, 분명히 주웠지?"

"예, 나무 그늘에서 주웠어요."

"아까는 놀이터에서 주웠다고 그러더니만……."

아름이가 중얼댄다. 그러나 그렇게 대답할 수도 있을 것이다. 놀이터나 나무 그늘이나 거기가 거기니까. 이런 걸로 말꼬리를 붙들고 늘어지면 안 된다.

"여태까지 한 번도 남의 물건을 가져간 적이 없는 사람 손들어 봐라. 실수로 가져간 적도 없는 사람."

세 명이 손을 든다. 수연이, 명호, 명준이. 손 안 든 아이들한테 일일이 언제 어쩌다 그런 일이 생겼냐고 물어보았다. 아름이는 남의 볼펜을 빌리고 실수로 안 준 적이 있고, 세라는 집에 가서 보니 딴 사람 교과서가 가방에 들어 있었고. 다들 한마디씩 했다.

"봐라, 사람이란 누구나 실수를 한다. 오늘 일도 그렇다. 혹시 정현이가 지갑에서 꺼냈더라도 곧 돌려주었으니 그걸로 됐다."

광복이가 갑자기 손을 든다.

"아까 돈이 땅에 있는 걸요 주울라다 말았어요."

"오늘?"

"예, 아까 점심 먹기 전에요."

아차, 정현이 말이 맞구나. 정현이가 주워서 유정이한테 돌려준 게 분명하구나. 광복이는 이런 말을 왜 이제야 하나. 그러나 광복이는 거짓말을 원래부터 안 하는 아이다. 우리 모두 정현이한테 용서를 빌어야 한다. 이제 오해가 풀렸으니 한마디씩 하고 이 일을 끝맺으면 된다. 오후 자연 공부 두 시간은 이 일로 다 망쳤지만 어쨌든 정현이에 대한 오해를 풀었으니 값진 시간이었다. 정현이한테 먼저 사과하라고 했다.

"정현아, 저번에 개울에서 니가 맡겨 둔 돈을 찾으려고 한 일이었다지만 어쨌든 남의 지갑을 뒤진 일은 옳지 않다. 사과해라."

정현이가 일어서서 말했다.

"수연아, 지갑 뒤져서 미안해."

"수연이는 오늘 돈을 정현이가 가져갔다고 의심했으니 사과해라."

수연이가 일어서서 작은 소리로 말했다.

"정현아, 미안해."

"그리고 유정이도 사과해라."

유정이는 일어서더니 꼼짝 않고 서 있다. 아이들이 웅성댄다. 조용히 시켰다. 기다려도 유정이는 말 안 한다. 내가 먼저 말했다.

"나도 정현이한테 잘못했다. 아까 아이들이 말할 때 속으로 의심하는 마음이 들었다. 정현아, 내가 잘못했다."

유정이는 아직도 서 있다. 왜 그러냐니까 "나는 정현이를 의심하지 않았단 말이에요" 하고는 엎드려 운다. 몹시 기분이 나쁘다. 의심하지 않았다면 왜 지갑을 책상 위에 놨는데 누가 꺼내 갔다고 했으며, 왜 정현이가 돈을 돌려줬는데 그토록 화를 내며 책상을 쾅쾅 쳤나.

"그래, 알았어. 그다음 아름이 말해라."

아름이가 숙이고 있던 고개를 들고 "전 의심 안 했어요. 전 책만 보고 그림만 그렸어요."

이렇게 나오니 나만 우습게 되었다. 청소를 마치고 아이들이 교문 밖으로 나갔다. 혼자 남아 아무리 생각해도 가슴에 응어리가 맺혀 견딜 수 없다. 다시 쫓아 나갔다. 아름이는 가게에서 하드를 사서 먹고 있다.

"최아름, 너 거짓말했어. 너가 정현이를 의심하지 않았다면 아까 가방 뒤진 이야기는 왜 했나?"

아름이가 아무 말 못 한다. 유정이는 가겟집 평상에 앉아 있다.

"김유정 너도 거짓말이야. 너는 정현이가 돈을 줬는데도 화를 냈잖아."

"저는 의심하지 않았어요. 처음에는 의심하지 않았는데 수연이가 의심해서 그다음에 의심했어요."

"그럼 돈을 돌려받았을 때 화는 왜 냈니?"

"그건 선생님이 저만 뭐라 그러고 정현이는 야단 안 치니까 그랬죠."

돈을 찾아 준 정현이를 업어 줘야지 야단은 왜 친단 말인가. 나는 더 말하고 싶지 않았다. 아이들을 뒤로하고 학교로 들어왔다. 이 일의 시작은 정현이에 대한 오해를 풀려는 것이었고 그 오해가 풀려서 마무리를 하려는데 뭐가 잘 안 됐다. 분명히 내 잘못이 있을 텐데 모르겠다. 수연이는 참으로 솔직하게 마음으로 정현이한테 사과를 했다. 이런 아이도 있다는 것이 기쁘다. [1998.9.17]

# 아름이 발

국어 공부하는데 어디서 썩은 내가 슬금슬금 난다.

코를 흥흥 들이마시며 3학년 아이들과 문단 나누기를 계속했다. 점점 냄새가 심해서 그쪽을 보니 4학년 아름이가 자기 책상에 턱 하니 발을 올려놓고 있는 게 아닌가. 발바닥은 새까맣고 때가 많았다. 안 씻어서 열이 나니까 양말을 반쯤 벗었다. 발가락만 양말 걸치고 뒤꿈치랑 발등은 벗었다.

"어이구!"

나는 머리를 쥐어뜯으며 유정이 옆자리로 피해 갔다.

아름이는 뭐가 자랑스러운지 "여기 있어요" 하며 시커먼 발을 또 나한테로 들이댄다.

아이들이 다 돌아간 뒤 빈 교실에 남아 있는데 아직도 아름이 냄새가 나는 듯하다.

아름이 모습을 떠올리다 보니까 아름이가 보고 싶다. [1998.5.27]

# 별님이

운동회 날 3학년부터 6학년까지 모두 사물놀이 악기 하나씩 들고 운동장을 뛰는데 6학년 별님이는 웃으며 구경만 한다.

"별님아, 너도 해라. 못해도 괜찮아."

"싫어요, 안 해요."

고개를 두들두들 흔든다. 안 한다니 할 수 없다.

비를 맞으면서도 별님이 엄마는 딸 운동회 보러 구경 왔다. 동네 사람도 많이 구경 왔다.

별님이는 엄마한테도 동네 사람한테도 남들처럼 자기 잘하는 모습 보여 주고 싶을 것이다. 그러나 영 자신이 없어 올해도 구경만 하고 있다.

1, 2학년은 소고를 들고 뛰어가는데 운동장 복판에서는 빗속에서 풍물 치는 소리 즐거운데 별님이는 운동장 한 귀퉁이에 서서 구경만 한다. [1999.10]

# 쌀농사 흉내 내기

조팝꽃이 핀 봄날.

아랫마을 논두렁을 걸어가다가 뿌리를 하늘로 두고 놓여 있는 모를 보았다. 모심기하고 남아서 버린 것들이다. 기계로 심는 모판에서 자라나 네모반듯한 모양으로 모가 촘촘하게 들어찼다. 잎끝이 마른 걸로 봐서 버려진 지 꽤 오래된 듯하지만 뿌리가 서로 꽉 엉겨 있어 다 죽지는 않았다.

설악산 아래 오색 마을은 땅이 높아서 논이 없다. 가까이에서 모 구경을 못 해 본 아이도 있다. 한 뭉테기 떼어 손에 들고 마을 길을 걸어왔다. 보는 사람마다 한마디씩 한다.

"죽으라고 내꼰잰 걸 뭐 할라고 그리너?"

"아이들 구경이나 시키려고요."

집에 오자마자 대야에 물을 붓고 모를 담갔다. 이왕이면 한번 심어 보자. 수확은 못 하더라도 모내기 한번 해 보면 얼마나 재미있을까.

다음 날 아이들과 운동장 구석을 두 평쯤 파내고 논처럼 만들었다.

물을 대니 쭉 빠져 버린다. 이래서는 모를 키울 수 없지. 밑에 뭘 깔아야 하는데. 창고에 가니 버려둔 장판이 둘둘 말려 있다. 바닥에 깔리면 땅을 더 깊게 파야 한다. 삽에 끈을 매고 세 사람이 가래질을 했다. 나는 가운데서 삽자루를 쥐고 두 아이는 옆에서 끈을 잡아당겼다. 가래질을 하니 흙 파는 게 훨씬 쉽다. 장판 깔고 그 위에 흙을 덮은 뒤 물을 채웠다. 물이 잘 안 빠지고 제법 논 같다.

아이들과 맨발 벗고 들어가 모심기를 했다. 손바닥만 한 논에서 하는 모심기지만 흉내는 다 낸다. 작대기 두 개에 끈을 묶어 만든 못줄을 두 아이가 양쪽에서 잡아 줄을 맞추고, 다른 아이들은 허리 숙여 모를 심었다. 교장 선생님이 보시고는 거 되지도 않을 걸 뭣 하러 하냐고 했다.

"안 되어도 좋아요. 살아 있는 모를 구경만 해도 그게 어디에요"

5학년 아름이는 벌써 "선생님, 우리 나중에 이걸로 떡 해 먹어요" 한다. 논두렁을 만들고 콩도 심었다. 일기장을 보니 모를 심은 날이 5월 31일이다.

며칠 지나도 모는 죽지 않았다. 파랗게 살아나더니 조금씩 크기 시작한다. 지나가는 사람들이 쌀가마니나 나오겠다고 장난삼아 말했다. 아침에 눈 뜨면 운동장 귀퉁이 논부터 둘러본 다음 학교 문을 열고 태극기를 달았다. 벼 알이 여물면 얼마나 좋을까, 벼 알이 여물지는 않아도 이삭 패는 구경만 했으면 좋겠다. 아니 이삭은 안 패더라도 쑥쑥 커라. 아이들도 가끔 둘러보며 물을 대 주고 종이와 연필을 들고 와 그림을 그렸다. 4학년 광복이가 물방개를 보았다고 자랑하던 날은 모두 몰려가 물방개 구경을 했다. 콩알만 한 물방개가 물 있는 걸 어떻게 알고 찾아왔을까. 고맙기도 해라. 8월 3일에는 방아깨비 한 마리가 콩잎 위에 앉아 비를 맞았다.

7월 3일. 아랫마을에 가니 할머니가 논에 들어가 논김을 매신다. 이파리 넓적한 갈과 하얀 꽃이 피는 제비풀을 손을 휘저어 뽑아서 줄기를 비틀어 논바닥에 다시 묻는다. 해도 해도 끝이 없다. 할머니를 도와 논김을 맸다. 농사꾼은 힘들게 매야 하는 풀이지만 학교 논에 있으면 아이들이 '논에 이런 풀이 나는구나' 들여다보겠지. 잎 한쪽이 튀어나오고 세모꼴인 게 꼭 제비 머리를 닮았다고 제비풀이라 한다는 풀 몇 포기를 검은 봉지에 넣어 가지고 와서 학교 논에 심었다.

벼 이삭이 나왔다. 마을 논에는 이삭이 나와서 꽃가루가 하얗게 피었는데 학교 벼는 그대로 있어서 안 패는가 했는데 늦게 이삭이 나오더니 고개를 숙이고 여물었다. 다람쥐가 와서 벼를 훑어갔다. 산비둘기 두 마리도 아침마다 날아왔는데 볼 때마다 쫓아내느라 콩을 쪼아 먹는 건지 벼를 쪼아 먹는 건지 자세히 못 보았다. 어쨌든 손바닥만 한 논에 짐승들이 날마다 오니 남아날 게 없을 것 같아서 다 가져가기 전에 아이들과 낫으로 베었다. 논이 있는 마을에 사는 아름이는 벼 베는 걸 많이 보았다며 낫을 들고 성큼 들어가 썩썩 베었다. 손 다칠까 걱정도 되고 애써 키웠는데 막 베어 내는 게 아까워 자꾸 천천히 하라고 소리를 쳤다.

나무 막대기 두 개를 한 손에 들고 벼를 훑었다. 한 되쯤 나온 것 같다. 이제 쌀을 까는 게 문제다. 뒷집에 사는 지연이네 할머니께 여쭈어

보니 "옛날에는 절구로 찧었는데 요즘에는 절구 있는 집이 없을걸" 하신다. 아, 마늘 찧는 그릇으로 하면 되겠구나. 아이들에게 마늘 찧는 그릇을 가져오라 해서 벼를 넣고 찧었다. 쌀이 벗겨지다 만다. 동네분한테 쌀 껍질이 왜 안 벗겨지는지 모르겠다고 하니 "덜 말라서 그렇지 뭐." 그래서 안 까진 벼를 말리려고 창가에 늘어놓았다. 좀 가만히 놔두라는데 아이들은 다 마르지도 않은 걸 틈만 나면 집어다가 껍질을 벗긴다. 마늘 찧는 통에 넣고 찧는 아이, 손으로 벗기는 아이, 키질을 하는 아이. 교실 온 곳에 먼지가 날아다닌다. 6학년 금선이는 손으로 껍질을 벗기며 이제 밥알 못 남길 것 같다고 했다.

짚으로는 새끼를 꼬았다. 그 새끼줄로 무슨 물건이든 만드는 방법을 알려 주고 싶은데 나한테 그런 재주가 있을 리 없다. 아이들은 새끼줄을 들고 좋다고 운동장에 나가 줄넘기를 한다. 올겨울에는 꼭 망태와 삼태기 매는 법을 배우고 말겠다.

아이들과 밥을 지어 먹었다. 꼭꼭 씹어 먹었다. [2000.1]

# 수탉과 싸우기

담 밑에 닭장을 지었다.

사잇골 황시백 선생님이 기르던 닭 중에서 세 마리를 가져다 기르기로 했다. 선생님이 올해 갑작스레 멀리 태백으로 발령이 나니 닭을 돌볼 수가 없어 김광건 선생님과 내가 나누어 기르기로 했다. 내가 맡은 닭은 암탉 두 마리와 수탉 한 마리. 그런데 이놈의 수탉이 보통 사나운게 아니다. 검은 깃털에 윤기가 번들번들한 게 사람이 가까이 가면 목털을 세우고 대든다. 주인도 몰라본다.

원래 주인이었던 황 선생님은 팔이랑 다리에 상처 자국이 매련도 없다(눈 뜨고 못 볼 지경이다). 밭에 풀 매면서 모기에 뜯겨 온몸이 상처 아문 자국투성인데 그중에서도 손등에 난 상처 자국이 크다. 수탉이 쪼았다. 그렇다고 잡아 없앨 수도 없게 되었다. 지난번 사잇골에 손님 왔을때는 이 닭을 잡는다는 게 그만 다른 닭을 잡고 말았다. 그 뒤에도 수탉을 상자에 넣어 시장에 있는 닭집에 닭 좀 잡아 달라고 들고 갔지만 요새는 도살장이 아니면 닭집에서도 마음대로 닭을 잡을 수 없다고 해서 그냥 가져오고 말았다고 한다. 몇 번 죽을 고비를 넘기고 살아난 놈이다. 올해 죽을 운은 아니다. 어쩔 수 없이 2000년 끝날 때까지는 살려 두어야 한다.

어쨌든 이놈을 가져와 기르기는 해야겠는데 어쩌나. 닭을 많이 길러 보았다는 마을 아저씨께 여쭈어 보았다.

"수탉이 어쩌나 사나운지 사람만 보면 대드는데 어떻게 해야 돼요?"

"방법이 있다구. 붙잡아서 목을 꽉 쥐고 주둥이를 손가락으로 몇 번 튕겨 줘. 톡톡 갈기고 나면 그다음엔 사람만 보면 슬슬 피하지 뭐."

사잇골 가서 닭을 종이 상자에 넣은 뒤 차에 싣고 와 닭장에 풀어놓았다. 첫날은 수탉이 한쪽 구석으로 슬슬 피해 갔다. 다음 날 모이를 주러 닭장에 들어가니 목털을 버쩍 세우고 내 앞을 막는다. "저리 가라. 절루 가" 하며 쫓았는데 안 가고 눈을 부릅뜨고 대든다. 화가 벌컥 났다.

"오냐, 어디 해 보자."

장갑 낀 손을 휘두르고 발길질을 하며 닭과 맞섰다. 오랫동안 비가 안 와서 닭장 안에 먼지가 풀풀 났다. 처음에는 겁이 나서 가슴이 떨렸는데 싸우다 보니 눈에 보이는 게 없다. 펄쩍 뛰어오르는 놈을 냅다 한 손으로 내갈려 넘어뜨리며 무릎과 손으로 꽉 누르고 목을 움켜쥐었다. 마을 아저씨한테 배운 대로 손가락으로 주둥이를 탁탁 튕겼다.

"제발 얌전히 있어라. 너랑 싸우기 싫다."

놓아주니 물러서지 않고 곧바로 대든다. 아저씨 말과는 딴판이다. 다시 먼지를 피우며 싸웠다. 닭도 눈이 뒤집히고 나도 제정신이 아니다. 밖에서 누가 보았으면 이상한 생각을 했을 것이다. 다시 닭 목을 잡았다. 닭이 숨을 시익시익 몰아쉰다. 나도 숨이 찼다. 닭이 입을 벌리고 숨 쉬는 소리가 사람 숨 쉬는 소리와 꼭 같다. 내가 기운이 빠지니 마음이 너그러워진다. 아이고, 이거 뭐 하는 짓이냐. 내가 닭을 길들여 내 눈치나 슬슬 보게 해서 어쩌겠다는 거냐. 그래 봤자 나보다 약한 짐승인데. 그래, 앞으로 내가 네 눈치를 보며 살겠다. 죽을 때까지 숨 마음대로 쉬며 살아라 하고는 잡았던 닭 목을 놓아주었다. 그 뒤로는 수탉을 피해 가며 모이를 주었다.

4월 6일. 수탉한테 쪼였다. 딴전을 피우길래 살살 들어가서 모이를 주는데 어느새 달려와 내 다리를 쪼았다. 참을 수 없다. 잘 지내려고 했는데. 싸리 빗자루를 들고 닭장에 들어가 휘둘렀다. 털을 세우고 몇 번 날아오르며 대들더니 닭장 밖으로 내뺐다. 마당을 지나 운동장을 지나 교문 밖으로 엉덩이를 털럭털럭하며 뒤도 안 돌아보고 뛴다. 좀 전까지 사납게 날뛰던 닭이 도망갈 때는 저렇게 빠르다. 방 안에 들어와 바지를 걷어 보니 살이 패이고 피가 맺혔다. 밖에서 죽든지, 어디로 가 버리든지 하라고 아예 닭장 문을 걸어 버렸다. 밤에 손전등을 들고 살펴보니 어디 안 가고 집을 찾아와서는 닭장 꼭대기에 올라가 자고 있다. 어쩔 수 없이 아침에 문을 열어 주었는데 밤이슬 맞고 잔 생각을 하니 애처로웠다.

닭 가져와 기르느라 처음으로 닭장을 지었는데 보는 사람마다 잘 지었다고 칭찬을 했다. 목수 해도 되겠다는 사람도 있다. 용기가 나고 우쭐해졌다. 아침에 아이들에게 "우리 닭 키워 볼래? 우리 힘으로 닭장 짓고" "예, 당장 시작해요" 기뻐하는 아이들.

학교 뒤 밤나무 밑에 터를 닦았다. 학교 둘레며 창고, 뒷산, 온 사방을 돌아다니며 나무 판때기를 주워 모아 톱질하고 망치질하며 닭장을 짓기 시작했다. 아침에 공부 시작할 때는 꼼지락거리며 겨우 책을 펴는 아이들이 닭장을 짓는다니 새벽부터 학교에 와서 나를 깨우며 일하자고 한다.

3월 16일에 우리가 지을 닭장을 설계했다. 종이를 들고 남의 집을 돌아다니며 닭장을 그렸고, 그것을 바탕으로 우리가 지을 닭장 모습을 그렸다. 3월 17일에 땅을 고르게 해서 터를 닦았고, 3월 21일에 기둥을 모두 세웠고, 3월 29일에 지붕을 씌웠다. 4월 8일 준공식을 하고 4월 14일 장날 아침 아이들과 같이 읍에 가서 병아리를 사 왔다. 아이들이 그동안 모은 용돈으로 한 사람 앞에 한 마리씩, 연실이는 두 마리 사서 모두 여덟 마리를 샀고 내가 따로 병아리 다섯 마리와 토끼 두 마리를 샀다.

아이들이 산 닭은 아이들이 지은 닭장에 넣고, 내가 산 닭은 우리 집 닭장에 넣었다. 우리 집 닭장에 병아리를 풀어놓으며 마음이 조마조마했다. 수탉이 쪼아 죽이면 어쩌나. 쫄 기미가 보이면 얼른 쫓으려고 빗자루를 들고 닭장 앞에서 지켰는데 쪼지 않는다. 오히려 수탉이 헤집어 놓은 땅을 병아리가 콕콕 쫀다. 수탉 벼슬에 묻은 옥수수 가루를 병아리가 쪼니 수탉이 꼼짝 않고 그대로 멈춰 있다. 다행이다. 덩치만큼 너그럽구나. 그 뒤에 가끔 병아리를 쪼기는 했지만 죽을 만치 세게 쪼지는 않았다.

아침 4시 50분쯤, 날이 샐 만하면 마을 여러 집에서 한꺼번에 닭들이 울어 대는데 다들 우리 집 수탉만큼 우렁차지는 않다. 다른 집 닭장에서 대장 노릇 하는 수탉을 보면 웃음이 나온다. 우리 닭에 대면 볼품없다. 덩치가 작고 털에 윤기도 덜 흐른다. 남의 닭을 볼 때마다 우리 닭이 자랑스럽다.

4월에 사 온 병아리들이 어느새 커서 알을 낳기 시작한다. 아이들이 키우는 닭들도 알을 낳았다. 그리고 사잇골에서 수탉과 같이 온 암탉은 요즘 알을 품는다. 벌써 보름째 아무것도 안 먹고 밤낮 알을 품는다. 품고 있는 알이 여덟 개인데 곧 병아리가 깨어날 것이다. 병아리가 깨어나면 어미 닭과 병아리는 밖에다 풀어놓으려고 한다. 수탉도 같이 내놓아야 한다. 족제비라도 얼씬거리면 사나운 수탉이 막아 줄 것이다.

아이들이 쓴 글에서 '닭장'이란 말을 찾아보았다. 첫날 기둥 세우는 것부터 나중에 닭이 알 낳는 이야기까지 있다.


닭장

우리 반이 만들고 있는 닭장
어제 지붕을 올렸다.
병아리를 사서 거기에다 키우려고
설거지를 하고 약수물을 떠서 돈을 벌고 있다.
오늘 점심 먹고 닭장에 갔다.
그런데 지붕과 기둥이 쓰러져 있었다.

바람은 히 쉬히 하고 분다.
난 명준이랑 가슴을 치며
으으윽 흑흑 했다. (5학년 차정현)


오늘 닭장 지붕을 씌웠다. 우리도 한다면 한다. (5학년 박명호)


닭장을 다 지었다. 이제 병아리를 사려고 양양에 갈 것이다.
(5학년 차정현)


## 고추장

닭장 지은 기념 잔치하는데
명호 형은 고구마
명준이 형은 감자
수연이 누나는 감자 부침개
나는 명태를 가지고 오기로 했다.


잔칫날
연실이 누나는 고추장을 가지고 왔다.
정현이 형이
"고추장 왜 가지고 왔는데?" 이러니
연실이 누나가 얼굴이 금방 슬퍼 보인다.

좀 전까지 막 웃다가
그 말 듣고는
갑자기 얼굴이 딱딱해지며
속으로 우는 것 같았다.
내가
"감자 찍어 먹으면 돼" 하니까
연실이 누나가 억지로 웃는다. (4학년 양승찬)


닭과 참새

참새가 닭장에 들어가
그릇에 담아 둔 모이를 먹는다.
닭 등어리에 모이가 묻었다.
참새가 올라가 모이를 먹는다.
닭은 아무 상관도 안 한다. (5학년 차정헌)


아침 7시에 닭장 안에 들어가서 사료를 주고 있는데 까마귀가 크
다란 모습으로 우리 집 앞에 있는 높은 나무 위에서 닭장을 보며
크게 "아악 아악 악 깍!" 하고 우니 닭장에서 사료 먹던 닭과 오리
들이 일제히 허둥지둥거렸다. (5학년 김단희)


닭장에 가니 암탉이 구구구구국 꾹꾹거렸다. 이제 알 날 차비를

하려는가 보다. (5학년 차정현)


닭이 알을 낳았다.

닭이 알 낳는 둥지에 앉아 있었다.
알 낳는 둥지는 지푸라기 조금 엮어둔 곳이다.
예전에 쓰던 창고 뒤에 책상 아래다.
둥지에 알이 하나 있는데
그곳에 앉아 있다.
모이를 주었는데 먹지 않았다.
앉아서 땅을 뚝뚝 쪼는데
조용한데
창고 앞에 있던 다른 닭이
꼬끼꼬끼 꼬끼 꼬끼꼬끼오
다른 닭장에 수탉이
꼬끼요!
시끄러워서 귀를 막고 있는데
소리가 멈출 무렵
똥구멍이 벌름벌름하다가
달걀이 조금씩 보이는데
똥이 약간 묻었다.
조금씩 조금씩 나오다 반이 나온 뒤

쑥 나왔다.

그런데 꼬꼬구꾸구 하지 않았다.

알에서는 알 듯 말 듯하게 김이 나왔다.

닭이 일어나서 갈라 하다가

또 궁뎅이가 벌름거리다 말았다.

또 나오는 줄 알았다. (5학년 박명호)


닭과 알

닭이 벌떡 일어서서 깜짝 놀랐다.

뒷발로 지푸라기를 차고 앉았다.

쪼그려 앉아서 알을 난다.

알에서 김 같은 게 났다.

나는 마음속으로 힘 내라 힘 내라 그랬다.

나는 우리 닭이 좋다.

거기에는 닭과 오리가 있었다. (5학년 최광복)

[ 2000.8 ]

# 남자

회충, 요충, 십이지장충. 배 속에 들어가 사람이 애써서 벌어 밥 먹고 만든 영양분을 빼앗아 먹는 놈들. 제힘으로는 밥을 만들지 못하고 남의 힘으로 사는 게 기생충뿐이냐.

식물 중에서도 새삼이나 겨우살이는 남의 힘으로 산다. 나무에 칭칭 기어 붙어 양분을 빨아들이는 새삼, 참나무에 뿌리를 내려 참나무가 살아갈 영양분을 쪽쪽 빨아먹는 겨우살이. 나무는 더 살지 못하고 천천히 말라 죽게 되지.

동물 중에는 거머리와 진드기가 있구나. 소 먹이러 가면 소 똥구멍 둘레에 까맣게 달라붙어 피를 빨아먹는 진드기. 처음엔 납작하다가 피를 빨아들이고 나면 불룩해서 몸이 동그랗지. 개구리 뒷다리에 붙어 있는 거머리도 마찬가지. 태어나길 이렇게 태어났으니 할 수 없는 노릇이다. 먹고살려니 어쩔 수 없지.

지금 옆 교실에서 지껄이는 기막힌 말들.

"박다미 우리 줘요. 다미는 미역국 잘 끓이니 밥도 잘할 거예요."

야영 모둠을 짰는데 맨 남자뿐이라 이제 쫄쫄 굶게 생겼다며 투정 부리던 6학년 남자들. 1학년 다미가 쓴 글을 읽은 모양이군. 엄마 없이 아버지와 사는 다미가 아침에 미역국 끓여 밥상 차렸다는 글을 쓴 적이 있지. 그걸 본 놈들이 옳다 살았다 신나는구나. 똑같이 두 손 있고 두 눈 있는데 6학년이나 된 녀석들이 밥 하나 할 줄 몰라 1학년 여자아이한테 기댄단 말이냐.

뭐? 밥을 할 줄 몰라요? 죽어도 모둠장 안 해요?

얼마나 양반이고 얼마나 왕자면 그래 밥 짓는 거 배울 생각은 안 하고 남들이 떠받들기만 바랄까. 귀찮기 때문에 모둠 대표는 절대 못 한다며 소리소리 지르다가 4학년한테 미루고. 그 나이 먹도록 밥 하나 못 해서 여자아이네 모둠으로 끼어들어 갈 생각이나 하고. 오늘 저녁에 집에 가서 배우면 되잖아. 에이, 배울 것도 없다. 가서 굶어라. 하루 굶어 안 죽는다. 남한테 붙어살려고 이 세상 나온 것 아니다. 남의 힘으로 살려고 나온 것 아니다.

어린이 회의 시간에는 "선배들한테 예의를 지키자"는 말을, 그것도 회의 주제라고 내놓는 6학년 남자가 밥 하나 할 줄 몰라 1학년 여자한테 자기 먹을 밥해 달라고 기대는구나. [2001.9]

# 아침

밤에 동네 아버지들이랑 술을 마셨다. 취해 들어와서 자고 아침에 일어났는데 정신은 말짱한데 얼굴이 벌겋다. 이 정도면 숨 쉴 때마다 술 냄새가 날 것이다. 학교에 와서 장부 정리를 하다가 교실에 올라갔다. 교실 문 앞에서 머뭇거렸다. 아이들 보기가 좀 그렇다. 문을 빼꼼 열고 살짝 손을 집어넣었다.

"애들아, 누구게?"

"아유, 얼른 들어와요!"

아이들이 문 앞에 몰려들어 팔을 잡아끈다.

"어우, 술 냄새. 선생님 술 마셨죠? 눈이 시뻘게."

나는 손바닥으로 입을 가리며

"그래 먹었다! 서라 아버지랑 구름이 아버지랑 지연이 아버지랑 연선이 아버지랑 거기에 다 계시는데, 술 마십시다 하는데 내가 먹어야 돼, 안 먹어야 돼? 아니에요, 저는 내일 아침에 공부 가르쳐야 하기 때문에 안 마실래요, 이래도 돼?"

"안 되죠, 마셔야죠."

"그래, 그래서 먹었다."

"선생님, 우리 숙제 검사해야죠."

어제 모여서 연습했어요, 하며 3학년 셋 4학년 넷 여자아이들이 둥글게 마주 보며 무릎 짚고 허리 짚고 머리 짚으며 '도레미파솔라시도' 무용을 한다. 나도 덩달아 춤을 추었다.

"선생님, 제가 일기 읽을게요."

구름이가 읽고 또 누가 읽었다. 눈을 감고 아이들 이야기를 들었다.

"그래, 참 잘 썼어. 나는 니들이 이뻐서 이제 맨날 학교도 일찍 올 거야."

"선생님도 써 왔어요?"

"오늘은 써 왔다야."

"읽어 봐요" 해서 읽었다.

"제목 연선이 아버지. 마을 사람, 아버지들이 술 마시는 자리에 나도 끼었다. 누가 '탁 선생!' 하니 옆에 앉은 연선이 아버지 벌컥 화를 낸다. '선생님이라고 해야지!' 딸만 셋인 연선이 아버지. 여름에는 나무 베러 산에 가고, 눈 오는 겨울에는 한계령에 가서 체인 팔아 돈을 버는 연선이 아버지. '우리 연선이, 연선이 잘 가르쳐 주십시오' 꾸벅꾸벅 술잔을 건넨다. '고맙습니다. 열심히 할게요. 곱셈도 잘하게 하고 글씨도 예쁘게 쓰게 하겠습니다' 연선이 아버지는 '선생님, 선생님' 하며 술을 권하고 나는 '아이고, 이거' 하며 술을 마셨다."

"에이, 또 술 얘기야."

"공부해요" 해서 책을 펴다 말고,

"가만있자, 오늘 체육이 둘째 시간에 들었는데 술 냄새 나니까 첫 시간에 하자."

"좋아요."

그래서 앞개울에 나가 버들강아지를 보고, 물소리를 들으며 시도 쓰고 그림도 그리고 노래도 불렀다. [2001.4]

# 미경이

가을비가 끝없이 온다.

유리창에 물방울이 또록또록 맺혔다.

산 아래 개울까지 내려온 단풍도 춥다.

내 마음도, 아이들 마음도 춥다.

공부 시간에 왜 이런 문제도 모르냐고 나는 딱딱한 얼굴로, 사랑 없이 말했고 아이는 한숨을 쉬었다. 책가방 메며 내 곁에 와서 작은 소리로 "선생님, 이제 수학 잘할게요" 겨우 그 말을 하고 꾸벅 인사하고 밖으로 나가는 여자아이.

아니야, 그게 아니야. 미안해.

나는 창가에 두 팔을 짚고 서서 추덕추덕 내리는 빗속을 걸어가는 아이 뒷모습을 바라보았다. [2001.11]

# 난로

비가 온다. 젖은 나뭇잎을 밟으며 학교에 갔다.

교실에 들어가니 아이들이 "추워요, 추워요" 하며 웅크린다.

"난로 언제 들여놔요?"

"아직 겨울 아니야. 며칠 있으면 날이 풀리겠지 뭐."

이제 공부하자고 하면 또

"으, 추워라. 난로 피워요."

그만하자는데도 자꾸 춥단 소리를 한다.

"내복 입었니? 내복 입으라고 했잖아. 안 입은 사람은 춥단 말 하지 마."

"입었어요. 봐요."

지연이도 입고 서라도 입고 거의 내복을 입었다. 내복 입어도 춥다니 할 말이 없다.

"난 안 추운데. 봐, 나처럼 잠바 두껍게 입으니까 안 춥잖아."

남호가 "저도 위는 안 추운데 아래가 추워요" 하며 구부리고 두 손으로 "어으으" 종아리를 문지른다.

"거참, 젊은 애들이."

겨우 책을 펴게 하고 아이들 자리에 앉아 같이 책을 보았다.

어? 춥다. 일어서서 말할 때는 몰랐는데 자리에 앉으니 춥다. 정말 몸 아래가 시리다. 아까 왜 나는 별로 안 추운데 아이들이 춥다고 했는지 알겠다. 그렇다고 이제 와서 춥다고 아이들처럼 웅크릴 수는 없지. 나는 잠바를 벗어 남방을 알통이 보이도록 걷어 올렸다.

"봐라, 난 안 춥지."

"에이, 추우면서."

"안 춥다니까."

두 다리도 무릎까지 훌렁 걷었다. 책으로 부채질을 하며 안 춥다고 우겼다.

쉬는 시간에 교무실 가서 아저씨한테 난로 언제 들여놓냐고 물어보았다.

"다음 주 월요일에 들여놔야지요" 한다. [ 2001.12 ]

# 밑변과 높이

공수전분교(2003년~2007년)

# 비 오는 날

교실 창문을 쫙 열고 서서 밖을 본다.

빗속에 제비가 난다. 새끼들이 한창 먹어 댈 때지. 아이들이 다가왔다. 1학년, 3학년 다섯 아이와 나, 이렇게 여섯이서 뺨을 가까이 대고 밖을 본다.

어려서 공부하던 그 교실, 그 창가. 내가 28회 졸업생이니 이 아이들은 얼마쯤 내 후배일까. 29년 전엔 나도 1학년이었구나. "공수전국민학교 1학년 1반 탁동철"이라 적은 공책을 펴고 교실 어디쯤 앉아 있었겠지. 지금은 내 동무들의 아들딸을 가르치는 선생이 되어 여기서 비를 보고 있다. 우리 아버지와 3학년 성택이네 할머니가 이 학교 1회 졸업생이니 1학년 내 딸과 성택이는 3대째 이 학교를 다니는구나.

요즘 아이들은 비 오는 날도 학교 온다. 우리 때는 비 오면 학교 안 왔다. 학교 와서 공부하다가도 빗줄기 굵어지면 가방 싸고 집에 갔다. 비 오는 날은 공부 안 하는 날, 그래서 어른이 된 지금까지 한바탕 퍼붓는 소리 들으면 두근거린다.

개울에는 끊어진 시멘트 다리만 있었다. 물이 불지 않은 날에야 별로 불편할 게 없었다. 큰 아이들은 끊어진 곳을 겅중 뛰어 건넜고, 작은 아이들은 엉금거리며 발을 옮겨 놓았다. 어쩌다 지나가는 트럭은 물을 튀기며 자갈 바닥을 건넜고. 하지만 물이 불면 모두 꼼짝할 수 없었다.

아마 이맘때였겠지. 학교에서 공부하고 있는데 아버지가 오셨다. 흠뻑 젖은 머리카락, 골마루에 물을 뚝뚝 떨구며 서 있던 아버지 모습이 눈에 선하다. 누구라도 물이 불고 있다는 걸 먼저 알아차린 어른이 학교에 달려온 것 같다.

우리 동네 아이들은 아버지 뒤를 따라 대치고개를 지나 개울가에 다다랐다. 물을 건너야 집에 간다. 나보다 위에 학년들은 손을 잡고 물을 헤쳐 건넜다. 나는 마지막까지 개울 이쪽 편에 남아 있었다. 다른 아이를 먼저 건네준 아버지가 다시 건너와 나를 업었다. 나는 등에 업힌 채 안 떨어지려고 목을 꼭 붙들었겠지. 지금도 꼭 잡았던 손바닥에 느낌이 남아 있는 것 같다.

골짜기마다 내달린 물은 급하게 불어났고 아버지는 개울 복판에서 비틀거렸고 사람들은 소리를 막 질렀고 밧줄이 날아왔고. 어쨌든 건넜다. 거의 건넜을 때 물에 들어와 부축하던 얼굴, 안심하던 얼굴들도 아른아른하다. 신발 떠내려갔다고 엉엉 울던 위에 학년 여자애 생각도 난다. 비가 계속 오던 날은 학교에 못 가고 동사에서 공부를 했다. 그때 우리한테 책 읽으라고 큰소리 놓던 청년들은 이제 환갑이다.

우리 반 아이들한테 어릴 적 학교 다니던 이야기를 들려주었다. 재미있을 리 없다.

"너네도 비 오는 날이면 뭐 생각나는 일 없니?"

할 말이 없는가 보다. 자꾸 재촉을 하니 한 아이가 비 와서 밖에서 못 놀아서 어쩌고 해서 더 시시해졌다. 나도 더 할 게 없다. 흙물 질 때 고기 잡기, 통나무 타고 물살 타기, 학교 안 간 것. 모두 오래전 일이다. 37년을 지내도 할 말이 없는데 이제 8년 산 아이들한테 뭐가 쌓여 있겠나. 지금 밖에 나가서 겪어 보자. 빗속에 논두렁 밭두렁 걸어 보자. 자라서 오늘 일을 말하는 아이도 있을 테지.

우산 하나씩 챙겨 들고 밖에 나갔다. 운동장 곳곳이 첨벙첨벙 아이들 놀이터다. 운동장 돌아보고 한 줄로 쪽 서서 도랑물 따라 내려갔다. 새끼 청개구리가 꼬랑지 달고 뛴다. 기저귀 찬 아기 같다. 비 오니 볼게 많네. 비 맞는 모와 옥수수, 잎사귀에서 굴러 내리는 물방울, 모포기 사이를 걷다가 웩 날아가는 왜가리. 도롱농도 논둑을 기어 다닌다. 개울가 둑에 앉아 불어나는 물을 가만히 바라보다가 학교로 돌아왔다. 수건으로 젖은 머리를 닦고는 비 구경 실컷 했으니 글 한 편 적어 내라 했다.


비 맞는 청개구리

청개구리가 뛰고 있다.
비를 맞으며 뛰고 있다.
꼬리를 혓바닥처럼 휘두른다.
"저 개구리가 날 놀리나."

그래놓고 잡으라고 하니까
마구 도망친다.
팔쭉팔쭉
겨우 잡았다.
내 손바닥에 앉아 얌전하다.
배가 매끌매끌 부드럽고
숨 쉴 때마다 볼록볼록
내 손을 밀어내는 것 같다.
도랑에 살려줬다.
그럴 줄 알고 얌전히 있었던 것 같다. (3학년 이재명)


청개구리

청개구리는 쑥 다이빙을 해다.
청개구리는 꼬리가 아직 안 없어졌습니다.
청개구리는 내 손에서
다이빙을 해는 거 같다. (1학년 윤주연)


한 아이 빼고는 다 청개구리 이야기다. 하긴 나도 아이들 손에 안 잡히겠다고 덜펙덜펙 달아나던 새끼 개구리 모습이 가장 남는다. 모두 좋은 글 썼다 칭찬하고 오늘 비 공부 끝. [2004.7.2]

# 성택이 점심시간

아침에 출근하면 우선 밥부터 한다. 쌀은 교실에 그득하다. 밥 안 싸와도 된다고 하니 집집에서 쌀을 갖다 놓아 한 가마가 넘는다. 그거 올해 안에 다 없애려면 많이 먹어라 많이 먹어라 하는 수밖에 없겠다.

아침 8시 50분에 밥을 안쳐 놓고 11시쯤에 단추를 누르면 공부 시간에 김이 폴폴 나면서 밥 익는 냄새가 난다. 밥 냄새 맡으며 공부하는 게 즐겁다. 분교에서 선생 노릇이라고 제대로 하는 게 없어 내놓고 할 말이 없다. 오늘 밥 먹은 이야기나 하자.

12시 20분, 아이들이 우리 교실에 왔다. 전교생 열하나에 다섯 살짜리 하나, 그리고 나까지 모두 열셋이다. 밥 먹기를 기다리며 교실 앉은뱅이책상에 빙 둘러앉았다. 한 사람이 빠졌다. 3학년 성택이. 밥 먹는 자리에 내려앉지 않고 자기 자리에 버티고 앉았다. 좀 전까지 멀쩡하게 헤헤거리던 녀석이 왜 이러나. 점심시간이라고 밥 먹자 하니 갑자기 얼굴을 걸상에 파묻고 척 늘어졌다.

"성택이, 밥."

불러도 꿈쩍 안 하고. 누구한테 언짢은 말을 들었나, 배가 아픈가. 말 안 하는 건 둘째 치고 도대체 고개조차 들지 않으니 속을 알 수가 있어야지. 뒤를 보이며 엎드린 아이가 있는데 어떻게 우리끼리 밥을 먹겠나. 왜 이러는지 성택이 동생 정택이도 모르고 아무도 모르겠다 한다. 시원하게 입을 여는 날이 언제쯤 올까. 그래도 요즘엔 학교에서 성택이 울음소리 듣기 힘들다. 책상 밑에 들어가 웅크리거나 하루 세 번은 울던 아이가 그러고 싶은 걸 잘 참아 줘서 고맙다.

밥을 펐다. 밥하고 밥 푸고 반찬 담고 뒷정리하고. 행복한 일이다. 혼자 해도 충분하지만 이것도 중요한 공부라 생각해서 당번을 정했다. 당번은 반찬 담아 주는 일과 먹은 자리 행주로 닦으면 된다. 당번 맡은 아이도 이 일을 좋아해서 자기 차례는 꼭꼭 챙긴다.

오늘은 3학년 차례라 한다. 3학년이라고 달랑 둘인데, 성택이가 저러고 있으니 재명이 혼자 반찬을 담고 있다.

'반찬 담아 주기 싫어서 밥 안 먹고 엎드렸나.'

그래서 안 먹는 거냐고 아이한테 물어보려다가 그만두었다. 밥과 반찬을 다 담아 주고 밥을 먹고 있는데 꿈쩍도 않고 있던 성택이가 공책을 들고 왔다. 입을 꼭 닫은 채 공책을 내민다. 공책에 이렇게 쓰여 있다.

"닭이 싫어서"

그래, 치사스럽게 반찬 담아 주기 싫어서 밥 안 먹고 엎드려 있는 건 아니었어. 그럼 오늘 누가 닭고기 싸 왔나. 모아 놓은 반찬 그릇에는 닭고기가 없는데. 아이들한테 누가 닭고기 싸 와 놓고 여기 안 내놨냐고 물었다. 닭고기를 가져온 아이는 없다. 아니, 닭 반찬이 있더라도 내가 먹기 싫다는 아이 먹으라고 할 리 없다. 채소 같은 거야 한 젓가락이라도 먹어 보라고 권하지만 고기반찬은 안 권한다. 아이들한테도 분명히 그렇게 말을 해 두었다.

"성택아, 닭이 없는데?"

대꾸를 할 리 없다. 밸이 뒤틀리면 죽어도 말 안 한다. 뭐가 싫기는 싫다는데, 누가 괴롭혔다는 말인가. 닭과 비슷한 이름을 가진 사람이라면 혹시 나? 내가 "탁"인데 글자를 잘 못 쓸 수도 있지.

"너, 내가 싫어서 밥 안 먹니? 내가 니를 얼매나 이뻐하는데."

머리를 젓는다. 다행이다. 그럼 여기 있는 사람 중에 누가 싫어서……. 관두자. 누가 싫어서 밥 안 먹고 엎드려 있겠다는데 그걸 오냐오냐 보아주기 싫다. 아이들은 밥을 다 먹고 먹은 그릇을 씻어 엎어 놓았다. 당번은 뒷정리 마쳤다. 그제서야 성택이가 다시 공책을 들고 나왔다.

"책상 닭이 싫어서"

아까 쓴 글자에 "책상"을 붙였고 받침을 고쳤다. ㄹ을 지우고 그 자리에 ㄱ을 넣었다. 아하, 이제 알았다. 성택이가 드디어 한마디 했다.

"저는 아무 잘못도 없어요."

속이 시원해졌다.

"그래, 너는 아무 잘못도 없어. 잘못이 없다고 말했기 때문에 잘못이 없어."

아이는 점심을 굶었고, 점심시간은 다 지나가서 오후 공부 시작이다.

성택이가 또 공책을 들고 왔다.

"내가 밥을 안 먹어도 선생님이 뭔 산관이에요."

에유, 그래 알았다. 틈만 나면 원숭이나 개 흉내를 내며 얼굴을 밉게 만드는 아이. 이 아이를 미워하는 일은 너무나 쉬운 일이라 조심스럽다. 아이한테 차가운 마음이 언뜻 들 때 "성택아, 나는 네가 좋아. 그러니까 너도 나를 좋아해야 해" 하며 아이를 껴안는다. 그러면 따뜻해진다.

수학 문제를 풀다가

"성택이 오늘 벌 받아야 돼. 어른이 말을 걸었는데 고개도 안 돌렸으니 잘못했어. 너 라면 먹고 설거지 다 해 놔."

설거지하겠다고 한다.

냄비에 물 붓고 라면을 끓였다. [2004.6]

# 출장

교육청에 출장 가야 한다.

아침에 우리 반 아이들한테 "나 갈게, 잘하고 있어" 말해 놓고 2층 교실을 나섰다. 가운데 계단을 내려오다 보니 턱마다 흙이 주덕주덕하다. 누가 진흙밭을 짓삶고는 흙 묻은 신발을 그냥 신고 다녔나. 그냥 두면 교실이고 골마루고 다 흙 발자국 되겠다. 이대로는 발이 안 떨어진다. 다시 계단 올라와 가까운 3학년 교실에 가서,

"누가 계단 청소 좀 해 줄 사람 없을까요?"

없다. 마침 5학년 영기가 골마루를 걸어오기에

"영기야, 헤헤헤. 줄 게 있는데."

주머니에 손을 넣고 뒤적뒤적하다가 오늘 아침 4학년 여자아이한테 받은 납작한 초코 과자를 꺼내며,

"계단에 흙이 있어서 그러는데……."

영기가 한마디로

"싫어요."

'윽!'

하긴 자기는 안 하면서 남을 시키는 게 치사스럽기는 하지. 그래도 어떡해. 나 얼른 가야 되는데. 늦으면 안 된다는데. 서둘러 4, 5학년 우리 반 교실 문을 열어 머리 디밀고 빠르게 말했다.

"얘들아, 가운데 계단이 흙투성이다야. 우리 반 맡은 덴 아니지만 누가 청소 좀 해 주면 안 될까?"

어째 대꾸가 없냐. 에유, 이럴 때 말 한번 들어주면 얼마나 좋을까. 말 꺼낸 나도 체면이 서고. 바로 앞에 민호가 있다. 걸상 두 개를 벌려 놓고 거기에 고무줄 걸어서 고무줄놀이 준비하고 있다. 좀 전에 내가 출장 간다니 좋다고 "만세, 만세" 외치던 녀석이다.

"아이고, 야는 맨날 봐도 이쁠까. 민호야 나는 너밖에 없다. 계단 청소 좀……."

"싫어요. 나도 스케줄이 있단 말이에요."

스케줄이 있다는 걸 어떡하냐.

"야, 너 고무줄 교실에서 하면 안 되는 거 알고 있지? 쿵쿵 뛰면 밑에서 시끄럽다고 올라와."

나는 금방 태도를 바꿔서 한마디 해 놓고 문 닫았다.

'에이, 어째 내 말 듣는 애들이 하나도 없냐. 선생님, 제가 할게요 하고 벌떡 일어나는 아이가 더러 있어야 나도 선생 하는 거 같을 텐데.'

굳어져서 그냥 아래층 내려가려는데 빗자루 들고 계단을 쓰는 아이가 있다. 혜린이다. 우리 반 혜린이.

갑자기 내가 딴사람이 되는 것 같다. 좀 전에 안 예쁘던 아이들까지

다 예뻐졌다. 허허허. "싫어요, 스케줄 있어요" 하며 고개 달랑 들고 말하는 아이도 존중받아야지. 영기, 민호 분명히 자기들 맡은 청소가 있고 그 일을 잘하고 있는데 남의 청소까지 해 주는 건 옳지 않다는 생각을 했을지도 몰라. 그럴 수도 있지. 그래, 까짓 거 안 할 일이라고 생각했다면 안 할 줄 아는 사람이 훌륭하다. 안 할 일인 줄 알면서도 열심히 하는 사람들이 있어서 세상은 더욱 나빠지는 것 아니냐.

아침에 내 말을 들어준 혜린이나, 자기 일을 더 중요하게 여긴 민호나 영기 모두 착한 아이들이다. 예쁜 세 아이 모습을 가슴에 담고 나는 지금 출장 간다. [2003.8]

# 아이는 혼자 울러 갔다

아이들이 공을 차며 논다.

교실에 가방 벗어 놓자마자 공 차러 밖에 나간다. 여자아이들은 공 차는 게 재미없는 모양인지 시작할 때는 같이 뛰어다니다가 곧 그네를 타거나 미끄럼틀에 간다. 다 같이 어울릴 수 있는 놀이를 하면 좋겠는데 내가 여기 학교 오기 전부터 해 오던 일을 내 마음대로 바꿀 수 없어 우선은 지켜보고 있는 중이다.

우리 학교 전체 아이들이 열한 명이니 그중에서 여학생을 빼면 축구 선수라고 해 봐야 6학년 하나, 5학년 하나, 3학년 둘, 2학년 둘, 이렇게 남자아이 여섯에 학교 아저씨가 끼었다. 아저씨는 언제나 추리닝에 슬리퍼 차림이다.

우리 반 3학년 성택이가 울고 있다. 감나무 밑에 고개 숙이고 서서 손등을 눈에 대고 있다. 엄마·아버지가 헤어진 뒤 시골 할머니랑 살고 있는, 서러움이 많은 아이다. 울고 있는 아이한테 갔다.

"성택아, 왜 울어?"

"아이들이 저만 미워해요."

아이를 달래 놓고 어서 가 공 차라고 등을 밀었다. 성택이가 이제 눈물을 닦고 공 차러 운동장으로 들어섰다. 끼어들어 놀려고 하는데 공을 몰고 가던 아저씨가,

"삐진 놈이 왜 와!"

아이가 교실로 뛰어간다. "으엉엉엉" 울음소리가 크다. 모른 척 그냥 놀게 해 주면 안 되는가. 사람 없는 교실 구석에서 꾹꾹 울고 있을 생각하면 공 차는 발이 앞으로 나가나. 꽃이 피고 새가 지저귀고 아이들이 뛰노는 환한 아침. 아이 혼자 교실에 울러 갔다.

어른들은 교무실에서 커피를 마신다. 성택이 이야기가 나왔다.

"애가 삐졌다고 쪼르르 달려가고, 그러면 안 돼요. 애가 버릇 돼서 점점 더한다니까요."

'쪼르르'라는 말이 귀에 걸린다. 아이가 울 때마다 쪼르르 달려가서 달래면 아이 버릇 나빠진다는 것, 누가 달래 줄 걸 기대하고 더 잘 삐치게 될 거라는 것, 이 정도야 누구나 생각할 수 있다. 그렇다고 울다가 눈물 그치려는 아이 더 울려야 하나.

"아, 울면 이렇게 서럽구나. 다시는 울지 말아야지. 정말 소중한 교훈을 얻었어."

이런 걸 기대하며 더 설움을 줘야 한단 말인가.

아이가 울고 있을 때 달려가서 우는 까닭을 묻고 이야기를 들어주는 게 아이 버릇을 망치는 일이란 말인가. 그렇다고 해 두자. 아이가 울고 있을 때 모른 척 무시해야 여린 마음이 단단하게 굳어져서 험한 세상

적응할 수 있다고 치자. 울 때마다 사연을 들어주면 아이가 남한테 의지하는 버릇이 들어 결국 자기 혼자 살아갈 길을 못 찾고 헤매게 될 게 분명하다고 해 두자. 그렇더라도 나는 우는 아이 달랠 것이다.

우는 버릇 못 고쳐서 20년 뒤에도 여전히 눈물을 줄줄 흘리고 있어도 좋다. 눈물 닦던 손을 내밀어 누군가의 눈물을 닦아 줄 수는 있겠지. 적어도 아프고 힘든 사람 더욱 쪼아 대는 일은 안 하고 살겠지. [2004.5]

# 배추 심고 두더지 공부하고

9월 10일 사회

3학년 사회 교과서 12쪽에 "우리 주변에서 옛날에 쓰던 물건을 찾아 어떻게 사용하였는지 알아봅시다" 이렇게 쓰여 있다.

아이들과 마을로 갔다. 마당가에 심어 놓은 봉숭아, 맨드라미, 과꽃이 예쁘다. 집집이 뒤란이나 헛간에 오래된 물건 한두 개쯤 다 있지. 함지박에서부터 바지게, 논 가는 쟁기, 벼 훑는 홀테, 아무따나 비를 맞혀 녹이 나고 썩어 가는 것들.

모래기 집 명환이 아버지가 집 구석구석 옛날 물건을 찾아내신다. 아저씨 별명은 왕대포다. 무슨 말이고 부풀려 뻥을 친다고 생긴 별명이다. 아이들한테 알려 줄 때는 달랐다. 뻥 안 치고 정확하게, 아이 옆에 쪼그리고 앉아 친절하게 이야기하신다. 수첩에 말을 받아 적을 수 있을 만큼 천천히 이야기를 해 주셨다. 쟁기를 쓰다듬으며

"옛날에는 쇠로 농사짓거든. 적어, 빨리. 지금은 말짱 기계로 사용하잖니. 그래 가주구 옛날에는 기계가 읎었어. 그래 가주구 소 있지. 소를

갈채 가주고 이걸로 논 갈구 밭 갈구 그랬단 말이여. 다 들었어? 다시 한번 할게. 옛날에는 저 경운기고 그런 기 하나두 읂었어. 읂어 가지구 쇠를 가주고 밭 갈구 논 갈구 그랬거든. 지금은 기계가 나와서 이런 거 사용 안 해."

이번에는 나무 함지다.

"옛날에는 여기다가 떡을 해 가주고 쌀을 담어 가주고 이구 댕기민 팔았거덩. 이게 뭔지 아너. 느 집에도 다 있을 텐데 이런 거. 옛날에는 플라스틱이 없었어. 그래 가주구 이걸 낭구를 깎아 가주, 이건 이제 반테이라 하거덩. 함지라구두 하구. 그래 가주구 여기다가 시장에 갈 제 뭐 나물 이런 거 담어 가주구 시장에 나가서 팔구 그랬거덩. 지금은 플라스틱이 마이 나오니까 이런 거 사용 안 해. 이런 거 깎는 사람이 읂으니까 아이 하지. 다 적언?"

정성 들여 알려 주셨다. 인사하고 일어섰다.

돌아오는 길에 수크렁을 뜯어 청설모 꼬리라며 장난쳤다. 죽은 나뭇가지에는 무당거미가 집을 지어 먹이를 기다린다. 밭에는 깨꽃이 하얗다. 피면서 떨어지는 꽃. 깨꽃은 땅에 떨어져 깔린 게 더 예쁘다. 깨꽃 떨어질 때 송이 딴다고 했지. 마을 사람들은 송이 따러 산에 다닌다.

스티로폼 알갱이 같아요, 눈 같아요, 소금 같아요, 아이들이랑 깨밭 가에 앉아 나오는 대로 지껄였다. 벌과 나비도 난다.


깨꽃

눈송이처럼

내리는 깨꽃.

눈송이처럼 깨꽃이

땅에 앉으면

깨꼬생이가 생기고 또

깨알이 생기고

깨알을 두드리고 그래서

깨알은 아파서

울으면 기름이 되고 그래서

밥애서 해먹고

그래서 고맙다. (3학년 최성택)


벌레 소리

벌레가 비리비삐리 한다

다른 벌레는 주를루로

한다

벌레 소리가 다시

작게 되다

깨꽃 볼대

벌레소리를 드러다. (1학년 윤주연)

9월 13일 과학

과학 교과서 14~16쪽에 식물의 잎과 줄기를 관찰해 보자고 나온다. 문 열고 나가 관찰했다. 아저씨가 화단에 삐죽삐죽 돋은 나뭇가지를 둥글게 다듬는 중이다.

"와, 학교 아저씨가 나무 머리 깎아 줬다아. 나뭇잎이 살려 줘 한다아."

성택이가 밖에 나오자마자 소리친 말이다.

3학년은 식물의 잎이 줄기에 붙어 있는 모양을 살펴보았고, 1학년은 살아 있는 것 한 가지 정해서 오래오래 살펴보라 했다.


거미

거미가
아 배고파
빨리 잠자리가 붙어야 할 텐데
하고 한숨을 쉰다. (1학년 탁솔애)


거미

거미는 식구가 얼마나 많은지
여기도 있고요
저기도 있다. (1학년 윤지연)

### 9월 17일 두더지

8월 개학 날 아이들과 실습지 밭에 배추를 심었다. 감자 캐낸 뒤 풀만 무성한 밭에 풀을 뽑고, 두둑을 높이고 거름을 묻었다. 봄에 양배추 심어 놓고 청벌레 잡다 잡다 결국 뽑아낸 적이 있다. 이번에는 잘해야지. 벌레 먹는 속도보다 채소 자라는 속도를 더 빠르게 하면 될까. 양배추나 배추나 일단 속꼬개이가 생기고 그게 단단하게 안으로 말리면 벌레도 더 못 기어드는 것 아닐까. 쑥쑥 키우려고 거름이 과하다 싶게 놓았다. 아저씨가 그걸 보았다.

"그게 자라는 날짜가 있는데 뭐. 거름 잘 준다고 콩나물 크듯 그렇게 크면 뭐 채소 장사덜 돈 벌어먹게. 약 안 치면 안 돼요."

약 안 쳤다. 배추는 빨리 컸다. 하루 자고 일어나면 움쑥 컸다. 하지만 시들어 죽는 놈이 생겼다. 까닭을 알 수 없다. 무슨 병인지. 거름이 지나쳤나. 가만 보니 땅속으로 뭐가 지나갔다. 두더지 짓이다. 메뚜기나 달팽이, 검은 애벌레 파먹은 자리는 다르다. 두더지가 지나갔구나. 땅이 들떠서 배추가 시든다. 꾹꾹 발로 밟고 있는데 뒷집 상춘이 아버지가 지나간다. 키 작은 상춘이 아버지가 구부정하게 지나가다가 멈춰섰다.

"쇠스랑이나 괭이를 거기 갖다 놔. 해 뜰 때 보면 땅이 볼록볼록해. 들고 사알금 사알금 가서 캑 치란 말이여."

"캑!" 할 때 상춘이 아버지 팔이 허공을 내리쳤다.

그림책《누가 내 머리에 똥 쌌어》를 읽고 동물도감과 백과사전을 찾아 두더지 공부를 한 다음 밭에 가서 두더지 지나간 길을 살펴보았다.

아이들이 이런 거 집에서도 많이 봤다고 했다. 찰흙으로 두더지 만들기를 했다. 흙을 헤치며 나아가도록 생겨 먹은 두툼한 앞발과 포크레인 같은 발톱, 짧은 꼬리. 만들다 보니 그게 거북이랑 비슷해지는 모양이다. 거북이 만들면 안 되냐고 두 아이가 물었다.

## 두더지

두더지가 준 피해는 크다. 두더지가 지렁이를 잡아먹으려고 땅굴을 판 건데 밭에 배추 뿌리가 끊어지기 때문이다. 두더지가 들어간 곳은 구멍이 나 있다. 그곳을 들어가서 배추 밑을 지나가며 뿌리를 건드린다. 밭에 있는 두더지를 잡아야 될 거 같다. 배추 잎의 가장자리와 속꼬개이 잎이 말라서 노랗게 되었다. 두더지를 잡기 위해서

(1) 아침 일찍 일어난다.

(2) 학교에 와서 두더지의 움직임을 관찰한다.

(3) 관찰한 것을 수첩에 적으며 계획을 짠다.

그렇게 해서 그 두더지가 지나가는 곳에 함정을 만드는 것이다. 우리 배추를 더 이상 죽게 하긴 싫다. 두더지를 잡아야 한다. 두더지 말고 기시미 같은 벌레와 방아깨비가 준 피해도 있다. 기시미 같은 벌레는 배추 한복판 속꼬개이에 들어가서 파먹고 방아깨비는 겉잎을 뜯어 먹는다. 방아깨비는 조금만 피해를 준다. 우리가 그 동물과 벌레를 잡아서 풀숲이나 먼 곳에 가서 살려 줘야 한다. 그렇게 하면 동물 곤충 사람도 한 명도 죽지 않는다. 그

래서 평화로운 지구가 되고 싶다. (3학년 이재명)

　재명이가 방아깨비라 한 것은 섬서구메뚜기다. 어미가 새끼 업고 다니듯, 등짝 넓은 암놈은 쬐끄만 수컷을 언제나 등에 업고 다닌다. 겉잎만 좀 갉아 먹는 놈들이구나 여겼는데 9월 18일에 무너미 가서 정남이 누이네 배추밭을 보고는 생각이 바뀌었다. 남아 있는 배추보다 이놈 배 속에 든 게 더 많을 것 같았다. 다음 공부 주제는 섬서구 메뚜기로 할까. [2004.9.17]

# 야, 발자국이다

### 악어 발가락

새 학기 시작하자마자 눈에 푹 묻혔다.

이틀 휴교하고 월요일. 하얀 눈 세상이다. 눈싸움이든 눈사람이든 나가자. 악어를 만들기로 했다. 우리 반 3학년 셋, 4학년 하나. 네 아이들이 머리, 다리, 꼬리를 나누어 맡았다. 삽으로 눈을 퍼 날라 몸통을 쌓고, 이빨을 붙이고, 꼬리를 길게 잇고. 등가죽에 가시 박을 때 머뭇거렸다. 가시가 한 줄로 쪽 박혔는지 아무 데나 빈자리 찾아 박혔는지. 악어 발가락은 또 몇 개냐. 돌멩이 주워다 눈알을 박고 다 됐다. 악어 같기도 하고 하마 같기도 하고. 혜진이가 목도리 벗어 악어 목에 둘러 준 다음 눈 악어 앞에서 기념사진을 찍었다.

눈 덕분에 올해 공부 첫발을 악어로 뗐다. 다음 날부터 공부거리가 생겼다. 악어 발가락 먼저. 우선 생각나는 책이 《지각대장 존》에 나오는 악어다. 학교에 가는 존의 책가방을 덥석 문 악어. 첫 장에 나오는 악어는 앞다리 발가락이 세 개다. 세 개인가 하고 보니 다음 장에는 네 개로 나온다. 하긴 하수구에서 나오는 황당한 악어니 발가락 수가 뭔 상관이랴.

다른 곳을 뒤졌다. 몸길이가 6m로 되어 있어서 놀랐다. 6m만큼 아이들과 손잡고 팔을 벌려 늘어서니 교실 한쪽 벽에서 저쪽 벽 끝까지 갔다. 악어란 놈 엄청나구나. 하필 오늘 뉴스에 사람 80명을 잡아먹은 악어를 생포했다는 기사가 나오네. 같이 읽으며 악어 크기를 실감했다. 2학년 솔애는 악어 울음소리가 멧돼지 달리는 소리 같다고 하는데 내 귀에는 뭘 잔뜩 먹고 트림하는 것 같다. 찰흙 반죽을 해서 새롭게 알아낸 만큼 만들었다. 오돌토돌 돌기는 한 줄로 쪽 붙이고, 앞다리 발가락 다섯 개, 뒷다리 발가락 네 개.

모르는 게 어디 악어 발가락뿐이냐. 내 발가락 손가락 몇 개는 안다. 닭은 몇 개, 고양이는 몇 개, 농사꾼들 속 썩이는 너구리 고라니 발가락은 몇 개인가. 까만 밤에 어떤 자국을 남기며 발을 디뎌 갈까. 거저 알게 되는 건 싫다. 밥 먹고 살찌고, 약 먹고 살 빼라는 소리 같다. 이미 알고 있는 것도 안 중요하다. 이것도 알고 저것도 알아서 입이 쉴 새 없고, 그래서 남을 지치게 하는 사람 흔하다.

풀꽃 들여다보며 "선생님, 이게 뭐예요?" 물을 때 다 알아서 "그거 이쁘지? 요기는 뾰족하고 조기는 옴폭하고. 야 이쁘지, 좋지" 하는 사람 지겹다. 몰라서 "히야, 이게 뭘까?" 오래오래 같이 보아주는 사람, 정말 몰라서 자꾸 묻는 사람은 한 아이를 얼마나 기쁘게 할까.

모르고, 모르는 사람끼리 같이 헤매며 알아내는 과정은 아름다울 수 있겠지. 찾아가면서 눈을 빛낼 수 있겠다.

다시 눈이다. 3월에 세 번 네 번 오는 눈은 처음 겪는다. 가루 날리듯 가볍게 내리다가 사라지는 눈이 아니다. 무겁게 내려앉아 발이 푹푹 빠지도록 쌓인다. 이맘때면 나무눈 툭툭 날마다 불거지고, 마른풀 줄기 밑둥에 싹이 파랗게 돋을 때 아닌가. 아이들은 봄을 찾아다니며 시를 쓰고 그림을 그렸겠지. 하지만 하얗게 덮인 눈 때문에 봄이 없다. 봄은 못 봐도 눈 위에 발자국은 볼 만하겠다.

### 야, 발자국이다

《야, 발자국이다》를 읽었다. 아버지와 아들로 보이는 사람이 눈 덮인 산길을 걸어간다. 여러 발자국과 똥이 차례로 나타나고, 두 사람은 동물 흔적을 살피며 앞으로 나간다.

> 개울가에 난 발자국 좀 봐. 발자국이 네 개씩이고 발가락은 다섯 개야. 돌 틈을 지나서 나무 밑으로 빠져나갔어. 누굴까? (6쪽)

이렇게 발자국 이야기를 해 놓고는 똥 이야기로 이어 간다.

> 샛노란 오줌이랑 배배 꼬인 까만 똥이 있네. 한쪽 끝은 뭉툭하고 한쪽 끝은 뾰족해. 뼈다귀랑 털이 들어 있어. 누가 눴을까? (8쪽)

여기까지 읽으면 아이들이 코를 쥐거나 목을 손으로 눌러 목소리를 바꿔서 "나야 나, 족제비야" 한다. 살아 있는 나무와 동물과 풀은 비슷

비슷하게 드러나지 않는 연한 흙빛이다. 제 스스로 눈을 털어 내지 않는 길과 언덕 바윗돌 물은 하얗다. 하얀 눈에 발자국 폭폭 박힌 자리만 검다. 고라니 너구리 멧돼지 멧토끼 살쾡이 수달 족제비 청설모. 이 정도면 마을 가까운 산과 들에 있는 동물은 거의 나온 듯하다. 책에 쓰인 낱말도 눈 위에 발자국처럼 선명하다.

"쪼개진 도토리 껍질, 뜯어 먹은 솔방울, 땅을 후벼 팠네, 눈밭에 골이 생겼어, 가랑잎도 헤치고, 등을 부볐나 봐, 뭉툭한 똥 덩어리, 까맣고 갸름한 똥 무더기."

이제 우리도 동물 흔적을 찾아 떠난다.

날카롭게 보자. 주제는 "내 눈으로 찾아낸 똥과 발자국의 주인은 누구일까?"

새벽에 그친 눈이 길에 구름처럼 보드랍게 깔렸다. 그 위에 오늘 아침 재경이 형제가 타고 왔을 자전거 바퀴 자국이 선명하다.

> 형이 아침에 세수하고 권형이 형이랑 논다고 일찍 갔다. 나는 자전거 체인이 밑으로 내려가 발만 움직이고 자전거는 안 갔다. 나는 덜크덩거리니까 불편하다. 눈에 형아 자전거 발자국이 길게 나 있다. 나는 자전거를 끌고 발자국을 따라갔다. 앞바퀴 뒷바퀴 발자국이 나란히 가다가 둘이 밟았다. 무늬가 뱀같이 옆구리가 쫌쫌쫌 박혀 있다. (3학년 이재경)

개와 고양이의 발자국 차이는 금방 알겠다. 꽃무늬 앞에 콕 찍힌 발톱 자국이 있으면 개다. 고양이는 발톱을 넣고 걷는다지. 발자국을 보며 저마다 생각나는 것을 떠들어 보기로 했다. 온갖 상상이 생겨났다.

우물 옆에 찍힌 발자국은 발가락이 네 개고 발톱 자국이 없다. 발자국이 한 줄로 나란히 있는데 사이에 눈이 긁혔다. 고양이 발자국이다. 고양이는 뒷발을 앞발 디딘 자리 바로 앞에 놓는다는데 급하게 달릴 때는 뒷발이 앞으로 옮겨 오면서 바닥을 긁는 모양이다. 신 신을 사이 없이 바닥을 끌며 뛰는 사람처럼. 이 녀석은 어째서 급하게 달렸을까? 아이들 말로는 개가 짖었을 거라 한다.

호두나무 밑에 발가락 네 개에 발톱 긁힌 발자국이 쪽 나 있다. 멈춰 선 자리가 있고, 그 앞이 노랗다. 샛노란 자국이 흩어졌다. 그리고 자기가 오줌 눈 자리를 안 밟고 옆으로 돌아서 가던 길을 갔다. 똥오줌 밟기 싫은 건 누구나 같군. 재경이가 그 흉내를 냈다. 걷다가 멈춰 서서 한쪽 다리 들고, 덜덜 오줌을 누고, 그 자리를 비껴 다시 걷고.

큰 발자국 옆에 작은 발자국이 찍혔고 서로 엇갈리기도 했다. 아무도 안 밟은 하얀 눈길을 어미와 새끼가 나란히 걸어간 자리다. 새끼 개가 쫄랑쫄랑 앞길을 막았다가 몸을 부비다 했다.

아이들이 바삐 움직이고, 말도 많아졌다. 흔적을 찾아내서 떠오르는 대로 말하기. 아무도 답을 모른다. 누군가 말하면 그게 정답이다.


대추나무 밑에 새 발자국이 있다. 발가락이 세 개. 몇 발 가다가 끊어진다. 끊어질 때 손바닥을 도장처럼 쾅 찍은 것을 보니 깜짝 놀라 세게 밟고 날아갔나 보다. 새 발자국 옆에 강아지 발자국이 있다. 그 새는 어떤 새일까. 이름은 뭐일까. 어떻게 생겼을까. 그 날아간 새가 보고 싶다. (3학년 김혜진)

## 누구 발자국일까

흔적으로 갖가지 추측을 할 때 《누구 발자국일까?》 책이 도움이 되었다. 한 아이가 돋보기를 들고 살피는 걸로 첫 장을 시작한다. 아이들한테 자연 탐정이 되어 보자고 책 속으로 이끌어서 어느 자리에 있는 어떤 흔적을 보고 무슨 일이 생겼는지 추리를 해 나가고 있다.

앞발과 뒷발 거리 두 배에서 꼬리를 뺀 길이가 그 동물의 크기라 한다. 사람은 두 발로 서서 걸으니 다르겠지. 4학년 재명이가 바닥에 엎드려 걷는 흉내를 냈다. 손바닥 짚은 자리와 무릎 구부려 발 짚은 자리를 재서 두 배를 곱하니 재명이 키와 비슷한 길이가 나왔다. 이래서 발자국 찍힌 자리를 자로 재면 동물의 크기를 짐작할 수 있을 것 같았다. 마을 길에는 집짐승뿐이다. 야생 동물 흔적을 찾으려면 마을에서 떨어진 곳으로 가야지.

하루 뒤, 송천 개울로 갔다. 봄은 멀었구나 했더니 눈 쌓인 길가에 찔레 순이 뾰록 돋았다. 이곳은 개나 고양이가 올 일 없는 곳이라 개 발자국 비슷하면 너구리일 테고 고양이 발자국 비슷하면 살쾡이겠지. 고라니나 노루는 발굽이 있을 테고. 토끼는 앞발은 작고, 앞발 앞에 놓인 뒷발 자국이 길어서 누구나 토끼 뛰어간 자국이란 걸 알아차릴 수 있을 것이다.

여러 동물이 개울가로 내려왔다가 산을 올랐다. 발자국은 많았지만 자국이 허물어져서 책에서 본 탐정처럼 추측을 해내기 어려웠다. 눈 위에 찍힌 발자국을 공부하려면 눈 온 바로 다음 날 아침이라야 제대로 되겠구나 생각했다.

모래밭에 외로 걸어간 자국이 쪽 있다. 고라니다. 고라니는 발굽이 있어 발가락 동물과는 걸어간 자리가 다르다. 발자국을 따라가니 개울 옆 덤불숲으로 들어갔다. 똥이 있다. 쥐눈이콩처럼 새까만 똥이 소독소독하다. 둥글넓적 좀 굵은 똥도 한곳에 있다. 혜진이가 여기는 동물 화장실이라고 소리쳤다. 고라니 똥과 토끼 똥을 주워 왔다. 이 눈에 뭐 먹을 게 있어 똥을 눴는지. 토끼 똥을 비벼 보니 싸리나무 껍질이 나왔다. 고라니 똥은 토끼 똥보다 잘게 으깨져 뭘 먹었는지 알 수 없다. 가는 실 같은 까시래기만 남아 있다. 나무줄기도 잘라 먹고 가랑잎도 먹는다는데 뭘 먹든 꼭꼭 되씹어 소화를 다 시켰나 보다. 발굽 있는 동물은 급하게 뜯어 삼키고, 되새김을 하는 녀석들이 많다 한다. 되새김질을 하는 동물은 먹은 걸 알아내기 쉽지 않을 것 같다. 발굽 있어도 되새김 안 하거나 발가락으로 사는 동물은 뭘 먹었는지 알 수 있다. 칡 파먹은 멧돼지는 칡 똥을 누고, 발굽 없이 사는 개나 너구리는 똥에서 고춧가루, 열매 씨, 곤충 다리가 그대로 나온다. 사람도 마찬가지.


똥 똥 귀한 똥

《똥 똥 귀한 똥》을 읽었다. 엿장수가 똥이 마려워 손수레를 세워 놓고 주춤주춤 어기적어기적 풀숲으로 들어가서 "뿌지직 똥!" 할 때 나비가 날고 참개구리가 뛴다. 동물들이 똥 눌 때 모습과 똥 모양, 똥 속에 들어 있는 것, 똥이 거름이 되는 이야기가 차례로 나온다. 한 장 읽고 다음 장으로 넘어갈 때 오래 걸렸다. 그림이 우스워 웃을 시간이 필요한데다가 읽어 나가며 나나 아이들이나 이야깃거리가 너무 많았다. "엿장수 똥은 찐득찐득 참기름 장수 똥은 미끌미끌" 하면서 노래를 불렀고, 나는 전에 마을에 엿장수가 손수레 끌고 왔을 때 아이들이 빈 병이나 떨어진 고무신 들고 엿 바꿔 먹던 이야기를 했다.

"소꼬리가 올라간다. 똥구멍이 벌어진다. 찍 새똥 떨어졌다. 새똥은 물찌똥"에서 아이들은 서로 자기가 말할 기회를 달라 졸랐다.

"어떤 놈은 다니며 오줌 누고요, 어떤 놈은 딱 서 가지고 눠요. 소 집에 있는 소는 자기끼리 머리 대고 싸우다가 다른 소가 똥 싸는데 얼굴 맞았어요."

"소가 오줌 누는데 꼬리 들고 갑자기 똥구멍이 벌렁벌렁하다가 노란 물 같은 게 콰르르 나왔어요."

"우리 개 누리가 이렇게 오줌 누고 있어요. 자전거 타고 오다 내릴 때 봤어요."

나도 할 이야기가 있어 입이 근질거렸지만 참았다. 선생은 틈날 때마다 말할 기회를 얻고, 오래 떠들어도 나무랄 사람이 없으니까.

볼 게 많아졌다. 마을 시멘트 길에 개나 고양이 발자국이 그렇게 많은지 미처 몰랐다. 밭에도 온통 동물 발자국이다. 똥은 아무 곳에나 널린 것 같다. 돌 틈에 새똥도 자주 보인다. 전에 배추 심었을 때는 어디 가서도 배추만 보이더니 요새는 똥만 보인다. 집에 가서 함정을 팠다는 아이도 있었다. 나중에 아이 어머니한테 듣기로 그 함정에 아버지가 빠졌다고 하니 꽤 깊이 판 모양이다.

풀, 진흙, 깃털로 함정을 만들었다. 우선 구멍을 팠다. 둥근 박이 땅속에 묻힌 것 같다. 그 다음 풀을 진흙을 섞어서 위를 덮어놓고 솔방울을 놓았다. 솔방울은 청설모랑 다람쥐랑 먹으러 오다가 빠지라고 놨다. 마지막으로 깃털로 장식을 했다. 무슨 동물이 걸릴지 궁금하다. (3학년 한이주)

아이들을 밀렵꾼 만드는 것 아닌지 모르겠다.

3월 31일에 3학년 재경이가 뒷골에서 살쾡이 똥을 주워 왔다. 뭘 잡아먹어 똥이 다 털이고, 한쪽 끝이 뾰족했다. 잘했다며 봉다리에 넣어 교실 뒷벽에 붙여 주었다. 이건 괜찮은데 그 뒤 개똥이며 고양이 똥 자꾸 주워 와서 곤란해졌다.

재경이가 똥을 주워 온 뒷골 어귀에 다 같이 갔다. 검불 깔린 평평한 곳에 큰 종이 두 장을 깔고 한 장에는 개 사료, 한 장에는 명태 대가리를 올려놓았다. 아이들과 나는 살쾡이나 너구리 오소리 토끼가 흙 묻은 발로 와서 먹고는 종이 위에 발자국을 남겨 놓고 떠나길 기다린다.

[2005.3]

# 공부할래, 모심으러 갈래?

점심 먹고 운동장에서 놀고 있는데 6학년 권형이 아버지가 운동장으로 와서 권형이를 부른다. 학교 공부 끝나면 놀지 말고 바로 논으로 오란다. 권형이네는 작년에도 손모를 심었다. 태풍에 쓸린 뒤 다시 제방을 쌓고 논바닥을 고르게 닦았는데 바닥이 질어 이앙기가 빠져 버린다고 한다. 바쁜 농사철인데 할아버지는 아파 병원에 입원했고 할머니는 병간호하고, 그래서 권형이네는 일할 사람이 없어 애가 났다.

아이들을 모아 놓고 "너네 공부할래 모심으러 갈래?" "모심으러 가요." 그럴 줄 알고 물었지. 12시 40분. 오후 공부가 두세 시간 더 남았지만 일기장 챙겨라, 가방 싸라 하고 논으로 나섰다. 거미줄처럼 이어진 이 집 저 집 논둑길 따라 개울 옆 권형이네 논으로 갔다.

권형이네 엄마 아버지와 이웃 아주머니와 노인 둘, 이렇게 다섯이서 심고 있었다. "선생님 오셨어요?" 한마디 하고 고개 돌릴 새 없이 바쁘다. 동네 형이거나 아버지뻘 되는 어른이지만 아이들을 맡겨 놓은 것 때문에 나한테 반말 안 한다. 아이들과 허벅지까지 바지 걷어 올리고 논에 들어갔다. 나랑 옆 반 선생은 모를 심고, 아이들은 모춤을 날랐다. 기계가 못 들어갈 만도 하겠다. 아이도 어른도 논바닥 진흙에 푹 들어가면 쩍 달라붙어서 그 발을 빼서 다음 발 옮기는 게 안 쉽다. 2학년 지연이는 모춤을 끌고 가다가 진흙에 빠진 발을 못 빼고는 치마 입은 그대로 논바닥에 주저앉았다. 여자아이 다섯은 한 번씩 날라 놓고 밖에 나가 놀고, 남자아이 셋은 농사꾼이나 된 듯 내내 대들어서 일을 했다.

나는 모심는 게 익숙해지려고 기계가 심는 것처럼 착착착 장단을 넣으며 정신을 바짝 차렸지만 잘 안 됐다. 모판에서 뽑아낸 모를 왼손에 쥐고, 오른손 둘째 셋째 손가락에 심을 만치 뽑아 끼워 논바닥에 쿡쿡 주먹만큼 사이를 두고 찔러 넣는다. 잘 심는 사람은 손가락에 물이 쪽 흐른다는데 나는 꽤 시간이 지나도 달라지지 않았다. 아마 내가 학교 선생이 아니었으면 "어이, 거기서 뭐 해" 하며 못줄 잡는 어른한테 꽤나 잔소리 들었을 것이다.

양옆에서 못줄 잡는 사람이 "오라이!" 하면 다음으로 넘기는데, "오라이" 소리 나오기 전에 내 앞에 자리 꽂아야 한다. 못줄 댄 자리에 꽂고, 못줄 한 뼘 뒤쯤에 어림짐작으로 줄 맞추어 꽂는다. 이건 두 줄 심기다. 석 줄 심기는 더 바쁘다 한다. 못줄 한 뼘 앞에 꽂고, 못줄에 대서 앞에 꽂고, 또 못줄 뒤에 꽂고. 못줄을 한 번 넘길 때마다 석 줄씩 꽂는 것이다. 두 발 넓게 벌리고, 무릎 굽히고, 허리를 착 꼬부리고, 이앙기처럼 착착착착, 손가락에서 물이 쪽 흘러 물줄기가 끊어지지 않는 내 모습을 머릿속으로 그려 보며 즐거워했지만, 실제로는 느려 터져서 옆에 사람이 내 자리를 채워 주는 일이 많았다.

큰 논 한 배미를 두 번에 나누어 심고 나니 퇴근 시간이 되었다. 옆
반 선생은 아이들과 학교로 가고, 마을에서 일 먼저 끝낸 사람들은 하
나둘 여기 논으로 출근을 해서 모심는 사람이 처음의 두 배쯤 되었다.
아직 두 배미 남았다. 마을 노인, 스무 살에 죽은 내 초등학교 동창 아
버지가 자꾸 술을 권해서 쉴 때마다 술을 마셨다. 한 번에 음료수 컵으
로 가득 두 잔씩 마셨는데, 일어나서 논에 들어가 허리 숙이고 나면 너
무 바빠서 취했다는 생각을 할 틈이 안 났다. 누구 주머니에서 핸드폰
이 울리면 이분이 대뜸 잔소리다.

　"모심을 때는 놀기가 아를 업고 가도 안 돌아본다는데 뭔 전화여!"

　아기를 업고 가는 게 범이나 곰이 아니라 노루라니 다행이다.

　7시 반. 논물에 달이 비쳤다. 밤에 우는 새와 청개구리가 울었다. 중
국집 갤로퍼가 제방 둑에 짜장면을 내려놓았다. 읍내에서 여기까지 25
리 길을 왔다. 대여섯 그릇 시키면 싫어하는데, 열 그릇이 넘으면 아무
때고 배달 가능이라 한다. 짜장면을 먹고 배가 부르고 어두워지니 취한
걸 알겠다.

　홍얼홍얼, 주인네는 안 먹는다는 고량주 두 병을 잠바 주머니에 넣
고 논둑길 타고 집으로 왔다. [2005.6]

# 술 안 먹을 수 없는 날

올해는 9월 13일로 날짜를 잡았다. 마을 잔치라 집집이서 오고, 외지에서 양복 입은 손님이 찾아온다. 음식 장만하고 대접하는 일이 만만찮다. 학교 선생은 생색이나 낼 뿐, 아이들 엄마 아버지가 고생이지. 이번 운동회 날 음식은 소머리국밥이라 한다. 소 이빨 뽑아내고 귀 청소를 제대로 해 줘야 군맛이 없다는데, 그 일은 마을 이장님 전문이다.

저녁부터 일이 많다. 크리스마스보다 크리스마스이브가 왁자한 것처럼, 운동회보다는 운동회 전날이 성대하다는 게 둔전리 이주 아버지 이론이다. 그래서 운동회보다는 운동회 전날 먹는 술과 고기가 제맛이라고.

마을 회관에 가니 불이 훤하다. 아이들은 마당에서 뛰놀고 부모들은 일한다. 읍내 고깃집에서 소머리 얼군 것 가져와서 하루 물에 담가 핏물 빼고, 생강 넣고 소주 두어 병 넣어 삶아서 건져 내 식히는 것까지, 그리고 손질해서 술 한잔 먹는 것까지 남자 일이라 한다. 지금은 여자 일 차례인지 엄마들은 부엌에서 바쁘고, 아버지들은 방바닥에 상 펴 놓고 술을 마신다. 같이 복작거려 될 일이 아니라면 옆에서 봐주는 것도 한 가지 일이겠지. 땅 파는 일이든, 음식 장만하는 일이든 옆에서 술 먹고 놀아 주는 사람 없으면 무슨 재미겠나.

안주는 소머리 고기와 소 혓바닥 삶아 썬 것. 소 혓바닥 살은 연하다. 혓바닥 고기에 대해 여러 말을 하니 내 초등학교 선배인 용소골 지연이 아버지가 "아, 혀 맛을 처음 본단 말이여?" 해서 정말 처음이라고 끄덕였다.

힘들게 준비한 음식인데 행사 잘 치르면 얼마나 좋을까. 하지만 기상대에서는 내일 비 올 확률이 80퍼센트라 한다. 지연이 아버지가 다시 한마디.

"밤에 부정 탈 일 하지 말어. 하늘 보고 빌란 말이여."

나도 이런 재미있는 말을 할 줄 알았으면 좋겠다.

이곳 학교 아이들의 선배이기도 한 마을 형님들과 앉아 술을 먹으면 입도 즐겁고 귀도 즐겁다. 마음도 즐겁다. 송이 따는 이야기, 개울에 물 나갈 때 바위 석상을 붙들고 학교 다니던 이야기. 양쪽에서 오가는 말들이 다 들을 만해서 두 귀를 세워 서로 다른 말을 들었다.

술이 올랐다. 나는 먼저 일어서서 문밖으로 나간다. 아이 엄마들은 여전히 회관 부엌에서 할 일이 많다. 나는 어디에 있든 일을 모르니 미안한 마음뿐 내가 할 수 있는 일이 없다.

9월 13일 아침. 비는 오고 만다. 어젯밤에 반딧불이 날았다. 반딧불과 비가 뭔 상관인지 알 수는 없지만 나는 '반딧불이 나니 비가 안 올 거야' 생각했다. 풀벌레가 울었다. 비가 안 올 징조라고 여겼다. 별도 몇 개 보였다. 별이 보였으니 날이 들 거라며 기뻐했다. 하지만 지금 비가 온다. "경축 공수전분교 가을 한마음 큰 잔치" 현수막이 비에 젖는다. 어쩌냐. 음식을 다 해 놓았으니 다음 날로 미룰 수는 없다. 어쨌든 시작은 하자.

교실에서 개회식을 하고 시간을 보내고 있으니 비가 멈췄다. 아이고, 고맙습니다. 아이들이 밖에 나갔고, 어른들도 밖에 나갔다. 하늘을 보며 조마조마했는데 비가 잘 참아 준다. 날이 잘 들어서 볕이 따가운 것보다 차라리 오늘 같은 날이 운동하기에는 훨씬 좋다는 듣기 좋은 말을 주고받았다.

'무얼 낚을까' 경기부터 술이 시작이다. 노인들이 낚싯대 둘러메고 운동장 복판으로 달려 나와 들이대면, 통 안에 숨어 있는 3학년 재경이가 낚시 고리에 선물을 매단다.

"소주 낚았다!"

"안주 올라온다."

그때부터 모이자 마시자 해서 술을 돌리고 안주를 뜯는다. 술은 남입에 들어가는 것만 봐도 맛있지. 멀리서 "카아" 하는 소리에 내 가슴이 찌릿하다.

마지막 하나 남은 강강술래를 할 때 다시 비가 시작됐다. 그냥 비를 줄줄 맞으며 강강술래를 했다. 머리카락에서 빗방울을 뚝뚝 떨구며 그럭저럭 잘 놀고 잘 마쳤다. 마치고 모두 모여 술을 마셨다. 1학년 찬이가 할아버지라 부르는, 나이 든 찬이 아버지 이야기가 오래 남는다. 낮에 운동장에서 뛰놀던 아이들을 지금도 눈앞에서 바라보는 듯한 눈빛으로 "고 녀석 참!" 하도 사랑스런 말이라 듣는 사람이 두근거리고 떨린다. 손을 뻗어 세상에 단 하나 귀한 것을 살며시 어루만지듯, 입을 열어 목소리로 한껏 피어나는 어린것을 어루만지는 듯. 정말 아름다운 한 인간을 만났다며 사잇골 청년 하은이 아빠가 어쩔 줄 모른다. 이래저래 술 안 먹을 수 없는 날이다. 아버지들끼리 학교 뒤 관사에 들어가 다시 한잔. 그래도 가라앉지 않아 운동장 빗속에 나가 어깨 걸고 돌며 한잔.

비가 와서 좋은 날. 다 고마운 날.

나는 여기서 끝인데 아랫동네 분들은 이때부터 시작이었다는 소문이 있다. [2005.10]

# 시시해서 다행입니다

학부모님들께

우리 학교는 급식을 하지 않는 학교였습니다. 아이들은 도시락을 싸 들고 학교에 다녔지요. 2004년부터는 교실에서 밥을 했고, 아이들은 반찬만 싸 가지고 왔습니다. 쌀은 부모님들이 보내 주셨고요. 어찌 되었든 도시락 반찬은 싸 가지고 다녀야 하는 것이고, 이것을 급식이라고 말할 수는 없을 거예요. 다른 학교에서는 다 하고 있는 급식을 우리 학교만 안 하게 된 것은 처음부터 부모님들이 급식을 원하지 않았기 때문입니다.

작년 2학기부터 학생 수가 늘어났고, 공수전분교도 급식을 하면 좋겠다는 말을 몇 사람한테 들었습니다. 저도 그게 옳다고 여겨서 올해는 급식을 하도록 해야지, 마음먹었습니다.

방학 동안에 어머니들과 급식에 대한 이야기를 나눴고, 개학해서 2월 14일에는 급식에 대한 의견서를 보내서 받았습니다. 의견서를 보니 부모님들은 대체로 급식에 찬성을 했고, 학생들은 반대를 했습니다. 어쨌든 부모들이 찬성을 했으니 처음 마음먹은 대로 밀고 나가야지 생각해서 2월 15일에는 부모님들한테 올해는 급식을 하려고 하니 동의해 달라는 급식 동의서를 보내서 받았습니다.

2월 16일에 급식 의견서와 동의서를 들고 상평초등학교에 갔습니다. 올해부터는 우리 공수전분교도 급식을 하려고 하니 준비해 달라고 했습니다. 공수전분교 스무 명이 먹을 수 있는 밥통, 국 통, 반찬 통 각 두 개씩 값을 계산해 보고, 공수전까지 오는 시간과 차편, 한 달 급식비에 대해 이야기를 나눴습니다. 쉬운 일은 아니지만 공수전의 학생과 부모가 원한다면 급식을 할 수밖에 없다고 했습니다.

그렇게 결정을 하고 돌아서려니 갑자기 덜컥 겁이 났습니다.

'우리 아이들이 싫다는데 이래도 되는 건가.'

'안 먹겠다는 아이들을 윽박지르고 협박해서 먹여야 하나.'

저번에 아이들한테 우리도 다른 학교 아이들처럼 학교에서 주는 급식을 먹으면 어떨까, 물어봤을 때 주먹을 치켜들고 "결사반대, 결사반대" 외치던 아이들 모습이 떠올랐습니다. 자기들은 학교에서 먹으라는 대로 안 먹고, 먹고 싶은 걸 싸 와서 먹겠다는 것입니다.

급식을 시작하고 나면 아이들 숫자에 맞게 모든 도구들을 사 놓기 때문에 어떤 일이 있어도 중간에 그만둘 수 없다고 합니다. 한 번 더 확실히 해 두고 싶었습니다.

서둘러 어머니들을 모이시라 해서 2월 16일 12시에 교무실에서 회의를 했습니다. 본교 영양사, 담인이 아버지, 재명이 어머니, 예린이 어머니, 이찬 어머니, 정계웅 선생님, 이광우 기사님, 탁동철이 그 자리에 있었고, 진리 어머니, 지연이 어머니, 솔애 어머니는 결정한 대로 따르겠다고 위임을 했고, 이주 어머니, 하은이네, 다솔이네는 바쁜 일이 있어 참석하지 못했습니다.

조그마한 일 같은데도 결단을 내리기가 이리 어렵네요. 생각해 보면 조그마한 일이 아니라 역사적인 일 같기도 합니다. 오래전에 다른 학교들이 모두 급식을 하게 되었을 때 우리 학교만 급식을 안 하겠다는 결정을 했고, 그래서 이날까지 이곳 공수전 아이들은 급식을 안 하고 도시락을 싸서 학교에 다니고 있지요. 그것과 마찬가지로 오늘의 결정은 10년 뒤, 20년 뒤까지 이어질지 모릅니다.

회의 자리에서는 급식을 안 하는 게 좋겠다는 말과 아이들은 싫어하지만 억지로 먹이면 먹게 된다는 말과 아이들이 싫어하는 게 뭔 상관이냐 아이들 말 다 들어주면 수백 명, 수천 명 있는 학교는 어떻게 급식을 하겠나 무조건 해야 된다, 이런 말들이 있었습니다.

결론을 내리기 어려웠습니다. 역시 아이들이 원하지 않는다는 게 걸림돌입니다. 아이들이 바라든 바라지 않든, 까짓 거 어른들이 하자면 할 수밖에 없겠지요. 몇천 명 학교도 별 문제없이 하니까요.

아닙니다. 다른 논리라면 몰라도 그런 식으로 일을 밀고 나가고 싶지 않습니다. 우리 학교가 좋은 건 다른 학교처럼 전교생을 운동장에 줄 세워 놓고 애국 조회 반성 조회 안 할 수 있다는 것입니다. 어른들은 말하는 입만 있고 아이들은 귀만 있는 학교가 아니라 어른이 귀를 열어 하나하나 아이들 말을 들을 수 있는 학교이기 때문입니다.

도시락 싸는 수고는 어른이 하는데 아이가 무슨 요구를 할 수 있나,

염치없는 짓 아닌가 할 수도 있습니다. 하지만 아이들이 "그럼 밥은 누가 먹는데……" 이렇게 대꾸할 수 있습니다. 당연히 밥은 아이들 입으로 들어갑니다. 먹기 싫은 것도 억지로 먹이면 먹겠지요. 억지로 먹었기 때문에 영영 그것을 싫어할 수도 있을 테고요.

여러 말이 오가다가 이렇게 결론을 냈습니다.

"아이들이 원하지 않는다니 금방 시작하기는 어렵다. 아이들이 급식을 원할 때까지 기다려 보자. 상평학교에 몇 번 가서 급식을 먹어 보고 아이들이 좋아하면 2학기 때부터 시작하자."

상평학교 영양사는 공수전분교 학생들이 상평학교에 가서 급식을 먹어 볼 수 있도록 준비하겠다고 했습니다. 지금처럼 거의 모든 아이들이 반대하는 게 아니라, 전체의 반이라도 급식을 찬성하게 되면, 그때 가서 급식을 하는 걸로 분위기를 끌어갈 수 있을 것 같습니다.

결국 처음으로 돌아가 버렸네요. 아무것도 한 일이 없게 되었습니다. 우리 학교 사람들이 아닌, 남들이 우리의 이런 회의를 알면 혀를 찰지도 모르겠습니다.

"시시하다, 참 할 일 없다."

시시해서 참 다행입니다. 자그마한 목소리에 다 귀 기울이며 우물쭈물 늦어지는 것이 옳습니다. 늦더라도 한 사람의 목소리가 아니라 여러 사람의 목소리가 어울리며 다 함께 가야 합니다. 그것이 우리 학교의 자랑거리가 되어야 합니다.

이제까지 하던 것과 마찬가지로 1학기에는 밥은 교실에서 하고 도시락 반찬은 집에서 싸 오는 걸로 하겠습니다.

도시락 반찬 담는 일은 아이들 손으로 하게 해 주세요. 빈 도시락 반찬 통은 스스로 씻게 하세요. 반찬은 한 가지만 싸는 게 좋겠습니다. 한 가지 반찬만 있어야 서로 나누어 먹게 됩니다. [2006.2]

# 집에 가는 길

5시 10분. 가방을 싸고 오늘 하루 보았던 3학년 4학년 교과서 읽기 수학 과학을 내 책꽂이에 넣고 교실 문을 닫는다. 마지막으로 복도 창문 닫힌 걸 둘러본다. 골마루에 밥풀 뭉치가 떨어져 있다. 점심밥을 나무 그늘 밑에서 먹으려고 도시락 들고 나가던 아이가 흘린 밥알이겠지. 청소 시간에 못 보고 지나쳤나. 이상하게도 이런 건 어른 눈에만 보인다. 그래서 어른은 잔소리를 달고 살 수밖에 없나 보다.

밥알을 주워 들고 생각한다. 그대로 두면 내일 아침 허리 굽혀 여기 귀찮은 밥알을 주울 아이가 있을까. 뻔히 보면서 지나치고, 누군가의 발에 으깨어져 마룻바닥과 실내화 밑바닥을 끈적끈적 검게 만들게 될까.

가방 둘러메고 신발 갈아 신고 밖으로 나왔다. 날이 흐리다. 건너 산에 안개가 뿌옇다. 오늘은 뭘 했나. 체육을 못 하고 집에 보낸 게 걸린다. 교과서는 많고 시간은 부족하다. 체육 음악 미술 과학 실험 책 읽기, 중요하지 않은 것 없지만 집중해서 해 볼 엄두를 못 낸다. 다행히 오늘은 크게 야단친 것 없어 퇴근길 마음이 편하다.

수돗가에 흩어진 반찬 부스러기를 집어내고 수세미를 겹쳐서 대에 올려놓았다. 낮에 이 자리에서 4학년 아이가 지렁이를 잘게 잘게 도막 내서 씻고 있었다. 나는 불쾌했다. 한마디 안 할 수 없었다.

"나는 지금 이를 닦는 중이고 쟤들은 설거지를 하는 중이다. 봐라, 지 렁이 씻은 물이 나한테 튀고 있고, 쟤들 밥그릇 씻는 수세미에도 튀고 있다. 남 생각해야 하지 않겠냐."

아이는 풀이 죽어서 씻던 지렁이를 손바닥에 건져 들고 운동장으로 갔다. 또 잔소리 들었다 생각했겠지. 그러나 나도 참았다. 적어도 잔인 한 것에 대해서는 말 안 꺼냈다.

옆에 있던 2학년 예원이가 "선생님은 왜 맨날 야단쳐요?" 한다. 참 야 무진 말이다. 그 말 맞다. 나는 하루 종일 말을 입에 달고 산다. 다짐을 해도 소용없다. 할 말이 이빨까지 나와 있는데 아무 소리 안 하고 좋은 얼굴로 친절한 척하는 일이야 말로 나를 학대하는 것이고 아이를 학대 하는 것이라 변명한다.

지렁이를 토막 내어 씻다니, 뭔가 엉뚱한 일을 벌이는구나 짐작은 하지만 우선 물이 튀고 있는데 어쩌란 말이냐. 얼굴 붉힌 게 마음에 걸 려 정택이를 따라가 보았다. 역시 재미있을 줄 알았다. 남자아이들이 운동장 구석에 쭈그려 앉아 구덩이를 파고 있다. 새 잡는 함정을 만드 는 중이라 한다. 지렁이는 새를 꼬이는 먹이인 셈이다.

그것 말고 오늘 또 어떤 잔소리를 퍼부었나. 3학년 남자아이, 청소 시간에 실내화 신고 토끼장에 갔다. 흙바닥 밟은 신발을 신고 그냥 들어오는 걸 보고는 한마디 했다.

"지금 빗자루로 교실 바닥 쓸고 있는 중이야. 수돗가에 가서 신발 바닥 씻고 와."

내 얼굴이 너무 굳어 있어서 반항을 하고 싶었나. 자기는 밖에 나간 적이 없다고 우겼다.

"네가 실내화 신고 밖에 나갔다고 뭐라 하는 것 아니다. 흙을 밟았으면 신발 바닥 정도는 씻어 주는 게 옳아. 다른 아이들이 쓸고 닦으면 뭐 하나. 곧바로 흙 발자국이 묻어나는데."

아이가 실수하는 건 당연하다. 그 덕에 선생이 있다. 고마운 일이다. 하지만 잡아떼며 속이려는 태도를 그냥 넘길 수는 없다. 어서 나가 씻으라고 고함을 쳤다.

점심시간에는 4학년 여자아이가 웃고 있는 사람한테 "역겨워요" 했지. 아이는 '역겹다'는 말의 뜻을 잘못 알고 있을 것이다. 밥 다 먹고 수돗가에 서 있을 때 아이한테 다가가서 너는 역겹다를 어떤 뜻으로 쓰냐고 물었다. 역시 내 생각대로다. 자기는 '이상하다'는 뜻으로 쓴다고 했다. 토할 것 같을 때 쓰는 말이라고 알려 주었다. 몰랐다고 해서 안심이 되었다.

학교 운동장 너머 개나리 울타리를 지난다. 새곰밭 집 논에 모가 제 색깔을 찾아 뻣뻣하게 일어섰다. 흑흑 무당개구리 운다. 어두워질 녘에 우는 개구리. 뒷다리 휘적휘적 흙탕물 일으키며 헤엄쳐 간다. 올챙이도 우르르 흙물 일으키며 흙바닥을 파고든다. 배가 통통 제법 굵다. 더러 뒷다리가 생겨 홀쭉해진 녀석은 뛰는 흉내도 낸다. 곧 다가올 장맛비에 마당을 폴짝폴짝 뛰며 놀겠지. 누구의 아기들일까. 산개구리 새끼들일 것 같다. 봄에 맨 먼저 논의 주인이 되었고 밤 세상을 시끌벅적 울음으로 채웠던 산개구리. 새끼들만 놓아두고 어디에도 없다. 무당개구리가 곁에서 헤엄치니 어미 없는 자식을 봐주는 듯하지만 서로 아무 상관없다. 아니, 어미 산개구리가 곁에 있다 해도 무슨 도움이 되겠나. 누구든지 제힘으로 살아남고 제힘으로 자기를 키워 갈 수 있을 뿐.

교문 밖 내리막길. 2학년 아이가 따라온다. 나무 열매를 따 입에 넣고 깨무니 아이가 그게 뭐냐 한다. 잎을 뜯어 비벼서 아이 코에 댔다. 아이가 냄새를 맡으며 찡그린다. 고깃국에 넣어 먹으면 맛있는 거라고, 엄마한테 물어보라고, 숙제라고 했다. 아이가 "네, 알아 올게요" 한다. 혹시 내일 아침에 "선생님, 알아냈어요. 그거 재피래요" 하고 뛰어오면 얼마나 기쁠까. 덥석 안아 주겠지. 하지만 그럴 일 없다. 이렇게 장난삼아 내는 숙제를 할 아이가 어디에 있겠는가. 요즘은 교실에서 중요하다고 힘주어 말하며 내는 숙제조차 하는 아이가 거의 없다. 아이들이 바빠진 것이다. 재작년보다 바쁘고, 작년보다 바쁘다. "걸어가며 보고 듣고 생각한 것 쓰기" 숙제는 몇이나 해낼까. 나도 지금 그 숙제를 해 보는 중이다.

아이를 집으로 보내고 나는 걷는다. 개망초 하얗게 핀 길. 보랏빛 지청개 핀 길. 엉겅퀴는 붉고 단단하던 꽃 뭉치가 허물어졌다. 자다가 막 일어난 사람 뒷머리처럼 허연 털이 듬성듬성 일어나 날아간다.

찝찝찝 쪽쪽쪽, 이건 다람쥐 소리다. 오디를 따 먹는가 보다. 익은 오디가 떨어져 뽕나무 아래 땅바닥이 검게 물들었다. 어디에 있나. 뽕나무와 닿은 소나무 가지에 있다. 꼬리로 나무를 반 감았다. 자기 목덜미로 파고드는 바람, 대가리서 꼬리까지 살과 힘줄과 털과 피, 자기 몸뚱이를 이루고 있는 것 하나하나를 느끼며 즐거워한다. 사람도 저만치 작아지면 온통 살필 수 있을 것 같다. 몸 한구석이 무뎌지거나 비는 것 같은 느낌이 없을 것 같다. 살아 있는 모든 순간순간들이 신중할 것 같다.

들판에 백로 두 마리 난다. 날개 벌리고 바쁜 일 없이 간다. 온통 푸른 배경에 흰 점 두 개가 고요하게 움직인다.

개울 건너 첫 집, 주막집 아줌마가 처마 밑 앞밭에서 풀을 뽑는다. 콩올라온 게 빈자리가 없다고 감탄하니 "하도 새가 대들어서 말짱 검은 막으로 밭을 덮었어요" 한다.

"그깟 거 뭐 막을 덮고 그래요. 밭에 깡통 매달고 방 안에서 가끔 실 잡아당겨 주면 되겠구만."

고개를 내저으며

"아유우, 못 배게요. 쫓으면 멀리도 안 가요. 조기 나무에 달랑 내려앉았다가 또 내려앉고."

문간 앞이고 사람 늘 다니는 길가 밭인데도 못 배긴다고 하신다. 새는 마을 사람들 농사법도 바꾸어 놓았다. 밭에 콩알을 바로 안 심고 모종을 했다가 옮겨 심는 집이 점점 늘어간다.

밭둑에 호박잎은 검다 못해 하얀 힘줄이 섰다. 호반새 소리가 사방에서 들린다. 노인들은 비오새라 한다. "삐요로로로" 우는 소리를 "비오오오오"로 들나 보다. 봄빛도 새소리도 일하는 사람이 주인이지. 비오새다.

할머니가 김을 매고 있다.

"비오새가 자꾸 우네요."

"그놈에 새 새끼가 왜 자꾸 비는 오라고 하는지. 그러잖아도 땅이 질어 죽겠구만. 사무 장갑 끼고 호미로 땅을 파면 어떻게나 땅이 진지 장갑에 다 달라붙어."

아마 비가 안 와 밭이 가물었으면 "저놈의 새 새끼 맨날 울기만 하면 뭐 하냐고, 비도 안 오는데" 하며 욕하실 거다. [2006.6]

# 개학

길섶 가득 풀꽃이 새로 피었다. 스크렁 줄기를 꺾어 들고 교문을 들어섰다. 아이들이 공놀이를 하고 있다.

"정택아!"

"재경아!"

눈을 크게 뜨고 팔을 벌리고 달려와 펄쩍 뛰어오른다. 껴안고 빙글빙글 돌았다. 개학을 하니 사는 것 같다.

"이게 뭐예요?"

언제나 보는 풀일 텐데, 하긴 먹는 것도 놀잇감도 아닌데 왜 기억하겠나. 풀을 치켜들고

"뭐처럼 생겼어?"

재경이랑 정택이는 송충이, 돈벌레 같다 하고 여자아이들은 강아지풀, 버들강아지 같다 한다.

"이거 청설모 꼬랑지처럼 생기지 않았나?"

그렇다고 맞장구치는 아이는 없다. 내 생각엔 꼭 그렇게 생겼구만.

뺨에 한 번씩 대 보라고 건네주었다. 환할 때 같이 풀밭에 나가 이것들 털 사이로 비쳐 빠져나오는 햇살을 봐야겠다. 느낌이 먼저다. 느낌에서 생각이 나오고 이름이 나온다. 이름부터 아는 것은 그것의 속 알맹이 참모습을 잡아내는 데 방해가 되기도 한다. 너무 많은 이름들을 알아 버리고 '시'를 잃게 된 어른처럼.

개학 날 걱정은 역시 방학 숙제다. 내가 학생일 때도 제대로 다 한 적이 없는 것 같고, 선생이 되고 나서도 무엇을 제때 해낸 적이 없다. 교사들이 방학 끝나면 내야 하는 휴가 중 연수 과제물도 지금에야 하고 있다.

'음, 나는 안 해도 니들은 해야지. 그래야 훌륭한……'

1학년 보영이가 "오늘 숙제 안 가져왔는데, 어떡해요?" 한다.

"어이구, 큰일 났다. 너네 선생님 얼마나 힘센데. '왜 숙제를 안 가져왔어!' 하며 책상을 꽝 치면 책상이 팍 깨질걸."

"거짓말" 하며 웃을 거라 여기고 한 말인데 운다. 손을 가리고 흑흑거리고 울어서 그게 아니라고 또 한참 달랬다.

1학년 다정이도 숙제 걱정이다.

"나는 숙제 한 개밖에 못 봤어. 〈유령 신부〉밖에 못 봤어. 〈로봇〉은 못 봤어."

방학 숙제가 영화 두 편 보기였나 보다.

우리 반 아이들도 숙제 걱정. 재경이와 정택이가 운동장에서 놀다 말고 교무실로 들어왔다. 정택이는 일기장, 재경이는 수첩을 내놓는다. 숙제인가 보다. 재경이 수첩에는 일기 한 편이 있다. 방학 숙제가 달랑 일기 한 편이라니. 으, 끓는다. 아니, 아무렇게 찢은 종이에 한 3초 만에 그렸을 낙서도 끼어 있었고, 그걸 숙제라고 "보세요" 해서 "에휴, 됐다" 하고 옆으로 밀쳐놨다. 처음부터 기대를 안 했지만, 기대치를 더 낮출 수밖에 없구나. 재경이가 해 온 방학 숙제 단 한 편을 읽었다.

2006년 8월 9일

오늘 밤 6시에 정택이네 논에서 사고가 났다. 앞에 가는 차를 뒤 차가 박았다. 앞에 차 뒤가 찌그러졌다. 뒤차는 앞이 찌그러졌다. 뒤차가 전화를 걸어서 경찰차와 내카차가 왔다. 경찰차가 사고가 어떻게 난지 물어보고 앞 차 탄 사람이 다리를 쩔뚝쩔뚝 거리면 서 경찰차에 탔다. (4학년 이재경)

"사고가 났어? 어떻게 이걸 봤어?"

"제가 마루에 앉을라 그러는데 꽝 소리가 나요. 그래서 거기 가 봤어 요."

옆에 있던 정택이가

"경찰차가 와서 농약 차가 끌려갔어요. 뒤에 차가 잘못했는데 되게 억울해요. 한 1년쯤 깜빵?"

"농약 치던 사람이 동네 사람이야?"

"아니요. 모르는 사람이에요. 모기 없앨려고 차가 천천히 갔어요. 천 천히 가야 약을 많이 뿌리잖아요. 뒤차가 나빠요. 거기가 우리 논인데 우리 논에 담배꽁초 막 버리고. 그래서 농약 치던 아저씨가 다리 쩔뚝

거리면서 나왔어요."

농약 차라고 해서 동네 사람이 논에 약을 치다가 사고가 났나 했더니, 면에서 나온 소독차를 말하는 모양이다.

"다쳐서 치료하려고 경찰이 데려간 것 아니야?"

"아니에요. 경찰서에 가면 누가 치료해 줘요. 병원을 가야지."

뒤차가 세게 달려와서 박았는데 왜 앞차만 다쳤는지 모르겠다고, 원래는 빨리 오던 차가 더 망가진다고 다른 선생님이 그랬다고 한다.

"가만히 있는 차가 더 다치는 거 아니야?"

아니라고, 와서 박은 차가 더 다친다고 한다. 서로 우기다가 실험을 해 보기로 했다.

여기는 찻길, 하지만 교무실 바닥. 정택이, 천천히 걷는다. 재경이, 뒤에서부터 달려와 박는다. 어깻죽지에 박았다. 앞에서 걷던 정택이가 아프다고 어깨를 문지른다. 이번에는 자리를 바꿨다. 재경이가 걷고 정택이가 뒤에서부터 달려온다. 박았다. 재경이가 덜컥 엎어졌다. 내가 걸어가 봐도 마찬가지. 작은 덩치가 와서 받는데도 아파 죽겠다. 세 번 다 달려오던 뒤차는 멀쩡하고, 천천히 가던 앞차만 다치는 걸로 결과가 나왔다. 내 말이 맞지, 하하.

"이상하다. 달려오던 사람이 더 아파야 하는데 앞에 사람이 아프네? 그치 정택아."

어떤 차가 더 크게 망가지는지 사실 나도 자신이 없다. 인터넷을 찾아보니 "빠른 차와 느린 차가 정면충돌하면 같은 충격을 받는다"고, 이 정도는 고등학교 과학 시간에 배운다고 나온다.

괜히 엉터리 실험으로 시간을 보내고 말았다. 정택이는 재경이보다 일기를 여덟 배나 더 썼다지만 전체 글자 수를 세어 보면 별 차이 없다. 그중 하나.

고양이
오늘 밤에 3시쯤에 고양이 소리가 들렸다. 나는 고양이를 잡기 싫어도 형은 잡고 싶어 했다. 내가 안 가서 형도 안 갔다.
(4학년 최정택)


나무망치를 들고 문간에 가서 공부 시작종을 쳤다. 내가 여기 학생일 때부터 있었던, 산소통을 잘라 내어 만든 종이다. 아이들이 교실에 들어왔다. 개학식 언제 할 거냐고 자꾸 묻는다. 칠판에 크게 적었다.

2006년 2학기 개학식
-차례-
1번 청소
2번 개학 노래
3번 방학 지낸 이야기
4번 숙제 보여 주기
5번 2학기 교과서 타기


적어 놓은 차례대로 개학식을 시작했다.

1번, 청소.

설거지를 같이 하는데 이주가 "앗, 따거. 매 맞는 거 같애" 한다. "그래, 그거 좋다" 하니 이주가 신난다며 청소 끝나고 종이에 썼다.


종아리

수돗가에 서서 설거지한다.
이놈의 곰팡이!
수세미로 빡빡
"앗 따거."
고개 돌려 다리를 내려다봤다.
해가 비춘다.
종아리가 시뻘겋다.
벽 보고 매 맞는 것 같다. (4학년 한이주)


2번, 개학 노래.

혜진이가 '나이 서른에 우린'을 부르자고 해서 불렀다.

3번, 방학 지낸 이야기.

먼저 하겠다 나서는 사람이 없어서 내가 첫 번째로 나섰다. 두 번째는 재경이, 세 번째는 다솔이, 네 번째 이주, 다섯 번째 하은이……. 이런 차례대로 나와서 말을 했다. 아이들과 나까지 우리 반 열세 사람 이야기를 다 적어 놓을 수는 없고, 앞에서부터 1, 2번만 들어 놓겠다.

첫 번째, 탁동철. 무대에 나가 인사 꾸벅. 걸상에 앉아 이야기 시작.

"나는 방학 동안 호박을 땄어. 그 이야기할게……."

두 번째, 이재경. 인사 꾸벅. 개 판 이야기 시작.

"성택이 형네 가가주고 놀고 있는데 개장수가 개 팔아요 개 팔아요 그래서 딱 나가 봤어. 그러니까 개장수가 우리 집으로 들어왔어. 개장 수가 어떤 개 파냐 그러니까 할머니가 두 강아지 다 판다 그래. 똘똘이 랑 백구 판다 그러니까 개장수 아저씨는 큰 개만 산다고 그래. 작은 개 는 안 산다고. 그러니까 할머니가 이 개가 작아도 통통하다고, 세 명이 먹을 수 있다고. 그러니까 개장수 아저씨가 키워서 크면 집에서 먹으 라니까 할머니가 그냥 팔어 버렸어. 개장수 아저씨는 11만 원이라는데 할머니가 계속 뭐라 그래. 힘들게 키웠다고. 그래서 아저씨가 4만 원을 더 줘서 15만 원 받았어."

"재경이, 개 팔아서 서운하겠네?"

"하나도 안 서운해요. 백구 팔아서 너무 잘됐어요. 그때 닭이 네 마리 있었어요. 닭이 나왔는데 백구가 닭을 막 털 다 뽑고 물어뜯어 죽였어 요. 그래 가주구 아빠가 백구를 막 팼어요."

4번, 숙제 보여 주기.

"다솔이 풀 열다섯 가지 그리기, 지연이 곤충 그리기, 하은이 벼에 대 한 책 만들기, 혜진이 시 쓰기"

이런 식으로 방학 전에 정해 놓은 숙제를 한 사람씩 들고 나와서 보 여 줬다. 하은이랑 몇몇이 썩 잘해 와서 한참 기뻐했다. 칭찬을 하고 나 니 점수가 어떻게 되냐고 묻는다. 햐, 뭐 이런 것도 점수가 있냐.

"다솔이는 그림 잘 그렸네. 그런데 열다섯 개 그린다고 했는데 네 개만 그렸으니 빼기 11 해서 89점, 지연이는 곤충을 그린다고 했는데 개미 한 마리만 아무렇게나 그려 왔으니 어쨌든 100점."

이건 안 되겠다. 이러면 다음부터 어려운 주제에 도전하는 아이가 아무도 없을 것 아닌가. 그냥 "밥 먹고 숨 쉬고 똥 누기"를 숙제로 정해 놓고 뒹굴뒹굴하다가 학교 나오면 저절로 100점이 되겠네. 점수는 없고, 숙제 중에 잘된 것 한 편씩 뽑아서 복사해 묶어 놓을 테니까 스스로 평가를 하라 했다. 혜진이 시 한 편만 실어 놓겠다.


새끼 제비

제비 둥지에 털 같은 게 걸려 있다.
털이 아니라 제비 새끼다.
"엄마, 큰일 났어. 제비! 제비!"
"엉? 어미가 떨어트려?"
엄마는 혜정이를 업고 손바닥을 내밀어 받쳤다.
할아버지는
"새끼 죽는 거야. 어미가 버리는 거야!" 했다.
나는 울음을 터트렸다.
엄마는 마지못해
상자에 휴지 깔고 제비를 넣었다
잠자리 두 마리를 날개 찢어 못 도망가게 해서

할머니가 먹였다고 한다.


하룻밤 자고 일어나 보니
움직이지 않는다.
자고 있는 줄 알았다.
이리 저리 옮겨 보았지만
손가락 하나도 까닥 안 했다.
밤까지 지켜보자 했던 내가 바보다.
이미 죽은 걸 괜히 귀찮게 한 거다.
그 어린 게 죽어 버렸으니
불쌍하다.
내가 엄마보고
"내가 형제 중에서 제일 약하다면 버릴 거야?"
엄마는 고개를 조금 끄덕였다.
하지만 그 고개와 함께 웃고 있었다. (4학년 김혜진)


5번, 교과서 타기.

개학식 마지막 차례로 3학년 넷, 4학년 일곱 아이들에게 2학기 교과
서를 나눠 줬다. 교과서 자꾸 잃어버리는 재경이랑 하은이는 책에 대고
절을 해 보는 게 어떠냐고 장난말을 했다. 나야말로 종목을 안 가리고
일삼아 잃어버리고 있으니 큰일이다. 이래서 개학식 끝.

아이들과 학교 둘레를 둘러보았다. 땅콩밭에 가니 바랭이 키가 불쑥

컸다. 바랭이 줄기를 끊어 끝을 둥글게 말아 묶어 우산을 만들었다. 바랭이 우산을 접었다 폈다 하며 놀았다. 아이들은 이걸 우산 만드는 풀로 기억하겠지.

뒤뜰에서 당귀 잎사귀를 뜯어 씹었다. 숨을 들이마시며 "공기가 달아요" 한다. 수도꼭지에 입을 대고 물 먹으며 물이 달다고 배가 부르다면서 또 먹는다. 당귀라고 모르면 어떠냐. 씹고 나서 숨 쉬고 물 먹으면 달달한 풀로 아는 게 옳다.

피마자를 몰라야 미끄럼쟁이 열매란 말을 하고 각시풀을 몰라야 때리면 빨개지는 풀이란 말을 한다.

"적어라. 이건 당귀다. 약초다. 이건 바랭이풀이다. 잡초다."

이래서야 무슨 희망이 있겠나. 우리가 알고 있고, 겪어 보기도 했던 뭉툭한 어른의 세계에 앞당겨 발을 들여놓을 필요는 없겠지.

이제부터 2학기다. 또 시작이 아니라 세상에서 처음 맞는 시작이다.

굳지 않은 말, 닿아 있는 말들로 잇고 쌓아서 세계를 새로 지어 나가고 싶다. [2006.9]

# 메뚜기

"뭔 놈어 가을 날씨가 이닷하너. 하루도 해 나는 날이 없이 찌그리고 있으니."

"멀쩡한 해를 왜 구름이 싸고 지랄이여. 사람 같았으면 귀때기라도 갈리지."

하느님이 욕을 먹을 만도 하다. 상강 무렵 비바람에 나뭇가지 부러지고 감 떨어져 깨지고 개 밥그릇 날아가더니, 그 뒤로 일주일을 더 흐리고 찔끔거리며 심술이다. 땅에서 일하는 사람들은 콩 꺾고 깨 말리고 서리 오기 전에 어서어서 거둬들이느라 하루 한 시간이 금쪽 같은데 하늘이 안 도와주고 있으니 할머니 입에서 욕이 나올 수밖에.

오랜만에 해났다. 아침이 환하다. 지난밤 이슬에 젖은 풀잎이 곧 마르겠다. 아이들과 메뚜기를 잡기로 해 놓고 내일 내일 했는데 드디어 때가 왔다.

점심밥 먹고 오후. 메뚜기 잡으러 출동! 아침부터 페트병을 탕탕 두드리며 언제 갈 거냐고 재촉하던 재경이가 가장 신났다. 전교생 열여덟 아이들이 쫄로리 서서 봇도랑 길을 걸어 논으로 갔다.

우두둑 꾸두둑 벼 그루터기를 밟아 가며 메뚜기처럼 뛰어다녔다. 메뚜기는 그 눈으로 무엇을 보는 듯한 느낌이 없어서 잡아도 덜 미안하다. 새나 물고기처럼 눈에 빛이 있거나 아파서 떠는 모습이 보이면 애처롭겠지.

"아아, 짝짓기 하는 거 잡았다아!"

수놈은 홀쭉하고 작아서 만족스럽지 않고, 넙죽한 암놈을 잡아야 잡은 것 같지. 가장 기쁜 건 업고 있는 등 넓은 놈과 업혀 있는 배 홀쭉한 놈을 한 번에 잡아채는 순간일 테고. 이것들은 둔해서 더 쉽다. 4학년 재경이, 5학년 성택이가 제 세상 만났다. 국어 수학 시간에는 들뛰고 떠든다고 야단맞는 아이들이 메뚜기 잡기 과목에서는 가장 우수한 학생들이다.


메뚜기 선수

벼 다 추수한 논
메뚜기가 풀숲에 숨는다.
한 발짝 가도
딱딱
큰 손이 팍
덮친다.
이게 바로

메뚜기 선수 손이다. (4학년 김다솔)


메뚜기

메뚜기 잡으러 갔다.
살금 다가갔다.
메뚜기가 눈치를 살핀다.
다리를 쭉 세우고
뛰려 한다.
이놈아, 어디가!
펄쭉 뛴다.
폴짝폴짝 높이높이
하늘로 가다 푹 내려앉는다.
육상 나가면 일등 하겠다. (3학년 탁솔애)


　메뚜기 잡는 일이 모두에게 즐겁지는 않겠지만 적어도 여기 논에서
는 기회가 공평하다. 메뚜기 잡기란 숨 쉬는 것만큼 쉬운 일 같은데 그
렇지 않은가 보다. 밥을 먹으려면 입을 벌려야 하는 것처럼 메뚜기든
뭐든 무엇을 잡아채려면 손가락을 붙이고 손마디는 갈퀴처럼 구부려
야 할 것 아니겠나. 아무 요령이 없이 허둥대며 한 마리를 못 잡는 아이
도 있다.
　내가 어렸을 때는 메뚜기를 어떻게 하면 한꺼번에 잡을 수 있을까

하는 것이 중요한 연구거리였다. 족대를 휘두르면 더 잡게 될까, 회초리를 여러 개 들고 풀숲을 때려 볼까, 밤에 논 가운데에 불을 켜 놓으면 메뚜기들이 떼로 모여들지 않을까, 메뚜기가 좋아하는 냄새나 음식을 병 속에 넣으면 메뚜기들이 저절로 들어가 주지 않을까. 어쨌든 이슬이 있을 때에는 움직임 없이 벼 잎에 가만히 붙어 있는 놈을 붙들면 되고, 해가 나면 마른풀을 발로 밟아 메뚜기가 튀도록 해서 어디에 앉자마자 몸을 던지듯 잡아채는 게 맞다.

가을 벼 벨 무렵이면 학교 끝나고 가방 벗어 놓고 메뚜기 잡으러 논으로 갔다. 플라스틱 병이란 건 몰랐고, 메뚜기 잡는 병은 당연히 유리로 된 소주병이다. 지금은 2홉들이 병이 흔하지만 그때는 그깟 병으로 술을 마시는 어른은 드물었고 보통은 4홉들이 병이었다. 우리는 할아버지가 속상한 날이 많아서 할머니네 집에 있는 병은 주로 경월 소주 됫병이었다. 학교 끝나면 됫병짜리 빈 소주병을 어깨에 둘러메고 메뚜기 잡으러 갔다.

병 하나를 채우는 데 며칠 걸렸는지 모르겠네. 하루에 채우기는 어려웠을 텐데. 어쨌든 병 하나를 채우면 어머니가 솥에 삶아 부뚜막에 말렸고, 또 잡고 잡고 말리고 말리고 해서 장날 팔러 갔다. 그때 메뚜기를 어디에 쓰느라 그렇게 샀는지 모르겠다. 미원을 만든다고 들은 것도 같고. 마을 아주머니도 잡으러 다닌 걸로 봐서는 그게 돈벌이가 된 것 같다.

내가 여기 학교 학생일 때는 일주일에 한 번 저축하는 날이 있어서 선생님한테 돈을 가져갔다. 하루는 내가 5천 원을 들고 학교에 갔다.

라면땅, 쫑구 같은 과자가 10원 20원 했으니 5천 원은 큰돈이다. 분명 선생님이 물었을 테고 나는 메뚜기 잡아 번 돈이라고 자랑스럽게 대답했을 것이다.

얼마 뒤에 전교생이 보는 앞에서 나는 상을 받았다. 저축상. 전에는 상이 많았다. 다른 학교도 상이 많았는지 아니면 우리 교장 선생님이 아이들을 좋아해서 그랬는지, 하여튼 다달이 상 받는 날이 있었다. 월말고사 성적이 우수한 학생이 받는 상, 성적이 갑자기 올라서 받는 상, 그림을 잘 그려서 받는 상, 글짓기상. 다른 건 모르겠는데 저축상은 돈이 있는 집이라야 받을 수 있는 상이었고, 용소골 소장수 집 아들이 맡아 놓고 받았다.

우리 학교 교장 선생님은 코가 빨갰고 손을 떠시는 분이었다. 교장 선생님은 전교생을 운동장에 모아 놓고 지루하게 말하는 걸 좋아했다. 여든 명 가까운 학생이 앞으로나란히 열중쉬어 길게 줄을 서서 몸을 꼬며 교장 선생님 말을 들었다. 어릴 때도 교장이 참 쓸데없는 말을 한다는 생각을 했다. 뭐 어디에 가니 화장실이 하도 깨끗해서 거기가 밥 먹는 곳인 줄 알고 밥을 먹었다는 둥, 변소에 갔는데 종이가 없어서 돈으로 뒤를 닦았다는 둥. 하지만 나는 그 교장 선생님을 훌륭한 분으로 기억하며, 30년이 지난 지금도 그때 상 받았다는 걸 자랑하고 있다.

메뚜기 말고 모심기 끝에 피어나는 인동꽃 따는 것도 돈벌이였다. 사촌 누나랑 앞에 보자기 두르고 따라 다녔다. 꽃을 쏟으면 한꺼번에 풀썩 냄새가 덮쳐 왔다. 이것도 부뚜막에 말려서 장에 팔았다. 요즘도 멀리서 향긋한 냄새가 오고 하얗고 노란 인동꽃이 눈에 띄면 가슴이 두근거리는데, 인동꽃에 두근거리게 하는 성분이 들어 있어서 남들도 다 그러는 건지, 내년에 꽃 피면 누구한테 물어봐야겠다.

메뚜기나 인동꽃처럼 돈을 벌 수 있는 일은 아니었지만 고사리 꺾고 도라지 캐고 뚜거리 잡고 메기 낚고 소 먹이고 토끼 몰고 검불 긁고 버섯 따고 칡 캐고 이런 것들도 즐거운 일이고 놀이였지. 나와 내 동무의 아이들을 데리고 산으로 들로 다니며 이런 일을 다시 해 볼 수 있으면 얼마나 좋을까. 하지만 이미 사라진 것들. 한 해가 가면 한 살 더 들어 늙어 가는 사람이 있고 한 살 더 먹어서 자라나는 사람이 있는 것처럼 새 놀이가 생겨나는 건 자연스럽다. 여전히 아이들은 나무 작대기 하나, 빈 그릇, 음료수 깡통, 어떤 것을 가지고도 그걸 놀이로 만들어 낸다. 행복하게 놀았던 어린 시절이 없는 사람한테 행복한 어른 시절은 있겠나. 모래 위에 짓는 집이 쉽겠지.

이날 잡은 메뚜기는 똥을 다 싸도록 하루 동안 그대로 병 속에 두었다가 씻어서 프라이팬에 볶았다. 사람 손을 피한 메뚜기는 마른 바랭이 풀잎에 앉아 가을볕을 쬐고 있겠지. 하지만 날이 많이 남지는 않았다. 곧 얼었다가 한낮에 살아났다가 다시 얼었다가를 되풀이하면서 나뭇잎처럼 떨어질 것이다.

아, 볶으면서 보니 송장메뚜기가 섞여 있다. 앞을 안 보려면 눈꺼풀을 닫아야 하고, 앞을 보려면 눈을 떠야 하고, 벼메뚜기 섬서구메뚜기 방아깨비는 먹는 거고, 사마귀 송장메뚜기 베짱이는 못 먹는 거라는 말도 했어야 했나 보다. [2006.11]

# 마을 조사

사회 시간에 마을 조사를 다닌다.

혜진이는 김장 배춧속에 넣는 양념, 다솔이는 어른들의 별명, 재경이는 처마 밑에 달아 놓은 것들, 솔애는 할머니 할아버지들의 고향, 하은이는 어른들이 어렸을 때 하던 놀이, 담인이는 올해 잘된 농사, 지연이는 좋아하는 음식을 주제로 잡았다.

마을로 가기 전에 교실에서 묻고 대답하는 연습을 했다. 이건 중요하다. "나가자" 해서 되는 대로 노인들한테 말을 걸면 대답은커녕 꾸중을 듣기 쉽다. 까다로운 어른을 만났다 치고, 나는 아주 불친절한 할머니 할아버지 역을 맡았다. 연습 삼아 주고받은 말을 그대로 받아 적기는 어려우니, 대충 아래와 같았다고 해 두겠다.

나는 퇴비장에서 거름을 긁어내고 있는 되게 불친절한 할머니. 한 아이가 다가와 묻는다.

"할머니, 어렸을 때 별명이 뭐예요?"

"그걸 왜 물어!"

이때 성의 없이 대꾸하면 끝장이지.

"몰라요, 우리 선생님이 알아 오래요."

"니네 선생님이? 참 별걸 다 캐고 있네. 소똥 튄다. 절루 가라."

"안녕히 계세요."

"돌아댕기지 말고 글 한 줄이라도 더 배워."

불합격. 다시 해 보자. 이번에는 곡식을 까불고 있는 되게 불친절한 할아버지. 나는 교실 바닥에 앉아 두 팔을 슬렁슬렁 위아래로 움직이며 키질 흉내를 냈다.

"할아버지, 힘 안 드세요?"

못 들은 척 키질을 계속하며

"야야 문대기 난다. 저리 물래."

옆에 쪼그려 앉아서 일하는 걸 지켜보다가,

"이야, 할아버지 키질 잘하시네요."

얼굴에 살짝 웃음이 돌며,

"이거 뭐, 아무나 하는 건데."

"뭘 까부는 거예요?"

"이거, 수수."

이쯤 되면 하던 일을 잠깐 멈추시겠지.

"마을을 다니면서 알아내는 게 공부거든요. 좀 여쭤 봐도 돼요?"

"뭔데?"

"별명요. 저는 별명이 다람쥐예요. 애들이 자꾸 별명을 불러서 속상해요. 할아버지도 그런 적 있으세요?"

"글쎄, 잘 생각이 안 나는데. 까불이었나? 내가 아무한테나 잘 까불었거든."

"예, 할아버지 별명 알려 주셔서 고맙습니다."

"응, 물어볼 거 있으면 또 와. 그리고 누가 놀리면 나한테 말해. 내가 혼내 줄게."

4학년 다솔이 들어가고 다른 아이들도 차례차례 나와서 마을 사람 만나는 연습을 했다. 이제 자신 있으니 시간 끌지 말고 얼른 가기나 하자고 재촉한다. 한꺼번에 몰려다니지 않고 두세 명이 짝을 지어 다니는 걸로 했다.

늘 겪는 일이라 이곳 공수전 마을 어른들은 아이들 물음에 친절하게 대답하는 편이다. 옆 마을 송천리 사람들은 안 그렇다. 아이들이 가면 슬쩍 피하는 눈치다. 송천 사람들이야말로 아이들을 만나는 연습이 필요할 것 같다.

돈문 집 지나 병아리 아저씨네 지나 우물가 집 지나 대추나무 집 지나 다정이네 집. 다정이네 엄마가 방으로 들어가려다 아이들한테 들켰다. 아이들이 달려갔다. 아줌마는 마루에 서서 물음에 대답한다. 나는 돌담 밖 멀찍이 떨어져 있기 때문에 자세히 듣지는 못했다.

"아줌마, 고향은 어디세요?"

이건 솔애 질문인 것 같다.

"부산."

"별명은요?"

다솔이가 질문하는가 보다. 교실에서 연습했던 거와는 좀 다르네. 하긴 다정이 엄마는 아이들이 뭘 묻든 다 대답할 준비가 되어 있다는 태도이니 이래도 괜찮겠지.

"나는 코가 크다고 코주부라 그러더라고."

"좋아하는 음식."

이번엔 지연인가?

다니면서 보니 곶감은 없는 집이 없다. 처마 밑에 달았다가 거둬서 안에 들여놓으면 분이 뽀얗게 나지. 용소골 할아버지는 곶감을 달아 놓고는 밖에 나가면서 주무르고, 들어오면서 주무르고, 오줌 누고 와서 주무르고, 젖몽오리 풀어 주듯 자꾸 주물러야 손맛이 난다고 우스갯소리를 하셨지. 곶감 말고도 처마 밑에는 별별 것이 다 있다. 시래기, 양미리, 호박 우거리, 명태 대가리, 옥수수, 해바라기 씨, 수수, 메주…….

처마 밑에는 제비 집도 있다. 벌집도 있다. 처마 밑은 정다운 곳. 그 밑에서 손바닥으로 빗물을 받고, 고드름을 따고, 장에 간 엄마를 기다리고, 울며 서 있기도 하고. 처마 밑을 살피러 다니는 재경이가 어떻게 써낼지 궁금하다.

할머니 고향, 별명, 잘된 곡식, 김치 양념 따위를 알아내는 게 공부에 무슨 도움이 되겠나. 하지만 그 시시한 것들을 조사하겠다고 걸어가는 발걸음은 시시하지 않다. 누가 뭐라 하면 발밑을 살피고 둘레를 살피는 아이가 마을을 알고 나라를 알고 세상을 생각하고 우주를 생각하는 사람으로 자랄 거라 박박 우기겠다.

도랑 건너 저 아래 밭 비닐하우스 안에 할머니 두 분이 앉아 있다. 시래기를 엮는 듯하다. 나는 모르는 척 지나쳤다. 이번에는 하은이가 앞장을 섰는데 목소리가 너무 크다. 아무래도 위태롭다. "야아" 소리치며 내리막길을 달려간다. 비닐하우스 문을 벌컥 열더니

"설문 조사 나왔는데요."

아휴, 저건 아닌데.

"왜? 응? 뭘."

그럴 줄 알았다. 나는 얼굴이 뜨거워져서 이 일은 나와 아무 관계가 없다는 듯 더 멀찍하니 걸어가서 고개를 돌렸다. 곧이어 풀이 죽은 아이들이 하우스를 빠져나왔다. 별명도 없다 했고, 어릴 때 놀던 놀이도, 고향도 안 가르쳐 줬다 한다. 아이들을 불렀다.

"니가 순사냐, 인사도 없이 보자마자 '설문 조사 나왔는데요' 이러면 뭘 잘못해서 조사 나왔나 어른들이 깜짝 놀라지 않겠냐. 할머니가 지금 무슨 일을 하고 있는가, 어떻게 첫말을 꺼내 볼까 잘 생각한 다음 만나러 가야지, 대뜸 '어렸을 때 뭐 하고 놀았어요?' 이러면 '그래 내가 좀 놀았다 어쩔래' 이렇게 오해를 할 수도 있고, '처마 밑에 뭐 매달았어요?' 이러면 '우리 집 처마가 지저분하니까 치우란 말이냐, 왜 남 일에 참견이야' 이러면서 기분 나빠할 거 아니야."

우리가 모여서 툴툴거리고 있는데 다른 곳에서 조사를 하던 혜진이가 나타났다. 혜진이가 비닐하우스로 들어갔다. 어떻게 하는지 다가가서 지켜보기로 했다. 뭔가 이야기가 되는 듯하다.

"할머니, 안녕하세요. 무청 다듬으시네요. 시래기 엮으시게요?"

"그래."

"제가 뭘 좀 물어봐도 돼요?"

"그래."

"올해 김장하셨어요? 뭘 넣으셨는데요?"

그다음 대답은 못 들었다. 혜진이가 하우스를 나온 뒤 물으니 한 할머니는 친절하고 한 할머니는 대답을 잘 안 해 주시는 분이라고 한다. 노란 손수건 머리에 두른 할머니는 "김장하기 싫어 지금 하잖니" 하셨고 분홍 수건 두른 할머니는 배추에 밀가루 풀, 마늘, 고추, 파 넣었다고 말하셨다 한다.

마을 사람들은 콩을 삶거나 거름을 나르거나 감자 가루를 말리다 말고 아이들 물음에 대답한다. 다른 아이들은 꽤 대답을 듣는 편인데 다솔이는 어깨가 처졌다. 어른들 별명이라 생각보다 어려운 주제다. 별명을 물으면 대부분 어른들이 없다고 한다. 내가 '없다'는 대답도 좋은 자료라면서 부지런히 모으라고 부추겨 보지만 다솔이는 안 하고 싶은 얼굴이다. 생각해 보면 어른이 불친절해서 그렇게 대답하는 건 아니다. 별명은 없는 사람이 더 많고, 자기 별명을 자기가 모를 수도 있고, 자랑스러운 별명이 아니라면 남에게 안 알려 주게 되어 있다. 차라리 남의 별명을 묻는 게 나을 뻔했다. 햐, 이걸 이제야 알아차리다니. 그러고 보니 내가 모르는 별명을 남들이 부르고 있는 건 아닌지 의심이 생기네.

지난주에 송천에 갔을 때도 그렇다. 길에서 보따리 들고 걸어가는 할머니를 만났다. 아들네 집에 가는 중이라 하셨다. 다솔이가 "할머니 별명 있으세요?" 물었더니, "별명? 아이 난 그런 거 없어."

자기 별명을 자기가 모르는 경우에 해당한다. 마을 사람들은 그 할머니를 세빠또로 말하고 있는데, 아무래도 그 할머니가 없을 때만 부르는 이름이겠지.

할 수 없이 이건 반칙이지만 마을 어른들 별명에는 왕대포, 빤이, 껑다리, 마이크 대가리, 기름종개 같은 별명이 있다고 내가 다솔이한테 알려 주었다. 왕대포 또는 박격포 아저씨는 아주 뻥이 세시다. 마이크 대가리 할머니는 목소리가 크고 말을 멈추지 않으신다. 빤이 할머니는 사람을 만나면 고개만 돌려 빤히 쳐다보는 분이고 껑다리는 키가 크신 할머니다. 이웃 마을에 기름종개라는 분은 뺀질뺀질해서 붙은 이름일 테고. 남들이야 재미있겠지만 자신들은 큰 욕으로 여기실 것 같다.

교실에 돌아와서 아직 통계를 낼 만큼 충분히 물어보지 못한 사람은 설문지를 만들어 돌리도록 했다.


김치

〈조사하기〉

초겨울이 되면서 집집마다 김장을 담근다. 우리 배추는 겉은 괜찮은데 속이 썩어서 다 골라내고 김치를 담갔다. 삼춘, 할아버지, 할머니, 엄마랑 같이 담갔다. 양념에는 생강 갓 두 단, 고춧가루, 고추장, 마늘, 설탕, 밥, 새우젓이 들어갔다.

"할머니, 우리는 배추 김장 몇 포기 했어요?"

"여느 때는 60포기 했는데 요즘은 잘 몰라."

우리 집 냉장고를 열어봤다. 헤에 하고 내 눈이 동그레졌다. 엄마는 설거지를 한다.

"엄마 김치가 꽉 찼어."

"겨울에는 추우니까. 밖에 나가기도 힘들고 하니 김치로 봄까지 버텨야지."

다른 집들은 김장을 얼마나 담그는지, 속에는 어떤 것을 넣는지 알아보려고 조사를 떠났다. 옆집 마당으로 걸어 들어갔다.

"아저씨, 지금 뭐 하세요?"

"닭똥 치우느라고."

닭이 팔자가 늘어졌다.

"아저씨, 여기 김장은 얼마나 했어요?"

"사십 포기 했어."

"특별히 넣은 것 있어요?"

"고추, 마늘, 생강. 아, 맞다. 우린 고구마 넣어 먹거든. 김치가 익으면서 고구마가 밤 맛이 된단다."

큰집 할머니는 메주를 쑤느라 아궁이 앞에서 불에 나무를 집어 넣는다.

"저희는 메주 다 만들었는데."

"그래? 빨리 했구나."

"그런데 여긴 김치 몇 포기 했어요?"

"30포기 했어. 적지?"

"적진 않은데요. 특별히 넣은 건 뭐예요?"

"마늘도 넣고 고춧가루 새우젓 넣어."

"저희도 새우젓 넣는데."

"그래? 음……."

"설문 조사 감사합니다."

"잘 가라."

고모할머니는 감홍시를 평상에서 드시고 계신다.

"할머니."

"혜진이 왔구나."

할머니가 은니를 내보이며 웃었다.

"할머니네는 몇 포기 하셨어요?"

"몇 포기? 뭐 잴어서 별로 안 됐지."

"양념은요?"

"멸치젓갈, 생강, 집에서 먹다 남은 파, 마늘. 새우젓도 넣지 뭐.
혜진이가 고생이구나."

"네 흐흐. 감사합니다."

선생님은 저만침 내리막길에 서 계신다.

아랫마을은 배추를 일찍 뽑아 김장을 해도 배추가 많이 썩었는
데 윗마을은 배추를 늦게 뽑아서 김장을 해도 배추가 썩는 일이
없었다. 온도 차이 때문에 그러는 것 같다. 온도계로 재보아야겠
다.

불 앞에서 콩을 젓고 계시는 황이집 할아버지한테 여쭈어보니
김장은 삼십 포기 했고 양념은 마을마다 다 비슷할 거라고 하신
다. 빨래를 널고 있는 황이집 할머니한테 물어보니 동치미, 알타
리, 배추김치를 담갔다고 하신다. 다정이네는 배추김치만 20포기
했고, 멸치젓과 멸치, 굴, 고춧가루를 넣었다고 하신다. 노란 수건

을 머리에 두른 할머니는 김장하기 싫어서 지금 하는 중이라며 마늘, 고추, 파, 새우, 밀가루 풀을 넣는다고 알려주셨다. 공수전 윗마을은 주로 멸치젓갈을 쓰고 공수전 아랫마을은 새우젓을 많이 쓴다.

대답한 것을 모아보면 다음과 같다.

〈김장할 때 넣는 것〉

| 배 | 고구마 | 양파 | 매실 | 굴 | 마늘 | 황석어젓 | 파 |
|---|---|---|---|---|---|---|---|
| 2 | 2 | 2 | 1 | 2 | 4 | 1 | 3 |
| 호박물 | 밀가루풀 | 명태 | 멸치 | 까나리젓 | 갓 | 생새우 | 새우젓 |
| 1 | 2 | 1 | 1 | 2 | 3 | 2 | 1 |

〈기온 재기〉

줄자를 가지고 가서 우리 집 감나무 밑에서부터 80cm를 재어서 수은 온도계로 재보았다. 윗마을에는 마을 회관 앞에 있는 호두나무에 온도계를 놓고 온도를 재보았다.

결과는 아랫마을은 14도, 윗마을은 11도였다. 무지하게 온도 차이가 났다. 하지만 온도 차이 때문에 배추가 윗마을이 덜 썩는 건지 어떤지 잘 모르겠다.

〈김치 맛〉

점심시간에 애들 김치를 먹으러 다녔다.

먼저 솔애가 밥그릇을 찾으면서 "언니 눈 가리고 김치 먹어야지."
한다. 젓가락을 들고 솔애네 김치를 먹어보았다. 솔애네는 늙은
호박물로 김치를 담갔다. 솔애보고는 "야 맛있다." 하면서 김치를
내 밥그릇에 넣었다. 뒤로 돌아섰다. "스습…… 진짜 시다." 호박
을 넣었다가는 호박을 넣은 것과 반대로 숨을 내쉴 때마다 신맛
이 혀에 맴돌았다.

하은이는 자기 책상에서 김치를 꺼냈다. 하은네는 황석어젓으로
김치를 담갔다. 은색 그릇 뚜껑을 열었다. 김치가 하얗다.

"하은아, 이거 백김치지?"

"아니."

"고춧가루 안 넣었어?"

"넣었는데."

"그런데 김치가 하얘?"

"나도 몰라."

고춧가루를 적게 넣었나 보다. 하은이네 김치는 처음 맛은 달다.
꼭 엿물 맛이 난다.

이주네는 깍두기다. 겉은 물렁하고 안은 아삭하게 씹힌다.

재명이 오빠네 알타리무 김치는 새빨갛다. 고춧가루 하나를 조금
집어 먹었다.

"엄청 쓰다."

혀를 빼죽 내밀었다.

보영이네는 배추포기에 고춧가루가 많이 묻었다. 마을마다 집집마다 김치에 넣는 것에 따라 맛이 다르다. 그중에서 송천 아이들이 싸온 김치. 솔애네와 보영이네 김치가 눈으로 보니 비슷해 보였다. (4학년 김혜진)

[ 2006.11 ]

# 밑변과 높이

오늘은 학교에 장학사가 온다. 이런 날은 넥타이를 매야 한다는데 새삼스럽다. 그냥 양말이나 빵구 안 났나 확인하고 학교에 간다. 전에 학교에 있을 때 교무를 맡은 박 선생님이 장학 지도 날 구멍 난 양말을 신고 와서는 엄지발가락 튀어나온 걸 매직으로 칠한 적이 있었다. 칠을 하니까 검은색 양말인지 맨살인지 알 수 없게 되었다. 그때 일이 생각 나서 장학 지도 날이면 옷은 몰라도 양말은 신경 쓴다.

교실에 들어가니 정택이가,

"선생님, 우리 형 오늘 학교 안 온대요."

"왜?"

"그냥요, 밑변과 높이라고 하면 알 거라는데."

"밑변과 높이?"

학교에서 수학 공부 못한다고 꾸중을 들었군. 그게 분해서 안 오겠 다는 게 말이 되나. 주먹을 불끈 쥐고 정택이한테 소리쳤다.

"당장 전화해라. 안 나오면 끝장이라 그래."

166

정택이가 전화하러 교무실에 갔다 오더니 "머리 자른 게 챙피해서 못 나온대요" 한다.

어제 할머니가 머리카락을 잘라 줬다는데 마음에 안 드는 모양이다. 머리가 어째서 밑변과 높이인지 알 수 없지만 그런 일이라면 봐줄 수도 있겠다. 한편으로는 대견하다. 다 컸네.

성택이 할아버지한테 전화가 왔다. 선생님이 학교 나오라고 하니까 성택이가 학교는 못 가겠다고 해서, 내가 그럼 학교 안 가는 아이는 못 키운다 했더니 지금 가출을 한다고 짐을 쌌는데, 그걸 말릴 수가 없으니 한번 와 보라 한다.

좀 이따가 장학사가 올 테고 나는 아이들이랑 교실에서 얌전히 공부하는 모습을 보여 줘야 하는데 이걸 어쩌나. 아이들끼리 떠들고 있으면 장학사와 조용히 이야기를 나누어야 할 분교장 선생 처지가 곤란해질 것 같다.

반 아이들은 마을 동사 뒤에 가 있으라 하고 나는 5학년 성택이네 집으로 갔다. 내 작전은 이렇다. 성택이가 집을 나오면 이쪽 길로 올 것이다. 가까이 다가왔을 때 동사 뒤에 숨어 있던 아이들이 와아 하고 뛰쳐나온다. 금방은 화를 내겠지만 놀고 장난치고 하다 보면 자기도 모르게 밑변과 높이의 비밀이 드러나고, 낄낄대다가 마음이 풀리지 않겠나.

성택이 방으로 들어가서 아무 말이나 해 보았다.

"옛날에 내가 너네 아빠랑 학교 다닐 때는 6학년 졸업하면 머리를 빡빡 깎았어. 중학교 가려면 머리가 짧아야 했거든. 어떤 아이들은 면도칼로 빡빡 밀고 참기름을 바르는 아이도 있었어. 내가 겨울방학 동안에 마을 아저씨한테 가서 머리를 빡빡 깎고는 방울 달린 털모자를 덮어쓰고 집으로 가고 있는데, 마을 친구 영찬이가 오더니 내 모자를 확 벗기는 거야. 얼마나 화가 나는지 죽여 버린다고 주먹을 휘둘렀고 둘이 싸우기 시작했어. 그 친구는 코피가 터지고 나는 손이 찢어지고. 며칠 뒤에 그 친구도 빡빡 깎았어. 그래서 모자 같은 거 안 쓰고 빡빡이들끼리 사이좋게 놀았어. 너네 아빠도 빡빡이였고."

울고 있는 아이 옆구리 간지럼 피우는 식으로 해결될 일이 아니었다. 동생 정택이가 형 집 나가면 춥다고 쓰고 있던 모자를 벗어 형한테 준다. 정택이가 날마다 쓰고 다니는 검은색 모자로, 개 머리 모양이다. 성택이는 배낭 세 개 싸 들고 모자 쓰고 마스크 쓰고 무장을 단단히 해서 집 밖으로 나갔다. 그런데 동사 길로 안 가고 찻길을 건넌다. 개울 건너 산으로 가겠구나 생각했다.

나는 동사에 가서 소리쳤다.

"작전 실패다. 성택이 이리로 안 와. 다 나와."

아이들과 둘러서서 망설였다. 여기서 가장 좋은 방법은 그냥 내버려 두는 것이다. 어느 산 어느 골짜기를 헤매다가 어둡고 배고프면 지가 내려오겠지. 고생 좀 하고 나면 집이랑 할머니 할아버지 고마운 걸 알지 않겠나. 하지만 나는 학교로 돌아갈 용기가 나지 않았다. 그러다 절벽에 뚝 떨어지면……. 뒤를 밟아 보기로 했다.

산불 조심 오토바이 아저씨한테 물어보니 저쪽 앞으로 내려가더라 한다. 길도 아닌 곳으로 무작정 내려 뛰었다. 저 앞에 조그맣게 보인다. 냇가 둑을 따라 걷고 있다. 산에 가는 건 포기했나 보다. 건너기에는 냇물이 너무 깊다. 이제는 읍내를 가기로 한 모양이다. 걸음을 빨리해서 쫓아갔다.

뒤에 아이들은 논 비탈에서 넘어지고 미끄러지며 처졌고, 담인이만 내 옆을 바짝 따라왔다. 이제 20m 거리 될 만큼 가까워졌다. 가까이 가면 또 뭐하나. 막막하다. 아무 대책이 없다.

"담인아, 뭐 좋은 방법이 없을까?"

"붙잡아서 학교에 데리고 가요."

무슨 수로 그렇게 하나. 강제로 끌고 가서 창고에 가둬? 밧줄로 묶어? 모자를 벗기자. 비밀이 드러나면 감출 것도 다 사라지고 집을 나갈 까닭도 없어진다. 그 옛날 내 빡빡 머리를 숨기고 있던 모자를 확 잡아 벗긴 6학년 영찬이가 되기로 했다. 성택이의 원수가 되기로 했다.

뛰어가서 아이 팔을 잡았다.

"아이 씨, 뭐예요. 쪽팔리게. 애들 다 데려와서는."

성택이가 모자를 꽉 잡고 놓지 않는다. 확 잡아챘다. 개 머리 모자를 벗기고 나니 그 밑으로 똑딱 단추 달린 모자를 또 쓰고 있었다. 그것도 잡아채니 얼른 또 잠바에 있던 모자를 올려 쓴다. 뭔 모자가 세 개나 된단 말이냐. 이제 서로 부릅뜨고 한판 붙을 차례인데, 갑자기 정택이가 아앙 운다. 형이 불쌍해서 우는가 했더니 모자 모자, 하며 운다. 보니까 정택이가 너무나 아끼는 개 머리 모자 끈이 떨어졌다.

"몰랐어. 정택아 미안, 정택아 미안."

달래고 있는 사이에 성택이가 막 내뺀다. 가시덤불도 상관 않고 도랑 건너 둔덕을 네 발로 기어오르며 집 쪽으로 갔다.

아, 정말 엉망이다. 나는 빈 논바닥에 서서 머리를 쥐어뜯었다. 오른손에는 뜯어진 모자 두 개, 왼손에는 빼앗은 배낭을 들고 서서는 괴로운 숨을 쉬었다. 내가 너무 한심해서 울고 싶었다. 어쩌면 이리도 무참하게, 한 아이의 결심이 싹을 내밀어 보기 전에 분지를 수 있단 말인가. 어쩌면 이리도 인격이라는 게 안 닦여지는 걸까. 나는 왜 이리 난폭한가. 내 마음을 내가 다스릴 자신이 없다. 비틀거리며 학교로 돌아왔다.

장학사는 내 앞에서 뭐라 말을 하고 있지만 나는 몸만 앉아 있을 뿐이다. 되짚어 생각하니 하나에서 열까지 차례차례 다 틀렸다. 첫째, 밑변과 높이의 뜻만 알아차렸어도 성택이한테 당장 학교 나오라 하지 않았을 것이다. 전화만 아니면 아이가 집을 안 나갔을 수도 있다. 둘째, 성택이네 집에 찾아갈 필요가 없었다. 아이가 할아버지한테 입으로는 가출한다고 했다지만, 내가 안 찾아갔으면 저 혼자 하루 종일 집 안에 박혀 있었을지 모른다. 셋째, 찾아가더라도 반 아이들과 함께 간 것은 잘못되었다. 바람 부는 들판에서 "성택이 형, 성택이 오빠야" 부르며 뛰고 넘어지고. 그 꼴이 뭐였나. 넷째, 모자를 벗긴 것은 폭력이었다. 감추겠다는 건 감추게 하는 게 맞다. 그래야 인간이다. 아이가 숨 막히건 말건 꽉 부둥켜안고 분통을 터트리고 슬퍼하다가 목마를 태워서 집에 데려다 놓았으면 그림이 좋았을 것이다. 다섯째, 모자를 벗기더라도 살짝 벗겨야 했다. 모자 끈만 안 끊어졌어도 기회는 있었다. 그리고 그 무엇보다 잘못된 것은 내가 집 나간 아이 뒤를 따라갔다는 것이다. 다른 어른한테 아이 뒤를 따라가 보라고 부탁을 해 놓고 나는 학교로 왔어야 했다.

글을 써 놓고도 밑변과 높이가 뭔지 모르겠다. 이제 그 일에 대해서 서로 아무렇지도 않게 말할 수 있을 만큼 시간이 지난 것 같아 성택이를 불렀다. 위에 적어 놓은 걸 읽어 주며 성택이 앞에 연필과 종이를 내밀었다.


내 머리통

할머니가 내 머리를 직선으로 깎았다. 가로로 보영이랑 커플처럼 깎아서 짜증났다. 할머니 마음에는 그 머리가 낫겠지만 나는 싫다. 내가 안 깎는다 했는데 정택이보고 잡으라 해서 억지로 깎았다. 가로를 직선으로.

새벽에 학교 안 간다고 했더니 할머니가 맘대로 하라 했다. 아침에 할머니가 기(게) 공장 갈 때 학교 가든 말든 하라고 해서 안 가고 안방에서 구몬을 풀고 있으니 할아버지가 내가 만든 나무 칼로 막 때려서 화가 났다. 나는 2일 정도 먹을 수 있는 식량과 내 지갑에 있던 돈이랑 잠바랑 옷 바지 팬티 양말 그런 걸 배낭에 넣고 그리고 위험한 상황에서 쓰는 119책이랑 가지고 집에서 나갔다. 냇가 쪽에서 짚을 구한 다음에 뒷산 기지로 가려고 했다. 냇가에 갔는데 선생님이 아이들이랑 쫓아와서 쪽팔렸다. 내가 머리 잘못 깎아서 학교 안 갔다고 애들이 지네 엄마 아빠한테 이르면 나랑 할머니 할아버지랑 얼마나 창피하겠나. 선생님이 내 모자를 잡아 벗길 때 내 머리카락도 몇 개 뽑혔다. 나는 모자도 포기하고 짚도 못 구하고 그냥 갔다. 뒷산으로 가기 전에 교실 내

자리에 빨간 가방 속에 돈이 있었는데 그 돈을 정택이 하은이 재경이가 가져가서 샤프 같은 거 사가지고 자기 거라고 우길 것 같아서 몰래 학교에 와서 창문으로 봤다. 선생님은 나를 못 봤다. 내가 엎드려서 몰래 봤다.

뒷산 기지에 가서 대나무 일곱 개 자른 다음 집을 만들 생각이었다. 그런데 바람에 자꾸 엎어져서 그냥 집에 갔다. 집에 가니 할아버지가 없어서 텔레비 보다가 재미가 없어서 컴퓨터 했다.

선생님이 저녁에 통닭 사와서 정택이가 통닭 먹고 있으니 할아버지가 목에 넘어가냐고 했다. 나는 안 먹고 있다가 할머니가 미안하다고 해서 통닭을 먹었다. 할아버지가 그 상황에서 먹을 수 있냐고 하니 정택이가 응 먹을 수 있어 하니까 참나 지나가는 개가 웃겠다 했다.

내 머리는 진리네 엄마가 애들 다 보는 차 뒷자리에서 깎아줬다. 애들 본다고 다 나가라 했는데 진리는 보고 재경이는 볼라고 떼를 써서 기분 나빴다. (5학년 최성택)

[ 2006.12.9 ]

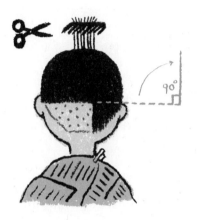

# 입학식

우리 학교에서 입학식을 하였다.

다섯 살 때부터 공수전분교에 다녔던 내 딸 한결이가 드디어 1학년으로 들어왔다. 우리 학교가 분교가 된 뒤로는 늘 본교인 상평초등학교에 가서 입학식을 했으나 올해는 본교 안 가고 그냥 여기서 하기로 했다. 20년 만에 처음 있는 일이다.

국기에 대한 경례, 애국가, 교가, 교장 선생님 말씀이 없는 입학식이다. 가운데 촛불을 켜고 아이들이 둥글게 앉았다. 학교 직원들이 한 사람씩 자기소개를 했고, 학생들도 자기소개를 했다. 그리고 입학생에게 꽃다발과 선물을 주고, 입학 축하 노래로 '사랑가'와 '연필'을 부르고, 리코더 연주 오카리나 연주를 했다.

'고향산천' 식당에서 어머니들과 학생과 교사들이 다 같이 밥을 먹었다. 3월 2일 첫날 다 같이 밥을 먹는 것도 4년째 이어 오는 일이다. 이 자리에서 급식 문제를 의논했다. 급식을 하게 된다면 본교에서 날라 와 먹으면 되고, 그게 본교 교장의 바람이다. 올해도 역시 급식을 안 하고, 반찬은 각자 싸 오고 밥은 찬이 어머니가 해 주는 걸로 결정이 났다. 작년에는 아이들이 모두 학교 급식 결사반대하는 바람에 도시락 반찬을 싸게 되었는데, 올해는 어머니들이 급식 안 하는 걸로 이야기가 된 것이다.

이제껏 나는 학년 초에 늘 우리 반 생각만 했다. 우리 반 아이들과 어떻게 잘 지내볼까 하는 것. 그런데 올해는 전체 학교 생각을 하며 두근거리는 것 같다. 나랑 마음이 맞는 선생과 같이 지내게 되었다. 올해 새로 온 김동수 선생과 정말 좋은 학교를 만들어 봐야지, 마음이 부푼다.

나는 1학년 6학년 네 아이의 담임이다. 재작년에도 네 명으로 3월을 시작했으나 학기 말에는 열 명이 되었지. 그때 3월에는 우리 학교 전교생이 여덟 명이었는데 지금은 열여덟 명이다. 교실에 들어가니 6학년 아이가,

"내일 뭐 해요?"

"뭐 하면 좋을까?"

"놀아요."

"뭐 하고 놀아?"

"체육 해요."

우리는 반드시 좋은 쪽으로 움직이자.

"내일 토끼 잡으러 가요, 뱀 잡으러 가요."

그렇게 하자고 말하고 그게 진정이면 그렇게 하겠다. 진정만이 우리를 키운다. 그렇게 말해라. 나는 그렇게 하겠다.

나는 올해 마흔 살. 너는 열세 살. 1학년은 여덟 살. 1학년은 처음 시

작이니 잘해야 하고, 6학년은 학교 마지막이니 잘해야 하고, 나도 마흔 살이 되었으니 잘해야 한다. 나도 애써 보겠다. 너도 보여 주어라. 서로를 좋은 쪽으로 끌어 주기 바란다.

모든 약속은 지금부터다. 네가 약속을 만들어라. 네가 말하는 대로 이 교실은 움직이고 이 세계는 움직인다. 규칙은 아무것도 없다. 지금부터 만들어 가는 약속만 있을 뿐이다.

양말 벗고 한 발 올려놓고 공부하는 게 옳다고 생각하면 그 의견을 내라. 그게 더 공부가 되고 우리들에게 도움이 된다는 결론이 나면 거기에 따르겠다. 하지만 결정 나기 전, 의논하는 자리에서는 나도 한 표를 가진 사람으로서 내 권리를 위해, 내가 옳다고 여기는 것을 이루기 위해 열심히 싸우겠다. 그거 안 좋다고, 어쨌든 결정이 나면 따르겠다.

이 교실은 너희들이 움직여라. [2007.3]

# 눈꺼풀에 새겨야지

일어나 내다 보니 마당 앞 묵은 논에 마른풀 줄기들이 으스스 떨린다. 오늘도 춥겠다. 개밥 줘야지. 장롱 문을 열고 구석에 처박혀 있는 검은 잠바를 꺼내 걸치고 밖으로 나갔다. 고개는 파묻고 두 손은 잠바 주머니에 넣었다. 뭐가 딱딱하게 손끝에 잡힌다. 딱딱한 것. 이게 뭐야. 강낭콩이다. 얼룩줄강낭콩 한 알. 어쩌다 여기에 들어 있을까. 겨울을 잠바 주머니 속에서 보냈구나.

바싹 말랐다. 히야, 요맨한 게 싹이 트면 전봇대 높이만큼 뻗어 올라간단 말이야. 도대체 어디서 그런 힘이 나오나. 손가락으로 집어 들고 들여다보고 만지작거리고. 그러다가 살짝 힘을 주었다.

아차, 이내 껍질에 금이 가 벗겨지며 콩알은 두 쪽으로 갈라지고 말았다. 갈라지고 나니 그냥 모래처럼 자갈처럼 아무것도 아니다. 나는 호기심이었을 뿐이다. 아주 조금 힘을 줬을 뿐이다. 하지만 그것 때문에 콩한테는 봄이 없다.

갈라진 콩 조각을 들여다본다. 안쪽 어디에 비밀이 있을까. 작은 돌기가 있지만 그것도 그냥 부스러기나 마찬가지. 그 어디에도 꽃을 피우고 잎을 키우고 주렁주렁 열매를 매달고 높은 곳으로 타고 올라가는 대단한 힘, 생명의 비밀은 안 보인다.

도대체 내가 알고 있는 것이 무엇이냐. 왜 숨은 쉬어지고 그 숨으로 목숨이 이어지는가. 왜 보고 듣고 느끼게 되는가. 알려 해도 알 수 없고, 또 알아서 무엇하겠는가. 마른 부스러기 같은 지식의 조각일 뿐.

어쨌든 온전히 단단했던 콩 한 알 어딘가에 생명의 기운이 웅크려 있었던 것은 분명하고, 그것을 깨우는 힘은 촉촉한 물기와 따스함이었을 것이다.

깨트리지 말아야지. 상처 주지 말아야지. 내 힘이 못 미쳐 촉촉함이라든가 따스함이라든가 하는 것을 줄 수 없다면, 생명의 기운을 깨워줄 수 없다면 차라리 그냥 지켜보기라도 하자.

오늘 첫째 시간에 청소 차례를 정했다. 차례를 정할 때 1학년 1번, 그다음 6학년 2번 3번 4번, 나는 5번으로 하는 게 어떻겠냐고 했더니 6학년 아이가 곧장 "불공평해요" 한다.

"뭐 그럼 6학년부터 1번, 2번, 3번, 그다음 1학년 4번, 나는 5번으로 하지 뭐."

이렇게 말하고 나니 또 아차 싶다. 뭔가 걸렸지만 내 말에 다른 의견을 내는 아이가 없고 해서 '에이 이깟 사소한 일' 하며 넘어갔다.

지금에 와서 생각하니 그때 불공평하다고 말한 아이 마음이 오히려 더 불편해지지나 않았을까 걱정스럽다. 정말 사소한 것, 아무것도 아닌 것이었다. 하지만 사소한 것, 아무것도 아니라 여기고 넘어간 것들은 언제나 문제였다. 작은 힘도 조심조심. 촉촉함, 따스함을 보탤 수 없는 형편이면 가만히 지켜보기라도 하자.

눈을 한 번 깜빡하는 순간에 그만 또 잊을 수가 있으니 아예 눈꺼풀에 새겨 두어야지. 눈을 감아도 볼 수 있게. [2007. 3]

# 차례 정하기

올해 1학년 6학년 담임을 맡았으나 며칠 공부하다가 옆 반 선생과 의논해서 학년을 바꾸었다.

오늘부터 제비꽃 반은 4학년과 6학년이다. 학생이 바뀌었으므로 번호도 다시 정해야 한다. 번호가 있어야 청소나 자리 바꾸기를 할 때 헷갈리지 않는다. 한자리에 모여 번호를 어떻게 정할까 의논했다.

솔애는 이름으로, 재명이는 생일로, 하은이는 이빨 수, 성택이는 제자리멀리뛰기로 정하자는 의견을 냈다. 이빨 수를 세기 위해서는 떡을 깨물어야 된다는데 지금 떡을 사 올 수는 없으니 만약 이빨 수로 하자고 정해지면 입을 크게 벌리고 내가 하나하나 이빨을 세어 주기로 했다.

어떤 것으로 출석 번호를 정할까 손을 들어 보니 생일 한 표, 이빨 수 두 표, 제자리뛰기 세 표가 나왔다. 둔한 사람 처지에서는 다리가 길고 운동 능력이 좋아 멀리 뛰는 사람을 유리하게 하면 억울하다. 적게 뛰는 사람이 유리하도록 규칙을 정했다. 최선을 다해서 뛰되 가장 적게 뛰는 사람한테 번호를 먼저 정할 권리를 주는 것으로.

"일부러 적게 뛰면 어떻게 해요?"

"그렇게 하고 싶으면 그래라. 자신을 속여 이득을 보는 것과 남한테 이득을 주기 위해 온 힘을 다하는 것과 어느 것이 아름다울지 생각해 보고 그 길로 가."

교실에 금을 긋고 뛰었다. 신발 신고 뛰었다가 신발 벗고 뛰고, 더 많이 뛰겠다고 양말 벗고 또 뛰고. 여러 번 뛰어서 가장 멀리 뛴 기록을 잰 결과가 이렇다.

이재명 157cm, 윤주연 124cm, 윤지연 126cm, 최성택 162.5cm, 황하은 122cm, 이진리 138.5cm, 탁솔애 148cm, 탁동철 221cm. 그래서 가장 적게 뛴 하은이한테 우선권이 갔다. 하은이가 자기가 1번 하겠다고 해서 적게 뛴 차례대로 1번 황하은, 2번 윤주연, 3번 윤지연, 4번 이진리, 5번 탁솔애, 6번 이재명, 7번 최성택, 8번 탁동철이 되었다.

[2007.3]

# 나도 결심했다


옆 반에서는 체육 시간인지 나가서 뛴다. 우리 반 아이들이 창밖을 내다보며 "와, 저 반 좋겠다. 우리만 이게 뭐야. 우리도 놀아요, 체육 해요, 난 나갈래요."

학년이 새로 바뀐 탓이겠지. 이건 도대체 아무런 규칙이나 질서가 없다. 그렇지 않아도 오전에 뒷산에 신석기시대 움집 짓느라 힘들었다. 오후에는 교과서 공부를 좀 일찍 마치고 다른 걸 해 볼까 망설이던 중이었다. 그런데 이런 태도를 보니 안 되겠다. 결국 끝나는 시간까지 자리에 앉아 책을 읽었다.

학교에서 옆 반 체육 하는 걸 보며 "와, 쟤넨 논다. 우리는 이게 뭐야" 이런 아이들이니 집에 가면,

"옆집은 여행 가는데 우리는…… 투덜투덜."

"쟤넨 외식하러 가는데 우리는…… 투덜투덜."

"쟤네는 새엄만데 나만 헌 엄마…… 투덜투덜."

그래서 어쩌라고. 뭐 아이들만 입이 있나. 어른도 할 말 있다. 같은

방법으로 어른이 아이한테

"옆집 누구는 또 100점이라는데 니는 맨날 이게 뭐냐. 돌대가리도 아니고…… 투덜투덜."

"누구는 일기도 잘 쓰고 책도 열심히 읽는다는데 니는 도대체 할 줄 아는 건 밥 먹는 것뿐이니…… 투덜투덜."

"그 집 아이는 엄마 양말도 빤다는데 니는 언제 철이 들라는지…… 투덜투덜."

어른한테 이런 말 들으면 니네는 얼른 행동 바꾸겠나.

'아, 나도 누구처럼 공부 열심히 해서 100점 맞고 책도 맨날 읽고 씩씩하고 명랑하고 일찍 자고 일찍 일어나고 양말 신발은 내가 빨고 청소도 열심히 하고 예습 복습 숙제 철저히 하고 웃어른께 인사 잘하고 부모님 말씀 잘 듣고 글도 잘 쓰고 글씨도 잘 쓰고 동무들과 사이좋게 지내고 음식 골고루 먹고 운동 열심히 하고 옷 단정히 입고…….'

이런 다짐 하게 될까. 이런 말 듣고도 반항심이 안 생긴다면 그건 바보다. 나도 결심했다. 한 번만 더, "오, 쟤네 반 논다. 우리만 이게 뭐야. 우리도 놀아요" 하며 눈길을 창밖으로 돌리며 하던 공부를 멈추는 아이가 있으면 그날은 쉬는 시간도 점심시간도 없다. 계속 공부다. 그리고 체육 시간에는 체육 시험지를 풀겠다. [2007.4]

# 하루

일어났다

이불 개고 기지개 켜고 밖으로 나와 닭장 문을 열어 주었다. 반쯤 자
란 닭들이 다투어 나온다. 마루 밑에 강아지가 달려가 날갯죽지를 깨문
다. 닭들은 깃털을 마구 떨구며 꼴꼴꼴꼴 죽겠다고 도망간다. 입김 훅
불면 눈을 깜짝하며 놀라 뒤로 물러서는 순진하고 귀여운 강아지다. 한
없이 약하기만 할 것 같은 그 강아지도 어린 닭을 문다. 쫓아가서 한 방
쥐어박고 싶다. 닭이 저 살겠다고 내빼기만 할 게 아니라 한번쯤 뾰족
한 부리로 그놈에 강아지 이마빡을 콱 쪼아 주기 바란다. 강아지 놈이
꼬리를 내리고 깨갱거리며 도망치는 꼴을 보고 싶다. 하지만 그 어린
닭은 끝내 역적이 되지 못할 것이다. 저보다 작은 벌레를 쪼며 즐거워
할 것이다.

아침밥 먹는다

밥상에서 할머니가 그 집 개 이야기를 한다.

"애들이랑 막국수 집에 갔는데 그 집 개가 사자만 해. 감나무 밑에 나와 있다가는 애들이 가니까 슬그머니 집으로 들어가더라고. 애들 무서워할까 봐. 개가 의견이 멀쩡해."

할머니는 무엇이든 좋게 보려고 한다. 그날 개가 쇠사슬을 끌며 제집으로 들어가는 걸 나도 보았다. 나는 그냥 그 개가 버릇처럼 들어갔다 나왔다 하는 걸로 보았다. 무엇이든 삐딱하게 보는 사람이라면 "개가 애들 소리가 나니까 숨더라고. 가까이 오면 갑자기 나타나서 와앙 놀라게 하려고 그러는 거여" 이러겠지.

감나무 밑 사자만 한 개한테 다시 가서 물어볼까? 뭐라 대답할지는 모르겠다. 어쨌든 자기를 따뜻하게 보아 주는 사람 앞에서만큼은 세상에서 가장 훌륭하게 되려고 애쓸 것이다.


학교에 간다

우리 동네 아이들과 어울려 간다. 나는 뒤에서 걷고 1학년 한결이랑 3학년 예원이는 손잡고 앞에서 걷는다. 뻐꾸기 울고 꾀꼬리 울고 청개구리 울고 토끼풀꽃 엉겅퀴꽃 민들레 피고 피고 지고 지고, 귀와 눈이 모자란다.

가고 있는데 수동 집 앞길에서 하얀 트럭이 달려가며 빵 소리 낸다. 아이들은 화들짝 놀라 길가로 피한다. 내가 잘 아는 아저씨다. 읍내 장에 가는 길일 것이다. 그런데 왜 아이들을 놀라게 하나. 아이들은 길가로 몰렸고 아저씨는 "횅" 차를 몰고 저만치 간다. 아이들은 가던 길을 다시 간다. 나는 언짢다. 아이들한테 다가가서 물었다.

"좀 전에 기분 안 나빴어?"

"기분 나쁘죠. 차가 와서 피할라고 하는데 '빵' 소리 내요. 깜짝 놀랐잖아요."

"에이, 나쁘다. 나쁜 사람이네 그치? 우리 저 아저씨 잡아가라고 신고할까?"

신고하지는 말라고 한다. 나랑 잘 아는 아저씨고 일 잘하고 착한 아저씨다. 하지만 나쁜 건 나쁜 거다. 이런 건 나쁘다고 해야 아이들이 순순히 내주거나 도망치지 않고, 그놈에 마빠구를 쪼아 줄 수 있을 것이다. 적어도 저항의 대상이 자기 자신이 되지는 않으려 애쓰게 될 것 같다.


학교에 왔다

아저씨가 교실마다 빵을 나눠 주었다. 아이들은 큼직한 빵 두 개를 책상 위에 놓고 지금 이 자리에 없는 아이가 얼른 와서 앉기를 기다렸다. 모두 한자리에 앉기만 하면 그때부터 먹기 시작하려고 열 손가락을 구부려 빵 가까이 대고 뜯을 준비를 하고 있다. 지연이도 왔다. 이제 하은이만 교실에 들어오면 모두 온 것이다.

"하은이 왜 안 오냐?"

"빵 안 먹는다 그러던대요."

그럼 우리나 먹지 뭐. 먹자. 빵을 뜯어 막 입에 넣고 있는데 교실 문 벌컥 열고 하은이가 들어온다. 시무룩한 얼굴, 빵 따위에는 관심 없는 눈.

"하은이 빵 안 먹는다매?"

"학교 아저씨가 먹지 말래요."

"그거 잘됐다. 먹지 마."

"아니요, 아니요" 하며 얼른 다가오더니

"학교 아저씨가 뭔데 못 먹게 해. 나 먹을래요."

이래서 성격 좋다는 말을 듣나 보다. 내 짐작으로 학교 아저씨는 이렇게 장난말을 했을 것 같다.

"하은이, 너 오늘 당번인데 토끼한테 풀 안 줬지. 토끼 굶겼으니 너도 빵 먹지 마."

이 정도 말이면 웬만한 아이들은 삐친다.

'다른 아이들은 다 빵 먹으라면서 나만 못 먹게 한다. 나만 맨날 미워한다.'

이러면서 씩씩거리며 집에 가거나 자리에 엎드리거나 책상 밑에 웅크려서 흐린 눈으로 남들 빵 먹는 걸 지켜보고 있을 것이다. 그래서 교실은 금방 어두워진다.

"나 빵 먹을래요."

이건 얼마나 당당한 태도인가.

"공부 안 하고 자꾸 떠들기만 하려면 가방 싸서 집에 가라."

"비싼 돈 들여 산 책이다. 안 읽으려면 다 불 태워라."

누구든지 하게 되는 말이고, 늘 듣게 되는 말이다. 좋은 결과를 기대하며 뱉는 말이다. 하지만 가방 싸서 집에 가는 사람도 있고 책을 태우는 사람도 있을 것이다. 아무래도 좋다. 깨진 시멘트 틈으로 올라오는 풀포기처럼, 숨을 쉬고 있다는 신호만 보여 줘도 고맙다.


"토끼풀 안 뜯어 줬지. 빵 먹지 마!"

(1) 다음에도 토끼풀은 안 뜯어 주겠다. 빵 따위도 절대 안 먹겠다.

→ 삐쳤구만. 아니, 의지가 굳다.

(2) 토끼풀은 안 뜯어 준다. 빵은 먹겠다.

→ 염치없는 거 아니야? 아니, 어디 가서도 살아남겠네. 그 정도 넉살은 있어야지.

(3) 토끼풀 뜯어 준다. 빵 먹는다.

→ 너무 고분고분하다. 아니, 참 평화로운 아이야.

(4) 토끼풀 뜯어 준다. 빵은 안 먹는다.

→ 미움을 가득 품고 있네. 아니야, 절개가 있어. [2007.6]

# 야영 갔다

교관

우리는 야영 간 날 정말 싫었다. 담력 훈련 한다 해놓고 딱 밤 10
시 되니깐 자라고 하고 진짜 지멋대로에다가 이기주의자다. 숙소
앞에서 뭐 우리가 하인도 아니고 뭐 효도 하겠습니다 감사합니
다. 그런 거에다가 조장들 오라고 겨우 호르라기를 삑삑삑 거리
고 진짜 짜증나고 또 입소식 하고 앞사람이 어깨 손 하면 손 하고
또 앞사람 방댕이 손 하면 애들 웃을 때 교관 선생님이 이거 웃
으니까 변태들 아니야 할 때 나는 이해가 안 된다. 어떤 교관이나
부모가 변태라는 말을 하나. 도대체 아이들 앞에서 변태라는 말
을 하는 건 없어야 한다. 내 생각에 그 교관은 맞아야 한다. 그건
당연한 말이다. (6학년 최성택)


6월 13일에 수련회를 갔다. 양양 서면에 있는 모든 학교 학생들이 가
는데, 다른 학교에는 수련회 안 가겠다는 학생이 없는데 우리 학교는

안 가겠다는 학생이 여럿이었다.

'남 다 가는 것 같이 가 보는 게 좋은 것 아닌가. 온실 속에서만 곱게 지내려 할 게 아니라 바람과 뜨거운 햇빛도 겪고 견뎌 봐야지.'

이게 처음 내 생각이었다. 말 들어 보니 그런 수련회에 가면 거기 조교들이 학생들을 함부로 대한다고 한다.

'그런 고통도 겪어 보고 분노도 느껴 봐.'

눈을 부릅뜨고 그 모든 것을 살피는 것 또한 공부 아니겠나. 아니, 또 한편으로는 사람 막 대한다는 그따위 시시한 곳 과감하게 거부하고 자기 자존심을 지키겠다는 사람이 더 맞는 것 같기도 하고. 하여튼 수련회에 참가하기 전부터 헷갈렸다.

버스를 타고 수련회 장소로 갔다. 넓었다. 내가 가방을 내려놓고 쉬는 사이 우리 아이들을 강당에 불러들인 잼버리장 조교들이 아이들한테 고함을 치기 시작했다. 곧 개회식을 하는데 그 연습을 하는 거라 했다.

"줄 똑바로 맞춰!"

이건 참겠는데 번호에 맞춰 하나 둘 셋 넷 고개 숙여 인사하고 하나 둘 셋 넷 번호 맞춰 고개 들게 하는 건 화난다. 누군가에게 복종을 강요하고 있다. 강당 문밖에서 귀로 듣기만 했는데 점점 화가 나기 시작했다. 나는 이를 갈았다. 다른 선생들처럼 강당 안에 들어가 조교들이 우리 아이들한테 고함치고 인사시키고 하는 걸 지켜볼 엄두가 안 났다. 두고 보자 하며 강당 밖에서 숨을 골랐다.

조교들보다 더 못마땅한 건 학교 선생이다. 강당 안 조교들이 학생들한테 고함치며 겁주는 걸 보고 밖에서 키득키득 웃는다. 저 아이들은 좀 저래 봐야 한다며 조교들 너무 마음에 든다고 칭찬한다. 나는 옆에 있는 선생한테 한마디 했다.

"저런 교육은 아이들이 받을 게 아니라 학교 선생들이 받아야 해요. 선생들 다 불러다 모아 놓고 '똑바로 해 이 새끼들아, 동작 봐라, 엎드려뻗쳐' 이런 걸 해야 정신을 차리지. 정말 애써서 해야 할 교육이란 바로 저따위 짓거리에 대해 거부할 수 있는 힘을 길러 보는 것 아니겠어요."

그 선생도 내 말에 동의하는 듯 "아이들 수준에는 안 맞는 것 같네요." 한다. 이런 분도 있구나 하고 속으로 칭찬을 하고 있는데 강당에 들어가더니 사진을 찍는다. 나도 사진기는 가지고 왔지만 이따위 것 한 장도 안 찍는다. 굴종을 강요받는 아이들을 찍어 대서 어쩌자는 거냐. 찰칵, 소리에 아이들이 얼마나 자존심 상하겠나.

조교보다 선생보다 더 못마땅한 건 학교 교장들이다. 아이들이 그렇게 줄 맞춰 동상처럼 앉아 있는 곳에서, 그렇게 연습해서 공손한 동작으로 이루어진 인사를 받으며, 교장들은 저 위에 있다. 아이들은 저 밑에 앉아 있다. 안 부끄럽나. 거기다가 말은 왜 그리 기나. 하나 마나 한 말. 왕따 안 시키는 착한 학생이 되라니. 그따위 말이 저 아이들 귀에 들어갈 거라 생각하나.

지금 이 자리에 모인 여러 학교 학생들이 200명쯤 되니 제 입에서 나온 말 아이들 귀에 담고 싶으면 하나하나 찾아다니며 그 아이의 귓바퀴를 잡아 열고 말해라. 200번 말해라. 왕따 안 시키는 착한 학생이 되라고, 웃어른께 인사 잘하는 예의 바른 학생이 되라고, 부모님께 효도하는 올바른 학생이 되라고. 그게 어쨌단 말인가. 몸이 가려우면 긁는 착한 학생, 밥은 이빨로 씹어 먹는 예의 바른 학생, 코로 냄새 맡는 올바른 학생이 되라는 말과 뭐가 다른가. 그 높은 곳에서 내려다보며 겨우 한다는 소리가 착한 학생, 예의 바른 학생, 바른 학생 타령인가.

집게손가락으로 코딱지를 파냈으면 그 코딱지를 책상 밑에 바르지 말고 탁 튕겨서 땅바닥에 떨구는 학생이 되라고 말하는 게 낫다. 공부하고 있는 책상 앞에 파리가 앉아서 다리를 비비고 있으면 어느 다리를 비비고 있는지, 비빌 때 입은 어떻게 하고 있는지 따위를 가만히 살피며 그림이라도 하나 그려 보라고 말하는 게 낫다.

나는 길눈이 어두워 내가 살고 있는 강원도 양양을 벗어나면 헤맨다. 가야 할 곳을 대번에 찾아간 적이 없다. 하지만 경기도든 서울이든 전라도든 충청도든, 거기까지는 간다. 그다음부터 군, 읍, 면, 번지를 못 찾는다. 극장 뒤 오른쪽 길 세 번째 대문 따위가 어려울 뿐이다.

내가 정신 차리고 찾아가야 할 길은 전라도가 아니라 충청도가 아니라 그곳의 어디의 어디의 어디이다. [2007.6]

# 벽실 계곡에서 꺽지 낚았다

밤 떨어지고 벼 벨 때 메기가 굵다고 했지. 요즘 한창이다. 6학년 성택이가 여름부터 "가요, 가요" 하는 걸 미루기만 했다. 성택이도 나도 올해가 이 학교 마지막. 더 미루면 기회가 없다. 낮에는 꺽지를 낚고 밤에는 메기를 낚자.

우리 반은 4학년 네 명, 6학년 세 명. 이 아이들과 3년을 한 교실에서 지냈다.

"성택이랑 나랑 학교 마치고 고기 낚으러 갈라 그러는데 같이 갈 사람 있어?"

다 가겠다고 한다.

"밤 2시쯤에 올 거야. 거기 가면 귀신도 나오고 무서워."

빠지겠다는 아이가 하나도 없네. 모두 가기에는 사람이 좀 많지만 할 수 없지. 더 늘어나면 곤란하다. 미안하지만 옆 반에는 비밀로 하고 우리 반만 몰래 떠나기로 했다.

책가방 갖다 놓고 준비물 챙겨서 다시 오자. 쌀, 그릇, 숟가락은 각자 가져오고, 고추장은 재명이네 할머니가 담근 고추장이 맛있으니까 재명이가 가져오고, 밀가루는 솔애, 냄비는 지연이 주연이, 하은이는 파, 성택이는 칼, 라면은 진리가 가져오기로 했다. 낚싯대는 성택이와 내 것을 쓰면 되고. 언제 한번 가려고 주섬주섬 모아 둔 낚싯대가 꽤 된다. 어디로 갈까. 윗동네 벽실 계곡으로 가자. 거기 메기가 젤기는 해도 수가 많다고 들었다. 아이들은 손가락을 입에 대고 쉿 쉿 입조심하며 집으로 갔다.

나는 꺽지 메기 말 나올 때만 머리를 불쑥 든다. 어릴 때 개울에 가서 고기를 잡아 버드나무 꿰기에 꿰어 높이 들고 마을 길 걸어오면 어른들이 "야야, 고기씨 다 지울라" 한마디씩 하셨다.

학교 선생님과 간 적도 몇 번 있다. 그때 선생님 두 분과 아버지와 내가 물 따라 한참 올라가 진소 계곡에 자리 잡았는데 비가 막 왔다. 아버지는 바위 어겁(어귀)에 불을 피웠다. 선생님들은 뺐다 끼웠다 하는 긴 낚싯대로 멀리 던져서 낚았고, 나는 가까운 바위 위에 앉아 대나무 낚싯대로 낚았다. 어른들은 국을 끓여 소주를 마셨고 나는 불에 구워 먹었다. 그때부터 재투성이 메기구이를 참 맛있는 맛으로 기억하게 되었다. 치익치익 빗물을 받아 내던 모닥불과 불에 일렁거리는 얼굴도 떠오르고.

가슴에 남는 칭찬 말도 개울에서 들었다. 꺽지 낚으러 갔을 때 선생님이 그놈 잡겠다고 꽤 애를 썼다. 여들 모랫바닥에 꺽지 한 마리가 엎드렸는데 아무리 해도 안 되니까 포기하고 그냥 지나가셨다. 움직임 없이 자리만 지키는 놈은 잡는 법이 따로 있지. 뒤따라가던 내가 낚았다.

미끼 꼬물거리게 꿰서 눈앞에 떨구고 알찐알찐하면 가만 엎드려 있던 놈이 신경질을 내며 죽어 버리자고 콱 물어 버리기도 하니까. 선생님이 저만큼에서 뒤돌아보고는

"와, 동철이는 역시 끈기가 있어"

그 말을 못 잊는다. 내가 좀 끈기 있는 인간이 되려고 노력한 것도 같고.

그로부터 28년쯤 세월이 흘렀다. 나는 그때의 선생님보다 더 나이가 들었고, 뒤를 이어 동네 아이들의 선생 노릇을 하고 있고, 그 선생님처럼 기억에 남는 선생이 돼 봐야지, 욕심을 부리고 있다.

고추장 냄비 밥그릇 싸 들고 학교 운동장에 모인 시간이 토요일 3시 반. 지렁이를 팠다. 학교 실습지 밭에 김맬 때 뽑아 던져 버린 마른풀 무더기를 괭이로 걷어 냈다. 축축한 흙 속에 살찐 지렁이. 아이들은 한껏 들떠서 자기가 얼마나 메기를 잘 낚아낼 수 있는지 보여 주려고 덥석 쥔다. 새끼손가락만큼 굵은 놈도 메기 큰 거 잡을 거라며 아무렇지 않은 얼굴로 집어 든다. 그래, 오늘 이무기만 한 메기 한 마리 잡자.

메기 미끼는 됐고, 이번엔 꺽지 미끼 잡아야지. 6학년 재명이가 자기 아는 곳이 있다고 해서 갔다. 양아치 골짜기 물에 양말 벗고 들어갔다. 돌을 일쿠면 돌 밑바닥에 자갈 알갱이, 가랑잎 부스러기 따위를 실로 얽어 집 짓고 들어앉아 있는 꺼먼 미끼가 나온다. 요놈을 낚싯바늘에 꿰어 물속에서 꼬물꼬물하면 꺽지가 헉하고 대들지.

첨벙첨벙 물살을 가로질러 개울을 두 개 건넜다. 뼈가 시리다. 손에 든 살림 보따리는 무겁고 가는 길은 먼데 불평 없이 따라온다. 학교에

서는 툭 하면 눈알을 사납게 굴리고 늘 따질 준비가 되어 있는 녀석들이 고분고분 순둥이가 되었다.

벽실 계곡에 다 왔다. 하얀 바위 세 개가 벽처럼 버티고 있는 소 밑에 자리 잡아 짐을 풀고 나니 해가 꼴딱 넘어갔다. 너무 늦게 떠났군. 곧 어두워질 테고, 어두워지기 전에 밥을 먹어야 하는데, 언제 밥하고 언제 매운탕 끓이나.

"야, 급하다. 빨리 낚아라. 고기 못 낚으면 굶는다."

어두워지고 있으니 꺽지 잡기에는 조금 늦었다. 이럴 때 사는 요령, 피라미를 잡으면 된다. 피라미는 아무나 낚시 던지면 쉽게 건질 수 있으니. 진리랑 재명이는 떡밥 들고 위에 소로 가고, 성택이랑 하은이는 미끼 깡통 들고 아래쪽 여울에 갔다.

메기나 피라미는 손으로 낚지만 꺽지는 눈으로 낚는다. 어둡거나 물이 휘정거리는 곳에서 손 감각으로 잡기도 하지만 그건 진짜 낚시로 안 쳐주고 싶다. 잔잔하고 맑은 물속을 가만히 눈으로 들여다보고 있는 게 꺽지 낚시지. 바위 속에서 대가리만 내놓고 있는 놈을 살살 꾀어내는 것, 물까 말까 뜸 들이는 것, 막 물고 있는 순간 먹이를 놓고 먼저 먹겠다고 욕심내는 것. 꺽지는 낚시를 무는 꼴도 여러 가지로, 김유정 소설 '산골'에 나오는 구절처럼 퐁 떨어지는 소리만 나도 위로 올라와 덤벼드는 놈이 있다.

이뿐이는 눈시울에 구슬방울이 맺히기 시작한다…… 어느덧 원망스러운 눈물이 눈에서 떨어지니 잔잔한 물면에 물둘레를 치기도 전에 무슨 밥이나 된다고 커단 꺽지는 휘엉휘엉 올라와 꼴딱 받아먹고 들어간다.

물면까지 올라와 물어 버리는 놈이 있는가 하면 툭툭 입질을 하다가 비스듬히 샤악 기울며 무는 놈이 있다. 꺽지가 미끼 대가리 쪽으로 몸을 눕힐 때 낚싯대 쥔 사람은 자기도 모르게 꺽지 따라 고개가 갸웃 기울기도 하지.

또 오래 버티는 놈이 있다. 바로 눈앞에다 낚시를 대 놓고 기다리지만 못 본 척한다. 이런 놈들은 굵어서 포기하고 지나가기가 쉽지 않다. 조바심을 내다가 "에잇, 바보 같은 놈" 하고 투덜대지만 사실은 영리하거나 뭘 잡아먹고 배가 부른 놈이겠지. 이런 놈도 공을 들이면 잡는다. 갑자기 입 벌려 미끼를 삼킨다. 전에 나를 칭찬 듣게 했던 꺽지가 바로 여기에 해당되는 놈이다.


꺽지

꺽지가 물렸다.
"낚았다!"
하은이가 달려오면서
"형, 정말 진심으로
존경스럽고 사랑해."
꺽지가 줄에 매달려

아가리 벌리고 있다.

솔애가 낚시대를 뒤로 제쳤다.

바늘이 내 바지에 걸려

내가 낚일 뻔 했다.

바지라서 안심이 들었다.

나도 걱지 될 뻔 했다. (6학년 최성택)


성택이네 아버지도 어렸을 때 낚시를 잘했다. 뱀도 잘 잡았고. 여름에는 눈만 반질반질했다. 개울에 집 지어 놓고 낮밤을 같이 보내기도 했고. 그때 새벽에 얼마나 추웠는지 입에 혓바늘이 돋았지. 지금은 그 동무들의 아들딸들과 개울에 나와 있고.

솔애 지연 주연이는 쌀을 씻어 밥을 한다. 햐, 급할수록 돌아가라는데, 돌아가는 게 아니라 돌겠다. 하필 구멍 난 냄비를 가져오다니. 그것도 구멍이 나려면 왕창 날 것이지. 쌀이 팅팅 뜨뜻하게 불었을 때, 이제 막 끓으려 하고 있을 때 냄비 바닥에서 물 떨어지는 걸 발견했다. 내가 가져온 양은솥은 국 끓일 건데. 다행히 지연이가 작은 냄비 하나 더 가져왔다고 한다. 냄비가 작아 밥을 두 번 해야 한다. 새는 냄비에 있던 쌀을 반만 덜어 밥을 하고, 밥이 다 되면 덜어 내서 한 번 더 하기로 했다.

어두워진다. 골짜기 어둠은 갑자기 온다. 바쁘게 서두르는데 타는 냄새가 난다. 냄비에서 거무스름한 연기가 나왔다. 물을 들이붓고 위에 밥을 펐다. 이번에는 하은이가 나섰다. 안 태우고 잘할 자신이 있다며 쌀을 안쳤다.

고기는 내가 손질해서 끓였다. 껍질랑 피라미랑 그릇에 가득하다. 우선 고추장 풀고, 물 끓이고, 재피나무 찾으러 갔다 오고, 고기에 밀가루 묻히고 수제비 넣었다. 앞이 잘 안 보여서 칼로 썰을 틈 없이 파를 그냥 손으로 뚝뚝 잘라 넣었다.

7시쯤 되었을까. 개울에서는 더 배가 고프다. 개울 돌 울퉁불퉁 걸으면 금방 먹은 밥도 금방 내려간다. 아이들은 "배고파요, 배고파요" 한다. 골짜기도 어둡고 마음도 캄캄하다. 맨밥을 먹고 있는 아이도 있다. 매운탕은 이제 막 끓기 시작했는데, 좀만 더 기다려 달라고 달래어도 그냥 먹겠다고, 그럼 안 익어도 할 수 없다며 끓기 시작하는 국물을 밥그릇에 퍼 줬다. 모닥불에 둘러앉아 자기만 쫓아다니는 것 같은 연기에 눈물 흘리며 밥을 먹었다.

"천천히 먹어라. 이제 맛이 들어간다. 푹 익었을 때 먹는 게 진짜야."

이 말 소용없다. "맛있다, 맛있다" 먹는다. 맛있기는, 배가 고픈 거지. 마지막으로 내 먹을 국을 풀 때쯤에 수제비랑 고기랑 어지간히 익은 것 같다. 맛이 났다. 하은이랑 재명이랑 나는 세 그릇씩 먹었다. 이날 벽실 계곡에서 입맛이 없거나 음식을 가려 먹느라 깨작거리는 사람이 있었다면 존경했을 것이다. 음식을 가려 먹기로는 이 세상에 쌍둥이 아이들만큼 까다로운 사람이 있을까. 라면도 먹는 라면이 따로 있고, 과자도 먹는 과자만 먹고, 같은 김이라도 엄마가 구워 준 김만 먹는 쌍둥이 지연이 주연이가 매운탕이 맛있다며 "뜨거워 뜨거워, 매워 매워" 하며 훅훅 먹었다.

## 낚시

……애들이 배고프니까 익지도 않은 걸 밥에다 말아먹었다. 애들이 얼마나 배가 고픈지를 알아보려면 주연이 지연이를 보면 된다. 얼마나 배가 고팠으면 매운탕 국물을 후루룩 먹는다. 나는 깜짝 놀랐다. 안 먹을 것 같던 매운탕을 주연이 지연이가 먹다니. 그것도 밤이라 아무것도 안 보여서 매운탕 끓일 때 재료를 있는 대로 팍팍 썰어 넣은 건데 신기했다. 밥을 먹고 나서 또 라면을 끓여먹었다. 하은이는 라면을 한 봉 다 끓여먹었으면서 우리가 끓인 것도 먹는다. 나는 하은이 위 크기가 궁금하다. 우리 아빠보다 훨 배로 클 것 같다.

밤은 어두컴컴해서 아무것도 보이지 않는다. 단지 느낌만으로 잡는다. 낚시줄을 뒤로 제끼고 휙 던지면 낚시줄 아래에서 꿈틀꿈틀거린다. 내가 잡아당겨 보았지만 지렁이만 없어질 뿐 잡히지는 않았다. 나는 낚시를 끝내고 처음 깨달은 건 낚시는 쉽지 않다는 거, 주연이 지연이도 배고프면 뭐든 먹는다는 거다. (4학년 탁솔애)

물가에 앉아 그릇을 씻었다. 불 비춰 나무를 더 주워 왔다. 애를 써서 자기 일을 하고, 서로 돕는다.

성택이는 손전등 비춰 주고 손잡아 주고 안 미끄럽게 바위에 붙은 가랑잎 걷어 내고, 재명이는 아이들 짐 챙겨 주고, 하은이는 까짓 거 별거 아니라고 큰소리치고, 공부 시간에 왜 말이 없냐는 소리를 들었던 지연이 주연이는 끝없이 종알종알 말이 많고, 솔애는 여기저기 참견하느라 바쁘고, 겁 많고 소심한 줄로만 알았던 6학년 진리는 대담하게 지렁이를 잘라 낚싯바늘에 꿰어 메기를 낚고.


메기 낚기

모닥불 있는 쪽은 밝다.
불 주위에 있는 아이들 얼굴
흐릿흐릿 보인다.
나는 컴컴한 물속에 낚시를 던졌다.
낚시대가 부들부들 떨린다.
투둑
지렁이를 물은 느낌이 난다.
'조금 있다가 들어올려야지.'
낚시대를 올리니
길다란 게 파닥댄다.
지렁이를 반 밖에 먹지 못 했다.
입에서 피가 난다. (6학년 이진리)


어둡고 불편해서 한 사람이 보인다. 다들 이 공간에서 무엇을 한다.
교실처럼 하나하나 이야기하려 들면 얼마나 끝없이 말을 늘어놓아야 할까. 손가락을 움직여라, 발을 움직여라, 머리를 써라, 눈알을 굴려라, 남의 몸 끌고 다니듯 하지 마라. 세월 지난 뒤 언젠가는 깨달았다는 때도 있겠지만 그렇다고 해서 지금 꾸짖고 가르치려 드는 말들이 고맙지는 않지. 말보다는 장소, 공간, 일을 심어야지. 그 속에 한 아이가 있게 해야지.

달 없는 밤, 하늘에 별이 꽉 차 하늘이 안 보인다. 밤 11시쯤 짐을 싸서 골짜기를 나왔다. 이날 밤에 잡은 물고기는 며칠 뒤에 학교에서 끓여 먹었다. 파 송송 썰고 시간을 들였는데 계곡 어둠 속에서 되는 대로 끓인 것만 못했다. [2007.9]

# 소 입 냄새 나는 그곳

퇴근 시간이 지났다. 가방 메고 한 바퀴 둘러보다가 토끼장 앞에서 걸음을 멈추었다. 여섯 마리 토끼들이 오물오물 먹을 거 달라고 대가리 들고 철망에 앞발을 걸친다. 3년 전 처음 들여놓을 때는 한 쌍이었다. 그동안 몇 번이나 새로 태어나고, 남의 집으로 가고, 산으로 내빼고, 죽기도 하고. 도망쳤으면 어디 멀리 가 버릴 것이지, 산 밑 대나무밭에 자리 잡은 검은 점박이 토끼는 날마다 학교 실습지 밭에 출근을 하다시피 한다. 뒷집 권형이 할아버지는 "그놈의 토끼 좀 잡어" 하시는데 잡을 수가 있어야 말이지. 학교 아저씨가 "우린 괜찮으니 잡아서 잡수세요" 대꾸했다.

바깥 변소를 부수고 뒷담을 새로 치느라 토끼장을 헐게 되었다. 토끼는 갈 곳이 없다. 아이들 집에도 더는 갈 수 없다. "이놈어 새끼, 그건 또 왜 가져왔냐"고 어른들한테 말 들을 건 뻔하고, 어떻게 허락받아 키우게 되더라도 처음 며칠만 쓰다듬으며 예쁘지, 금방 웬수다. 걸핏하면 토껴서 고구마잎 팥잎 가지잎 고춧잎 끊어 먹고, 그중에서도 콩은 잎이고 줄기고 다 잘라 먹고 나중엔 겨우 몽둥이만 남겨 놓을 거다. 그거 보라며 뒤통수에 욕바가지를 뒤집어쓴 채 신발짝 집어 던지고 돌멩이 던지고 작대기 들고 헐떡거리며 쫓아다니게 될 것이고. 안 봐도 훤하다. 내가 오늘 아침 출근해서 대나무밭에 출근한 점박이 토끼 잡는다고 한 일이 바로 그거니까.

남은 토끼 여섯 마리는 여기 일하는 일꾼 가져가라고 학교 아저씨가 말해 놨다 한다. 일꾼은 그러겠다고 했고. 나는 불만스럽다. 그 사람은 미운 사람이어야 한다. 미운 사람한테는 약속 안 지켜야지. 내 마음이다. 트집을 잡자면, 낮에 그 사람이 일할 때, 변소 부순 자리에 콘크리트 칠 때, 나무 심을 거니까 여기서부터는 콘크리트 붓지 말라고 했는데 그 말 무시했다. 더워 죽겠다는 표시로 입고 있는 난닝구를 덜렁덜렁 들고 나무 심을 자리까지 밀려 넘쳐 나게 콘크리트를 부어 버렸다. 학교 아저씨도 그 사람한테 막 목소리를 높였고, 나도 언짢았다. 그러니까 토끼장 부술 때 여기 토끼 싹 가져가라는 약속은 없는 걸로 하겠다.

이 자리는 오늘 밤 마지막이다. 그동안 감자밭에 나는 아무 잡초나 막 먹으면서 살아 있느라 고생했다. 살아 있을 때까지는 살아 있어라. 이게 내가 주는 마지막 밥이다. 사람한테 맛있는 풀은 짐승한테도 맛있지. 둘레에서 가장 맛있는 풀, 곤드레나물잎과 피마자잎을 뜯어 철망 안으로 넣어 주고 발길을 돌렸다.

운동장 귀퉁이 모래밭에 조그맣게 5학년 재경이가 앉아 있다. 꽃삽으로 구덩이를 파고 있다. 할 말이 있는 얼굴로 천천히 다가갔다.

"재경아, 이건 비밀. 너만 알아야 돼."

"뭔데요?"

"너, 학교 토끼 산에 살려 주는 게 좋겠어, 아니면 저기 변소 허는 아저씨가 잡아먹었으면 좋겠어?"

"산에 놔줘요."

"그런데 벌써 약속했대. 그 아저씨 가져가라고."

"그럼 어떡해요?"

"너한테도 권리가 있어. 풀 뜯어 줬잖아."

쉿! 두리번두리번.

"몰래 놔주는 거야. 토끼가 도망쳤다고 하지 뭐."

"놔주면 또 오는데. 밭에 들어가면 우리가 욕먹는데."

"그러니까 비밀이야. 어른들 모르게, 변소 허는 아저씨 모르게. 내일 아침 일찍 학교 나와. 그런데 니가 믿을 수 있는 아이들한테는 말해도 돼. 니가 믿는 사람은 나도 믿을게. 같이 가자."

"성택이 형이랑 정택이는 안 돼요. 걔넨 금방 소문내요. 혜진이한테는 말할까?"

"암호는?"

"토끼와 거북이."

"그래, '토끼' 하고 말하면 '거북이'라고 하자. 그거 아는 사람만 우리 편이야. 우리 편만 가자."

재경이는 어두워지는 운동장에 쪼그려 앉아 파던 모래를 마저 파고 있고 나는 걸어 집으로 간다. 내일 아침 재경이가 같이 올 사람이 누구 누구일까, 성택이 정택이도 불러서 같이 오면 좋은데, 생각했다.

서둘러 학교에 왔다. 재경이와 형 재명이 두 형제만 나왔다. 소문낼지도 모르는 성택이 형제한테는 말 안 했고, 혜진이는 말로만 온다고 하고 안 나왔다 한다. 창고에서 반두를 꺼내 펴 들고 토끼장에 들어가 몰았다. 토끼는 앞일 모르고 지금 당장 두려워서 끝까지 구석으로 도망치며 버틴다. 앞발 발톱으로 재경이 팔뚝을 긁어 피가 맺혔다.

토끼를 자루 세 개에 나누어 집어넣고 끈으로 칭칭 동여맸다. 토끼 자루를 손수레에 담았다. 재명이가 끌고 나는 밀고, 재경이는 자루 속에서 불룩불룩 내밀며 나오겠다는 놈들을 감시하며 쥐어박으며 길을 갔다. 길 중간에서 누가 그게 뭐냐 물으면 뭐라 대답할까 의논했지만 마땅한 말이 안 떠올랐다. 아마 토끼라고 대답할 수밖에 없겠지. 손수레 끌고 손수레가 갈 수 있는 길 끝까지 갔다. 다행히 공수전 마을을 벗어나는 동안 그게 뭐냐고 묻는 사람 못 만났다.

한 사람이 자루 하나씩 둘러메고 개울물을 건넜다. 헤엄치기 싫어하는 놈이니 지들이 아무리 마을이 그리워도 이젠 어쩔 수 없겠지. 우염매기 건너 숲에서 멈췄다. 자루 끈을 풀었다. 후다닥 튀어나올 줄 알았더니 안 나오려 든다. 다시 자루 속으로 기어들어 가는 놈도 있다.

사람 곁을 떠나지 않는다. 사람 무서운 걸 알아야 한다. 그래야 산다. 사람한테 멀어지는 게 적응하는 길이다. 마을에 오지 마라. 학교에 오지 마라. 학교 밭에서 뜯어 주는 바랭이 각시풀 비름 달개비보다는 산에 칡넝쿨 싸리잎이 맛있지. 산은 맨 맛있는 거다. 배고픈 눈으로 철망 밖을 바라보지 않아도 된다. 이제부터는 자유다. 스스로를 지키기 위해

싸워라. 좁은 우리 안에서 굴을 파 탈출하듯 하면 경치 좋은 이 산 어디에 보금자리 못 마련하겠는가.

머뭇거리는 녀석들을 재경이가 워이워이 알밤을 먹이며 쫓았다.

"재경아, 잘한 일일까?"

"죽는 것보다는 구박받고 사는 게 나아요."

그래. 여기 토끼들이 개울 건너 큰길 건너 마을로 들어오면 사람들이 농사 망친다고 돌 던지고 구박하겠지. 대나무밭 점박이 토끼처럼. 그래도 그게 지금 당장 냄비 속으로 들어가 끓는 것보다는 낫다.

좋은 일이라고 믿자. 장소가 생기고 이야기가 생겨나고. 토끼를 놓아준 그곳은 어릴 때 내가 소 먹이러 다니던 곳이었다. 나한테 그곳은 소 먹이던 곳, 방금 소가 한 잎 뜯어 먹은 풀포기의 싱싱한 풀 냄새 소 입 냄새가 맴도는 곳이다. 나이든 나한테는 그 자리가 토끼 여섯 마리 놓아준 곳이 될 수 없다. 언제까지나 그리운 냄새가 나는 곳이다. 이제 하나 더, 두 형제가 아무거라도 간직하길 바라는 곳이 될지도 모르겠다.

토끼 대신 재경이를 손수레에 태우고 간 길을 되돌아왔다. 재경이는 앞니 두 개를 내밀고 칡잎을 두 손으로 들고 토끼처럼 풀 먹는 흉내를 냈다. 학교 뒤뜰에 닿자 아이가 빈 토끼장 문을 열어 놓는다. 이래야 콘크리트 아저씨가 의심 안 한다고, 누가 문을 잘못 열어서 토끼가 도망친 줄 알 거라고 한다.

방학이다. 참매미가 울고 유지매미가 울고 해바라기꽃이 피었다. 나는 숫돌에 낫을 갈아 호박 덩굴 벋어 나가는 자리 둘레 풀을 베었다. 저녁에 내가 좋아하는 국수가 나왔다. 그것도 콩물로 만 국수다. 세 그릇을 먹었다. 배가 벌떡 일어났다. 이대로는 잠을 잘 수 없어 어머니와 둘이 산책을 나왔다. 밤길을 걷다가 시멘트 다리 위를 걷다가 저쪽 물 건너 개울 숲을 가리키며 나도 모르게 말이 나왔다.

"학교 토끼가 아직 살아 있을라나. 전에 저기다 놔줬는데."

가둬 놓고 풀 뜯어 줄 때는 더러 귀찮게 여기더니 멀리 버리고는 관심을 가진다. 못난 마음이다.

"그기 그건가. 요새 토끼 한 마리가 떡집 앞에 날마다 와. 떡 사 먹으러 온 사람들이 구경하고 사진 찍고 난리 났어. 애들이 아주 좋아 죽겠대. 관광객이 잡을라고 하니까 원산 집 아저씨가 못 잡게 하던데. 그거 키우는 거라고, 산토끼 아니라고. 아줌마덜이 콩 까고 껍질 던져 주면 얼마나 잘 먹는지 몰라. 회색이던데, 좀 작고."

"맞아, 회색."

떡 파는 집은 학교에서 다리 하나 건너 송천 마을 어귀에 있고, 그 앞에서는 할머니들이 옥수수며 콩을 까서 팔고 있고, 관광객들은 떡을 사먹다가 할머니들이 파는 호박, 옥수수, 콩 따위도 둘러본다. 피서철인 요즘엔 꽤 사람들이 북적댄다. 그곳에 우리가 놔준 토끼 가운데 한 마리가 찾아와 자리 잡았나 보다. 덤불을 헤치고 높은 둑을 기어올라 위험한 찻길을 건너 멀리멀리 그곳까지 왔나 보다. 산보다 사람을 의지하고 싶었나 보다.

"어, 괜히 말했네. 사람들한테 학교 토끼라고 하면 안 되는데. 나중에 콩잎 팥잎 뜯어 먹으면 우리 욕할텐데. 그런데 그기 사람 안 무서워해서 살 수 있나?"

"학교 토낀지 아는 사람 없어. 누가 키우던 걸 두고 간 줄로 알지. 떡집 그 위 산에 굴까지 팠던데. 굴에서 들어갔다 나왔다 해. 살겠지 모."


다시 개학. 퇴근 시간이 되어 1학년 딸아이와 손잡고 집으로 걸었다. 길가에 코스모스꽃 피어난다. 풀밭에서 풀벌레가 쉬지 않고 운다. 대치고개 넘어 다리 건너 내가 사는 마을 어귀 떡집을 지났다. 걸어가고 있는데 저쪽 언덕에서부터 이제 겨우 걸음마를 배워 발을 떼어 놓기 시작한 아기가 아장아장 걸어온다. 귀에는 분홍 코스모스꽃을 꽂고 할머니 손을 잡고 다가온다. 내 앞에 다 왔을 때 나는 쪼그려 앉으며

"아이고 예뻐라, 어디 가는 거야?"

나도 모르게 아기를 안았다. 대답할 리 없다. 방긋 웃는다. 아기 할머니가

"거기 떡집 앞에 아직 토끼가 있더나? 저녁마다 못 배기게 해. 토끼 보러 가자고."

그제서야 알아차렸다. 내가 모르는 사이에 우리가 놓아준 토끼 가운데 한 마리는 꽤 유명해졌고 사랑받는 토끼가 되어 있었다.

이젠 안심이다. 욕 안 먹어도 된다. 그게 원래 학교에 있던 토끼였다고 자랑할 뻔했다. 있는 자리에 따라서 구박덩어리가 되기도 하고 귀한 보배가 되기도 하는구나. 나머지 녀석들은 어찌 되었을까. [2007.10]

# 느릅지기

눈이 쌓였고 쌓인 눈 위로 눈이 왔고 온통 하얗다.

동네 아이들과 동사에서 만나기로 했다. 솔애는 계분 포대, 한결이는 요소 비료 포대, 다정이는 하얀 비닐을 들었다. 다빈이 다은이는 빈손으로 몸만 꽁꽁 싸맸다. 길가에 집이 있는 혜진이는 창밖으로 아이들 지나가는 걸 보더니 기다려 달라며 서두른다. 춥다. 한낮인데 길이 반질반질하다. 동사 가는 길 외양간 처마에 고드름이 바늘 끝처럼 날카롭다.

밭 비탈 마른풀 드러난 곳으로 느릅지기(노랑턱멧새)가 날아든다. 낮은 산 덤불에서 살다가 눈이 푹 덮으면 마을로 날아오는 새. 떼로 다니는 새. 봄에는 길게 울고 먹을 것 없는 겨울엔 울음을 감추는 새. 머리 위로 노랗게 부스스한 털이 솟았다. 턱 밑도 노랗다.

어렸을 때 눈밭에 새덫을 놓아 잡았다. 새덫을 새창이라 했는데, 이건 어린아이들도 쉽게 만들었다. 낫으로 싸리나무를 찍어 다듬어 다리를 세우고, 닥나무 속껍질을 벗겨 꽈서 활줄을 매고, 대나무 통 먹이 구멍에 벼 이삭을 달면 된다. 이게 내 눈앞에는 또렷하게 그림이 떠오르는데 말로는 잘 안 되네. 손으로 그려 보았다. 대충 이렇게 생겼다.

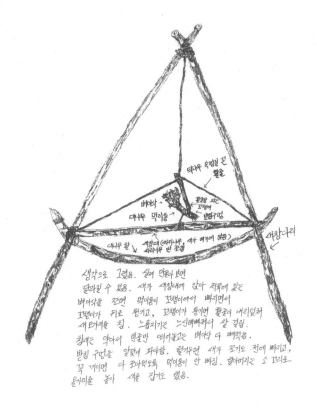

눈 위에 짚단을 풀어 깔고 그 자리에 새창을 세우면 멀리서 새가 마른 짚을 보고 몰려온다. 와서는 짚을 쑤석거리다가 새창 대에 올라앉는다. 하얀 눈밭에 머리털 노란 예쁜 새가 싸리나무 새덫에 높이 올라앉아서 벼 이삭에 홀려 죽음의 덫 줄에 목을 들이미는 것, 방에서 문구멍 뚫어 놓고 배 깔고 엎드려 그 순간을 지켜보는 것. 이 떨림 때문에 눈

오는 날 느릅지기를 보면 저 새 내가 잘 안다고 입이 근질거린다. 밤에 냇물에 메기가 지렁이를 물고 투둑 하는 순간의 손 떨림 때문에 낚시 전체를 즐거운 일로 기억하듯, 한순간이 그 일의 전체가 되는 것이다. 그 순간이 낚시고 그 순간이 새 잡기다.

느릅지기가 벼 이삭을 콕 쪼는 순간 먹이통이 빠지고 줄을 잡아 주고 있던 꼬챙이가 위로 퉁기면서 활줄이 내려앉아 새 목을 누른다. 여기까지가 좋았다. 죽은 새를 손바닥에 올려놓고 보면 마음이 안됐다. 아버지가 새털을 뜯어낼 때 예쁜 새털이 아까웠다. 나는 꽁지깃을 주워 따로 모았다. 털을 뜯고 속을 가르고 소금 쳐서 아궁이 알불에 구웠다. 털 타는 냄새랑 이빨로 씹는 느낌이랑 기름 지글거리는 살점이 눈앞에 보이는 듯하다.

어디 옛날처럼 새창 만들어 새나 잡아 보자고 할까. 아니, 이젠 아니다. 지금은 체험일 뿐, 생활이 될 수 없다. 삼태미를 세워 놓고 줄을 당겨 새를 덮쳐잡은 뒤 다시 날려 보내는 건 좀 나을까. 그것도 목숨을 놓고 장난치는 거니 놀이가 될 수 없다. 이런 식의 체험이 세상을 망치는 한 가지 원인이 되기도 한다. 마른 덤불에 풀씨라도 바라고 하얀 눈밭 위를 낮게 나는 새를 보니 애틋하다. 예쁘고 서럽고 미안하다. 어서 썰매나 타자.

동사 마당에서 처마골 집 할머니가 도끼로 가느다란 나무를 자르고 있다. 닭 삶을라고 오갈피나무를 자르는 중이라 한다. "좀 있다 와. 꼭 와" 해서 예도 아니고 아니오도 아닌 중간쯤 대답으로 얼버무렸다. 이렇게 대답해도 미안하고 저렇게 대답해도 미안할 뿐이다.

성택이 정택이 형제가 저쪽에서 왔다. 잠바 품속에서 접은 비료 포대를 꺼낸다. 노란색 복합 비료 포대.

"할아버지한테 걸리면 뒤져요. 공부 안 한다고."

할아버지랑 눈 마주치면 안 된다고 얼른 가자고 서두른다. 동사 뒤 늙은 물푸레나무 서낭당을 지나 처마골로 갔다. 얼은 눈은 뿌북뿌북, 녹은 눈은 사박사박. 지금은 뿌북뿌북 발자국 소리를 내며 처마골 산언덕을 오른다. 큰 아이들이 작은 아이들 손을 잡고 간다. 작은 아이가 걸음이 지쳐 못 올라가니 등에 업고 간다. 방학이라고 방구석에서 뒹굴며 다투던 녀석들이 서로 손잡고 눈 털어 준다.

역시 사람이란 일로 만나야 된다. 글과 그림이든 일과 놀이든. 얼굴만 만나면 관계가 오래 못 간다. 다투고 고함치게 되어 있다. 그건 진짜가 아니다. 일로 만나서 지금 손을 잡고 언덕길을 올라가고 동생들 엉덩이에 눈을 툭툭 털어 주는 빛나고 있는 순간, 이 아이가 진짜 그 아이다.

처마골 언덕은 가파르고 길다. 언덕에 올랐다. 아무도 지나간 적 없는 눈 덮인 비탈. 첫 썰매 길을 잘 내야 한다. 첫 아이가 삐뚤면 그다음 사람부터는 비탈 도랑으로 내달려 처박히기 쉽다. 성택이가 비료 포대를 깔고 앉아 첫길을 내고 나니 그 뒤부터는 쌩쌩 달린다. 움푹 패였다가 내리막 경사가 급한 곳에서는 엉덩이가 털썩하며 눈가루가 홱 끼쳐와 앞이 안 보인다. 눈에 눈이 들어가니 눈두덩이 시려워 얼얼했다.

어쩌면 이 자리가 아이들과 마지막 놀이판이 될지도 모르겠다. 새봄에는 다른 선생과 손잡고 이 골짜기를 들어오겠지. 고마운 일이다. 이곳은 처마골, 저쪽은 톳골, 이쪽은 뒷골. 어렸을 때 나는 동무들과 여기 골짜기에서 뱀 잡고 개구리 잡고 감자 심고 토끼 몰고 비료 포대 썰매 타며 놀았고, 나이 마흔이 된 지금도 여전히 이 골짜기에서 그 동무들과 똑같은 웃음소리를 내는 아이들과 놀고 있다.

이 학교 4년 동안 아이들과 꽤 다녔구나. 톳골에는 물고기 뼈가 섞인 수달 똥이 있었고, 뒷골에는 짐승 털이 섞인 살쾡이 똥이 있었지. 냉이 달래 고들빼기 캐고 원추리 도리고 쑥 뜯으러 톳골에 갔고, 화전 부쳐 먹는다고 뒷골 산비탈에 올라 진달래꽃을 땄고. 산벚꽃이 하얗던 달밤에 아이들과 소쩍새 소리 들으러 이곳 처마골에 올라왔지. 새는 우리가 숨죽여 기다리며 누워 있던 바로 뒤 벚나무에 갑자기 날아와 울다 갔고. 지금 썰매 타는 이 자리에서 몇 발자국 더 올라가면 재작년에 성택이가 가출했을 때 돌을 쌓아 만든 방이 있지. 그 위에는 작년 6학년 아이들과 지은 신석기시대 움집이 있고. 3년 전 가을 운동회에 공 몰기 경기하느라 썼던 싸리 빗자루 나무도 아이들과 여기 와서 베어 갔고, 이른 봄 눈 위에 찍힌 동물 발자국을 조사하던 곳이고.

발바닥 닿는 곳은 내 어릴 때 추억이 있는 곳, 그 추억 위에 다시 선생으로 4년 동안 아이들과 함께 추억을 보탠 곳, 2008년 1월 31일 지금은 비료 포대를 타는 곳. 이렇게 마치는구나. 내 동무의 아이들은 여전히 이곳에 남아 발자국을 찍고 손을 짚고 두 눈에 새기겠지. 떠나간 나를 기억해 내는 아이도 있을까. 내가 어릴 적 잡았던 새처럼 나쁜 기억은 잊혀야 할 텐데.

이제 또 봄이 오고 가을이 오고 냉이가 돋고 진달래꽃 피고 산벚꽃이 피고 소쩍새가 울고 개구리가 울고 도롱뇽이 알 낳고 뱀이 혀를 날름거리고 살쾡이가 발자국을 남기고 골짜기 물이 불고 싸리꽃이 피고 칡넝쿨이 나무를 감은 채 단단해지고 도토리가 떨어지고 메뚜기가 얼고 올빼미가 울고 새가 눈밭을 헤매겠지. 아이를 아이답게 키우는 산, 이야기를 품고 있는 골짜기.

  내일 또 가자고 약속하고 다짐하며 산 언덕길을 내려왔다. 장갑이 젖고 신발에 눈이 들어가 양말이 젖고 춥다. 한결이가 굵은 고드름을 품에 안고 뒤따라온다. 나는 앞에서 걸었다. 들으니 "이거 시 써야지" 이런다. 와락 반가운 마음에 고개 돌려 뒤를 볼 뻔했다. 생각해 보니 이거 시 써야지가 아니라 이거 씻어야지라고 했을 것 같다. 역시 수돗가에 와서 수도꼭지를 보며 어, 여기도 고드름이 달렸네 하더니 수도꼭지를 돌려서 안고 온 고드름을 씻는다. [2008.2.1]

# 조르르르 씨부렁거리는
# 검은 새

상평초등학교(2008년~2010년)

# 새 학교

학교를 옮기고 나니 모든 게 이상하다. 적응이 안 된다.

둘째 시간이면 선생들이, 교장 교감 교무까지 다 교무실에 모여 과자나 떡을 먹는다. 이런 시간을 "티타임"이란다. 앉아 있으면 참 편하다. 천천히 시들어 가는 느낌이다. 커피야 마시고 싶으면 자기 마음대로 아무 때나 먹으면 된다. 그리고 과자나 떡이 있으면 애들도 줘야지, 선생들만 먹고 앉았으니 아이들 보기에 부끄럽다. 먼저 있던 학교에서는 있을 수 없는 일이었다. 그곳 아이들이 보면 "치이, 지네끼리만 먹고" 이러며 자기들도 먹겠다고 덤벼들었을 것이다.

둘러앉아 뭐든 먹고 있으면 교장은 대만족, 직원들이 화합하고 학교 분위기가 좋아 보이는가 보다. 사람이 얼굴 보고 앉았다고 친해질 리 없고 친해져서 또 뭐 하나. 마주 보고 있는 게 얼굴이 아니라 일이라면, 일로 만난다면 서로 존중할 수 있고, 가까워지기도 하겠지만.

이따위 티타임 없애자는 말을 꺼낼 사람은 없다. 교장이 훌륭한 분이라 더욱 그렇다. 사람이 너무 좋다. 친절하고 따뜻하고. 이건 큰 문제다. 훌륭하지 않아야 기분 나쁜 말도 하고 어긋나기도 하지, 이건 교장이 좋아 놓으니 착한 교장 상처받을까 봐 뭔 말을 못 한다.

그러나 나는 눈알이 뱅뱅 돌아가는 색안경을 쓰고 보겠다. 자기를 낮추고 친절하고 따뜻하고 아껴 주고 감싸 주고, 그래서 어쩌자는 말인가. 조회한다고 학생들 모아 놓고 국기에 대한 경례, 애국가, 교장에 대한 경례, 뚜벅뚜벅 단상에 올라 점잖고 너그럽게

"한 학년씩 높아졌으니 학년에 맞는 실력을 갖추어야 하는 거예요. 알았어요?"

"예!"

조금도 틀린 말 없고 때에 꼭 맞는 말이다. 훌륭하다. 하지만 누구한테 말했나. 마음대로 자유로운 한 아이가 아니라 줄 맞추어 세워 놓은 여럿한테 말했다. 어떻게 보았나. 밑에서 올려 보지 않고 단 위에서 내려다보았다. 말하는 분은 누구인가. 귀를 열어 아이 말을 듣는 사람이 아니라 언제나 제 말을 먼저 늘어놓는 사람이다. 이런 태도는 아이 머리통을 쥐어박으며 수학 문제를 가르치는 것만 못하다.

이제 갓 학교에 들어온 아이가 줄 맞추어 서 있다. 꼼짝없이 서 있다. 뻣뻣하게 서 있다. 그 몸에는 자유가 깃들 수 없다. 사랑이 깃들 수 없다. 체온처럼 따스했던 영혼은 뻣뻣하게 식어 갈 뿐이다. 그 몸은 총칼과 가까워지고, 제복과 가까워지고, 폭력에 가까워지도록 길들여질 것이다.

내가 글을 써야지 마음먹었던 건 이제부터다. 말실수 때문에 마음이 무거워져서 그걸 털어 버리자 싶어 쓰려는 글이었다. 그런데 그만 티타

임, 그 자리에 오는 사람 이러다 보니 교장이란 말이 나오게 됐고, 교장이란 말 때문에 말이 저쪽으로 샜다. 티타임이란 낱말은 그대로 쓰겠다. 차 마시는 시간 정도로 고칠 수도 있지만 마담, 레지를 그대로 부르는 것과 같은 까닭으로, 별 다른 정이 없이 실컷 먹어 버리면 그뿐인 음식 뷔페를 다른 말로 정답게 바꿔 말하고 싶지 않은 것과 마찬가지 까닭으로, 그냥 애정 없는 낱말 티타임이라 쓴다.

오늘은 티타임 시간에 과학 상상 그리기 이야기가 나왔다. 아이들한테 미리 스케치를 해 보게 해서 그날 대회 때 좋은 작품이 나와 상을 받도록 하자는 이야기가 있었다. '과학'이란 것도 '상상'이란 것도 나는 마음에 안 든다. 뻔하지. 우주 정거장에 로켓이 날고, 로봇이 일하고, 하늘 위로 차가 달리겠지. 과학 대신 생활, 상상 대신 실제를 그리자고 했다면 좀 나았겠지. 그렇다면 형편이 달라질 거야.

"이제까지 한 말 모두 취소해요, 나는 그 사람과 한 교무실에 앉아 있는 시간이 너무 좋아요. 티타임은 아니, 차 마시는 시간은 아주 중요해요."

이렇게 우겨댔을지도 몰라.

우리 반 아이들은 4절 크기 도화지에 그림 그리는 걸 어려워한다. 지난 미술 시간에 자기 모습을 그리라 했을 때 두 아이는 끝내 못 그렸다. 금을 그었다 지웠다 되풀이하다가 자리에 엎드렸다. 다른 아이들도 "어떻게 그려요? 동그라미 좀 그려 주세요, 좀 도와주세요" 이러면서 시간을 보냈다.

"아무렇게나 그려, 망쳐 버려."

이래도 용기를 못 낸다. 그림 문제만이 아니다. 내가 여기 학교로 온 첫날부터 우리 반 열세 명 중 한둘을 빼고는 나만 따라다녔다. 일기장에도 나 좋다는 말을 쓰고, 밥 먹으러 갈 때도 꼭 붙어 가려 했고 내가 밥 먹는 자리에 같이 앉겠다고 다퉜다. 내가 유치원 선생도 아니고, 유치원도 이렇게 안 할 거 같다. 40년을 살며 아기 때 할머니들이 내 엉덩이 두드리던 것 빼고는 이렇게 인기 있는 건 처음인데, 아이들이 좋다니 나도 안 좋을 수가 없어서 하루 이틀은 괜히 우쭐 마음이 붕 뜨기도 했지만 곧 알아차렸다. 아이들이 무기력한 것이다. 한없이 착하고 고분고분하고 인정받기만 바라는 것이다.

아침에 오면 "이제 뭐 해요?" 묻고, 쉬는 시간에는 "이제 뭐 해요?" 묻고, 공부 시간에 묻고, 밥 먹고 나면 묻고. 뭐든지 묻는다. 이건 5학년 질문 아니다.

"맘대로 해. 아무거나 해."

이러면 도무지 어찌할 줄을 몰라 웅크린다. 아이들이 그리고 있는 그림이 꼭 그렇다. 이 학교에 온 지 2주일 동안 운동장에서 공 차는 아이는 하나도 없었다. 같이 어울려 뭔가 신나게 놀고 있는 아이도 없었다. 몇몇만 철봉대나 운동장 가를 어슬렁거리는 정도로, 아이들은 교실에만 있었고, 그 교실도 조용했다.

아이들이 왜 이런가. 그림이든 글이든 말이든 행동이든 놀이든, 씩씩하게 제 뜻대로 밀고 나가는 게 없는가. 왜 이렇게 착하고 순하고 고분고분하기만 한가. 뭐가 문제인가. 너무 많이 배우고 있는 것 아닌가. 아침에는 아침 독서를 해서 마음의 양식을 배워야 하고, 쉬는 시간에는 한문을 배워야 하고 생활본을 써서 인성이란 걸 배워야 하고, 점심시간에는 합주 연습, 밴드 연습, 어린이 회의를 배워야 하고, 오후에는 영어 컴퓨터 단소……. 그리고 학교 끝나면 학원. 끝도 없이 배우기만 해야 한다.

뭐든지 가르치고 가르치고, 그래서 배우고 배우고 세 살 아이한테도 배우고, 자기 이름도 배우고, 맘마 까까도 배우고. 가르치는 걸 멈추지 말아 달라고 묻고 또 묻고, 아는 길도 묻고. 자기표현 할 기회도 없고, 남한테 가르쳐 볼 기회도 없이 배우기만 하니, 아이들은 학교를 당연히 배우기만 하는 곳으로 여기게 된 것 아닌가.

배우기만 하는 곳은 학교가 아니다. 아이들은 가르치러 학교에 와야 한다. 자기 말을 하러 와야 한다. 그래야 모두가 피어난다. 배우기만 하고 한없이 무기력해지기만 하면 나중에는 머리가 가려우면 발 말고 손으로 긁어야 한다는 것도, 하품할 때는 엉덩이 말고 입을 벌려야 한다는 것도 배워야 겨우 알게 된다.

나는 차 마시는 시간에 이런 이야기를 꺼내 보고 싶었다. 착한 교장 마음 다치지 않게 조심조심.

"아이들이 손을 그리라니까 조막손을 그려 놓고, 얼굴 동그라미 그리는 것도 쩔쩔 매던데, 과학 상상 그리기가 좀……. 아이들이 이런 형편인데 그걸 꼭 해야 할지……."

서투르게 꺼낸 내 말은 이번에도 역시 엉뚱하게 받아들여졌다.

"아이고, 작년 그 반 아이들 담임이 미술 전공이었어요. 그림에는 전문가니 애들을 좀 잘 가르쳤겠나."

으, 내가 나쁜 놈이 되고 말았다. 작년 담임선생 얘기하려는 게 아니었는데. 사람마다 보려고 하는 눈이 다르기 때문에, 그 선생님이 중요하게 여기는 게 나는 안 중요하고, 그 선생님이 하찮게 여긴 게 나한테는 아주 큰 문제일 수 있는데, 이건 서로 말할 게 못 되는데…….

그런데 내 질문이 꼭

'작년 선생이 아이들을 어떻게 가르쳤기에 그 모양'

이런 식이 되었구나. 작년 담임선생님한테 미안해져서 마음이 무거웠고, 시간이 갈수록 점점 더 무겁고 어두워졌다. 그분은 다른 학교에 가서도 내가 아이들 담임이 된 걸 알고 네 번이나 전화를 했다. 누구는 어떻고, 그 아이 생각하면 마음이 아파서 썩어 버리는 것 같고, 그 애 생각에 잠이 안 온다고 했다. 이런 선생 참 드물고 존경스럽다. 그분을 내가 욕보인 셈이 되었으니 얼마나 나는 나쁜 놈인가.

교실에 올라와 한숨을 푹 쉬며 고개 숙이고 있다가 아이들한테 물어보았다.

"4학년 때 니들 담임선생님은 내가 참 존경하는 분이거든. 그림도 잘 그리시잖아. 그런데 공부 시간에는 뭘 그렸어?"

"우리는 얼굴, 손 이런 거 안 그리고 생각을 그렸어요."

그럴 것이다. 그 선생님은 마음 수련을 하시는 분이니 마음을 중요하게 여겼겠지.

"그래, 그 선생님은 마음이 큰 선생님이라서 우주를 그리라 했고, 커다란 생각을 그리라 했을 거야. 너희들은 엄청난 걸 배운 거야."

아이들이 맞다고 맞장구쳤다.

"그런데 나는 작은 선생이라서 우주, 마음, 이런 건 안 보여. 그저 눈 앞에 있는 거나 좀 전에 겪은 일을 그린 거만 잘 그린 걸로 알거든."

"작년 선생님은요, 기억을 없애라, 마음을 버려라, 이랬어요."

"맞아, 그게 맞을 거야. 하지만 나는, 지난 일을 잘 기억해, 마음을 채워라, 이렇게 할 거야. 니네는 참 운이 좋다. 작년하고 올해 정반대로 하는 담임을 만났으니 얼마나 좋은 경험이냐."

맨 뒷자리에 앉은 일령이 웃음소리

"맞아요, 흐흐흐."

마음을 버려라, 기억을 없애라는 말이 뭔 말인지는 몰라도, 그 선생님 말은 틀린 말이 아닐 것이다. 그분의 행동이, 하는 일이 귀한 걸 보면 그분 입에서 나오는 말도 틀림없이 진리에 가까울 거라 본다. 내가 옳다고 여기는 '마음을 채워야지, 지난 일을 잊지 말아야지' 이거와 결국에는 같은 뜻을 가지고 있는 말일 것이다. 번지르르한 겉말이 아니라 말속에 든 진심이 아이한테 포근하게 다가갔을 것이다.

하지만 어떤 교장 선생님이 이른 아침부터 전교생을 다 모아 똑바로 줄 세워 놓고 "기억을 없애라, 마음을 버려라" 또는 "마음을 채워라, 지난 일을 잊지 마라" 이렇게 말했다면 그건 분명히 틀린 말이다. 진실은 그런 식으로 다가갈 수 있는 게 아니다. [2008.3]

# 배가 큰 홍일령

둘째 시간 끝나고 쉬는 시간이면 교무실에 교사들이 모여. 이 자리에서는 학교 일을 의논하거나 이런저런 이야기를 주고받지. 커피를 마시거나 누군가 가져온 떡을 먹기도 해.

오늘 둘째 시간 끝나고 좀 늦게 교무실에 갔어. 모인 자리에 가니 가까이에 앉은 선생님이 이런 말을 하더라고. 어떤 아이가 했다는 말. "쉬는 시간에 선생들만 먹고 우리는 안 주더라"는 말. 나는 그 선생님네 반 아이가 했다는 말로 알아들었어. 반가웠어. 아, 우리 학교에 이런 학생이 있구나. 아이한테 이런 말을 들은 선생님은 얼마나 기뻤을까. 얼마나 아이가 예뻤을까. 그 말을 들은 사람이 나였으면 행복했겠다. 얼마나 당당한가. 속으로 끙끙 누르며 불만을 키우지 않고, 자기 생각을 밖으로 펼쳐 내는 것.

이건 아주 중요하다.

'쉬는 시간에 선생님들이 커피를 마시든 떡을 먹든 공룡 간을 뜯어 먹든 뭔 상관이냐. 남에게 해를 끼치는 일이 아니라면 하고 싶은 말을

하고, 할 수 있는 일을 하면 되는 거지.'

나는 이렇게 생각하고 있었다. 다른 선생님들도 마찬가지였겠지. 그런데 한 아이가 말을 꺼냈고, 그래서 이제부터 그 일은 의논거리가 되는 거다.'

물론 아이가 그런 말을 했다고 해서 이제까지 해 오던 일을 당장 고칠 수는 없을 거야. 나는 내 말을 하고, 그게 옳다고 우길 테고, 아이 말이 틀렸다고 따질 거야. 거기에 반응해서 아이가 자기 말을 한다면 그 말 역시 깊게 듣고 내 생각을 고치든가 또 반대되는 의견을 말하게 되겠지.

이런 아이들이 있어서 학교는 학교다워지는 거야. 서로서로 배워 주는 학교. 이미 정해진 틀에 맞추어 숙이고 깎아 내는 학교가 아니라 지금이 처음 시작인 듯 만들어 가는 학교. 아주 작은 일조차 공부거리로 삼아 고민하고 토론하고 새로운 틀을 만들고 또 바꾸어 가는 학교.

"아, 대단하네요. 훌륭해요."

나는 그 아이를 칭찬했어. 맞은편에 앉은 선생님이

"그 아이가 선생님네 반인데도 대단해요!"

우리 반? 음, 우리 반 아이면 그 말을 나한테 할 것이지 왜 다른 선생한테 했을까. 어쨌든 그 아이가 우리 반이라니 자랑스러웠어. 누구냐고 물었지. 홍일령이래. 배가 큰 홍일령. 먹는 타령을 많이 하는 아이. 며칠 전에도 컴퓨터 시간에 니들 마음대로 시간표를 만들어 보라 했더니 모든 과목을 먹는 시간으로 채워 놓았지. 점심시간에 밥을 먹어도 배가 반밖에 안 찬다는 아이. 일령이는 쉬는 시간이 끝나고 내가 교실로 올라가면 "입 벌려 봐요, 뭐 먹었죠, 뭐 먹었어요?" 하다가 나도 좀 주지, 하며 입맛을 다시고는 했지. 홍일령, 이 녀석 겉보기와는 다르네. 용기가 있어.

그런데 다시 물어보니 일령이가 이 말을 제 입으로 선생님한테 한 게 아니라 특활 시간에 저들끼리 수군거린 거래. 조금은 실망. 나나 그 선생님한테 말을 하거나 글로 써서 보였으면 좋았을 것을. 어쨌든 좋다. 전달은 되었으니.

교실에 와서 너를 불렀지.

"홍일령, 너 내가 쉬는 시간에 교무실에서 뭐 먹는 거 어떻게 알았냐?"

"헤헤, 선생님 입에서 커피 냄새나잖아요."

"거기에 대해서 어떻게 생각하나?"

"나도 먹고 싶어요."

이래서 너한테 공책을 주고 할 말을 써 보라 했지. 네가 쓴 글이야.


선생님은 좋겠다. 틈만 나면 커피 마시고 쉬는 시간에 간식도 먹고 급식도 많이 주기 때문에. 난 먹는 게 아빠보다 좋다. 엄마 빼고. 그만큼 음식을 좋아한다. 선생님이 나한테 맛있는 음식을 주었으면 좋겠다. 그래도 음식이 아빠보다 좋다. 사람들이 내가 페스트푸트를 많이 먹는 줄 아는데 난 피망 양파를 더 좋아한다. 나는 억울해.

내가 쉬는 시간에 교무실을 갔는데 선생님들이 간식 같은 걸 먹고 있었다. 교무실 문틈으로 살짝 보인다. 그래서 "선생님, 선생님만 맛있는 것 먹어요. 저도 주세요." 이렇게 말할려고 했는데 애들이 놀자고 해서 말 못했다. 우리는 우유만 먹고, 치.

쉬는 시간 끝나고 선생님이 교실에 들어오면 커피나 그 정도 냄새가 난다. 이런, 냄새나잖아. 아 먹고 싶어. 우리는 학교 와서 급식밖에 못 먹는데 선생님들은 모냐고. 선생님들도 고생하지만 우리 학생들도 고생한다고. 나도 선생님들처럼 많이 먹을 수 있는데 나도 학교에서 간식도 먹고 싶은데 왜 선생님들만 먹을까.

이제부터는 내가 쓰는 답장이야.

홍일령, 미안. 몰랐다. 나는 니가 쉬는 시간에 우유 먹고 밖에 나가 놀면 마냥 좋아할 거라 여겼다. 내가 마시는 커피에 대해서도 관심을 가지고 먹고 싶어 하는지는 몰랐다. 구수한 냄새가 나니 먹고 싶기도 했겠구나. 하지만 너는 아직 커피를 마시기에는 이른 나이고, 대신 다른 차를 주겠다. 내일 교실에 물 끓이는 주전자를 갖다 놓을 테니 타서 먹어. 그리고 집에 뭐 먹을 거 있으면 가지고 와. 다른 아이들도 먹게. 나도 있으면 갖다 줄게. 맨날은 안 돼. 니 살찔까 봐.

학교는 복잡한 일이 많기 때문에 선생님들은 날마다 회의를 해야 하는가 봐. 회의를 하는데 앞에 아무것도 없으면 심심하니까 뭘 마시거나 먹을 때도 있겠지. 우리 반에서 아침에 누가 과자나 떡을 가져오면 나누어 먹는 것처럼. 쉬는 시간에 아이들이 우유를 먹는 것처럼. 어쨌든 네가 솔직하게 써 주어서 고맙다. 덕분에 생각을 하게 되었고, 우리들은 지금보다 더 좋아질 거다.

네가 쓴 글로 가서

(1) 선생님은 좋겠다. 틈만 나면 커피 마시고 쉬는 시간에 간식도 먹고 급식도 많이 주기 때문에

- 점심밥이 부족하다면 급식 아주머니한테 네 밥은 특별히 많이 담아 달라고 부탁해 보겠다.

(2) 난 먹는 게 아빠보다 좋다.

- 멋지다. 좀 걱정도 되고. 먹는 게 좋다는 걸 강조하는 건 좋은데, 아빠가 서운하지 않을까? 뭐, 아빠도 일령이처럼 마음이 넉넉한 분일 테니 걱정 없겠지.

(3) 선생님이 나한테 맛있는 음식을 주었으면 좋겠다.

- 너도 나한테 맛있는 음식을 주면 좋겠다. 그럼 나도 주는 날이 있을 거야.

(4) 사람들이 내가 페스트푸트를 많이 먹는 줄 아는데

- 살을 좀 빼 보는 건 어떨까.

(5) "선생님, 선생님만 맛있는 것 먹어요. 저도 주세요." 이렇게 말하려고 했는데

- 교무실 문 열고 그렇게 말하기 바란다. 나는 너한테 호통칠 것이다.

"이놈어시키, 어디 선생님들 의논하는 자리에 끼어들고, 콱!"

(6) 나도 학교에서 간식도 먹고 싶은데 왜 선생님들만 먹을까.

- 이것에 대해 규칙을 정해 보자. 네가 그렇게 말했다고 해서 무작정

먹을 것을 줄 수는 없다. 너는 비만이잖아. 자꾸 먹여서 더 살찌면 내 책임이 되거든. 어떻게 하면 좋을지, 교실에 저울을 갖다 놓고 네가 살을 얼마씩 빼면 우리 반 아이들이 다 같이 잔치를 여는 걸로 하든지. 하여튼 이 일에 대해 다른 아이들과 이야기를 나누어 보자.

(7) 네 글 덕분에 새로 생각하게 된 것(학급 회의를 열자)

- 아이들도 가끔 차를 마시는 것

- 홍일령이 살을 빼면 학급에서 잔치를 여는 것

- 한 달에 한번쯤 토요일 같은 날 밥을 싸 와서 비빔밥을 만들어 먹는 것

- 홍일령은 먹는 거에 관심이 많은 사람이니 음식도 잘 만들겠지. 실과 시간에 음식 만들기 실습할 때 홍일령이 요리사를 해 보는 건 어떨까. [2008.4]

# 혜림이

5월 8일 어버이날부터 효도 방학으로 4일 동안 쉬다가 다시 나왔다. 학교에 내는 가정 체험 학습 보고서를 써야 한다. 아이들은 지금 보고서 글을 쓰고 있다. 혜림이는 안 쓴다. 집에서 가져온 눈높이 수학 학습지를 풀고 있다. 학습지가 밀려서 혼나게 생겼나 보다.

"보고서를 써야 결석이 아니래."

말하고 있는 나를 봐 주지 않는다. 눈높이에 눈을 내려 박고 있다.

"눈높이는 이거 한 다음에 풀어도 되지 않니?"

반응 없다. 이런 걸 아이들 말로는 말 씹혔다고 한다, 존재감이 없다고 한다.

"야, 내 말 안 들어주면 나도 이제 니 말 하나도 안 들을 거야."

따지고 보면 내가 혜림이 말을 안 들어주고 있는 거다. 눈높이 먼저 하겠다는데 다른 걸 들이밀며 몰아세우는 건 누구인지. 짜증 섞인 말로 목소리를 높여서 이루어지는 건 가짜다.

이럴 때는 말보다는 글이 낫다. "혜림아, 체험 학습 먼저 쓰면 안 될까. 눈높이는 나중에 도와줄게" 웃으며 이런 쪽지라도 내밀었으면 나도 좀 괜찮은 선생 소리를 듣게 되지 않았을까. 아쉽네. 하지만 글보다는 말이 빠르다. 내가 짜증을 내고 있는 까닭.

'저번에 그림 그릴 때도 안 했고 놀이할 때도 짝 핑계를 대며 안 했고, 쓰기 시간에는 쓸 게 없고, 수학 시간에는 늘어지고. 정신 차리고 움직이는 시간은 점심시간과 쉬는 시간뿐.'

어제도 그랬다.

"입체 도형을 만들어 봅시다."

아이들은 고무줄을 서로 이어서 음악에 맞추어 눕거나 공중에 뜨거나 옆으로 퍼지면서 춤추듯 삼각뿔, 사각뿔, 기둥, 육면체, 전개도 따위를 만들어 냈다. 즐거운 수학 시간처럼 보였다. 하지만 곧,

"선생님, 혜림이가 안 해요."

"여러 사람이 있어야 돼. 너는 그냥 잡아 주기만 하면 되는데."

"……"

"저 뒤에 가서 구경이나 해라."

"……"

'나는 안 하겠다.'

존중해 줄 수 있다. 장하다, 용감하다, 칭찬하고 기뻐해 줄 수 있다. 산길에서 만났다가 헤어지는 아이처럼 "안녕, 잘 가" 손 흔들어 줄 수 있다. 생각으로는 그렇다. 하지만 산길이 아니라 1년을 같이 살아가는 일이다. 서로에 대한 기대감 때문에 서로를 망치더라도 1년 뒤를 생각 안 할 수 없다. 내가 너를 보아주고 싶은 것처럼, 너도 나를 보아주기

바란다.

다른 건 몰라도 이번 체험 학습 보고서는 어쨌든 써내야 한다는데. 한 줄을 쓰든 반 줄을 쓰든. 그래야 효도 방학 이틀이 결석 아니라는데. 에잇, 보고서인지 뭔지 받아 내기 힘들다. 차라리 이틀 쉬지 말고 그냥 학교 나왔으면 이런 속 안 썩을 텐데.

그냥 넘어갈까. 화를 내 볼까. 화를 내고 있을 나를 상상하니 지겹다. 그런 식으로 해서 무엇을 하게 된다면 서로 얼마나 비참해지겠나. 동화 쓰는 동무 박기범이라면 아이한테 다가가서 지금 뭘 하고 있는지 물어 보고 그 옆에 쪼그리고는 아이와 같이 끙끙대며 눈높이 학습지 문제를 풀 텐데.

나는 어금니를 꽉 깨물고 짜증을 참으며 애써 태연하다. 저쪽에 앉은 기준이가 글씨 쓰던 손을 멈추고 힐긋 보며 한마디 한다.

"혜림아, 니가 그러니까 우리 학교가 상평초등학교가 아니라 하평초등학교가 되잖니."

하평초등학교? 아이들이 웃었다. 나도 웃었다. 사람 깎아내리는 말은 곤란하다고 말해 주지 않았다. 그냥 넘어갔다. 내 손으로 보고서에 아이 이름을 썼다.

나는 아직 아이를 모르고 있다. 마음이 가까워지지 않은 채 몸을 움직이려 들고 있다. 그래, 차라리 귀 막고 엎드려라. 사람은 '감동'으로 움직여야 한다. 부드럽고 따뜻한 말에 반응해서 움직여야 한다. 제도, 명령, 짜증 섞인 말에 움직이고 있는 몸은 비참하다. 그런 걸로 사람을 움직이게 하는 건 교도관과 다를 바 없다. 내 말을 무시해 주는 혜림이 같은 아이가 있어서 내가 교도관 신세를 면하는 것일지도 몰라. 눈을 뜨고 넓은 세상을 보라고? 차라리 그 말을 하고 있는 나한테 저항해라.

"저는 혜림이가 불쌍해요."

이건 점심시간에 혜원이가 한 말이다. 정신이 난다. 고맙다. 네가 사람이다. 보아주고 아파해 주는 이가 이 세상에 단 한 사람만 있어도 이겨 낼 수 있다. 흐느낌을 비웃는 건 동무 아니다.

점심 먹고 말없이 빗자루로 바닥을 쓸다가 허리 펴고 일어서는데 정택이가 내 얼굴을 보며

"저희가 어떻게 하면 선생님 얼굴이 활짝 펴질까요?"

아, 미안. 잔뜩 굳었나 보다. 아이들도 고민이 많은데 학교에 와서 찌푸린 담임 얼굴을 또 보고 있어야 하는 건 불쌍하다. 오후 공부 더 하고 집으로 돌아갈 때까지 입을 벌리고 허허 허허 웃는 소리를 자꾸 내 보기는 했다. [2008.5.13]

# 나도 바닥 치며 통곡

국어 시간에 주장하는 글쓰기가 나와. 앞자리에 앉은 이정택한테 물었어.

"주제 정했니?"

"놀이할 때 삐치지 말자로 할 거예요."

"할 얘기가 많겠구나."

가운데 자리에 앉은 송예은한테 물었어.

"주제 정했니?"

"예."

"뭔데?"

"남의 별명을 부르지 말자요."

"너는 별명이 뭔데?"

"골룸요."

"골룸? 그거 재밌네."

송예은이 갑자기 얼굴을 두 손으로 폭 감싸며 책상에 엎드려. 아이고, 큰일 났다. 실수했군. 여자아이들은 내가 울렸다고 야단이고. 그냥 있으면 아이들한테 쩔쩔 변명하다가, 예은이 달래며 눈치 보다가 이번 시간 다 보내고 말 거야. 이걸 어쩌나.

"야아, 이게 울 일이냐?"

나는 오히려 큰소리쳤어. 이게 얼마나 울 일이 아닌지 보여 주기로 마음먹었지. 저쪽에 앉은 백희영한테 처벅처벅 걸어갔어.

"백희영, 너 별명 뭐야!"

"마빡이요."

"그거 재밌네."

희영이가 뭔 일인지 몰라 멀뚱멀뚱. 나는 눈을 끔뻑하며 신호를 보냈어. 이제 희영이가 눈치채고 울기 시작.

"잉잉잉".

기준이한테 다가갔어.

"김기준, 너 별명 뭐야?"

"날치요."

"그거 재밌네."

기준이도 우는 척.

"어흐흐흐응."

유림이가 나한테 물어.

"선생님 별명은요?"

"바보."

"재밌네요."

나도 바닥을 치며 통곡.

"엉엉엉."

그제야 자리에 엎드려 있던 송예은이 자기는 전혀 안 울었다는 얼굴로 천천히 고개를 들어.

이건 속임수야. 아까 송예은은 속상한 거 맞아. 울고 싶은 일이기도 했지. 하지만 더 당당하게 나와야 했어. 울며 엎드리지 말고 네 말을 해. 네 주장을 해. 그러면 내가 사과할게. 한 번만 용서해 달라고 빌게. 하지만 울고 있으면 반성 안 할 거야. 그냥 얕잡아 볼 거야.

목을 길게 빼고 넙죽 엎드리는 건 밟으라는 뜻이야. 눈물만으로는, 남이 봐주길 바라는 것만으로는 안 돼. 하라는 대로 굽히지 않고 광우병 소는 안 된다고 외치며 일어서듯, 네가 참을 수 없는 일을 만나면 따져. 주먹을 쥐어.

이 땅의 주인은 너, 이 교실의 주인은 너, 네 몸의 주인도 너. [2008.6.9]

# 정택아, 너도 컵라면 먹어

아침 8시쯤 교실에 들어갔다. 지은이가 먼저 와 있다.

"지은아, 안녕."

손을 잡고 밥 먹었냐고 물었다. 대답 없다. 밥을 안 먹었으니 오늘도 책상에 몸을 반쯤 기대고 앉아 오전 공부 시간을 보낼 것이다. 장난하는 말로

"어, 아침 안 먹은 사람은 학교 오지 말라고 했잖아. 얼른 집에 가서 밥 먹어."

지은이는 광산 마을에서 엄마와 산다. 학교에서 걸어가면 한 시간 걸린다. 지금 이 시간에는 버스도 없다.

"엄마랑 7시 버스를 탔는데요, 시간 없다고 그냥 가서 뭐 사 먹으라고 했어요. 안 사 먹을 거예요. 전 배 하나도 안 고파요."

"아침에 학교 오는 버스가 몇 시에 있는데?"

"7시요."

"그다음 버스는?"

"10시요."

"그럼 내일부터 아침 못 먹었으면 10시 차를 타고 학교 와. 아침 먹느라 지각했다면 내가 막 칭찬해 줄게. 아니, 학교 안 와도 돼. 아침 먹느라 학교 못 왔어요, 하면 업어 줄게. 다음에 또 아침 굶고 학교에 오면 쥐어박는다."

알았다고 끄덕인다. 교실에 냄비가 없으니 라면은 못 끓이고, 먹을 수 있는 건 컵라면밖에 없겠다. 주머니에서 돈을 꺼내며

"가게 가서 컵라면 사 와. 물은 교실 주전자로 끓이면 되니까."

싫다고 한다.

"그럼 집에 가. 밥 먹는 게 공부보다 더 중요해."

버틴다. 어린애처럼 자기만 특별히 위해 주는 듯한 태도가 기분 나쁠 수도 있을 것이다. 정택이가 왔다.

"정택아, 너도 컵라면 먹어라. 지은이랑 같이 가게 가서 사 와."

정택이가 좀 억울한 얼굴로

"전 아침 먹었어요. 배부르단 말이에요."

"인마, 니가 먹어야 지은이도 먹을 거 아니야. 친구를 위해서 희생을 해. 너는 이번 주 반장이잖아."

내가 억지를 부리니까 정택이가 할 수 없이 돈을 받는다. 그제야 지은이가 자기도 라면 먹는다면서 정택이랑 같이 교실 문을 나갔다.

며칠 전 교육청 육상 대회에 나갈 학교 대표를 뽑을 때 800m 뛰고 싶은 사람 앞으로 나오라 했더니 지은이랑 몇몇 아이가 나섰다. 800m 는 우리 학교 운동장 네 바퀴 조금 더 된다. 준비 땅, 하기 전에 지은이

는 자기 신발에 신발 끈을 조였다. 한쪽 무릎 세우고 쪼그려 앉아 단단하게 신발 끈 조이는 모습을 보고 내 눈이 번쩍 뜨였다.

지은이를 다시 보았다. 손목 발목이 가느다랗고 책상에 비스듬히 기대기를 좋아하고 자기주장이 없고 눈물 많고 가끔 삐치고, 이런 아이로만 보았다. 그런데 그게 아니다. 센 녀석이다. 뜻이 굳세다. 흙구덩이에 빠져도 제힘으로 일어설 아이, 스스로 일어서려 애를 써 볼 아이다. 이만하면 누구라도 손을 내밀고 싶지. 서로 동무가 되어 일으켜 주고 위로하며 함께 이 세상 헤쳐 나가고 싶지. 신발 끈을 조이는 것, "그래, 해 보자" 하는 것. 이거면 됐다. 육상을 하든 말든, 운동장을 뛰든 말든 상관없다. 이때 느낀 좋은 감정은 내 마음속에서 지워지지 않을 것 같다.

"지은아, 우리 친하게 지내자."

그래서 나는 지은이만 보면 악수하자 그리고 자꾸 아무 말이나 걸어 보고 있다. 결국 그날 운동장 네 바퀴를 끝까지 뛴 아이는 지은이 혼자였고, 그래서 선수로 뽑히긴 했지만 정말 이건 중요하지 않다. 나는 신발 끈만 중요하다.

가게에 갔던 정택이와 지은이가 손에 컵라면을 들고 왔고, 거스름돈을 나한테 돌려주었고, 주전자에 물을 끓였고, 컵라면에 뜨거운 물을 부었고, 이제 다 익어서 후후 불며 컵라면을 먹고 있다. 아침 9시쯤 되었겠다. 읍내에 사는 혜림이가 학교에 왔다. 교실 문을 열자마자 우는 얼굴로 바뀐다.

"왜 쟤네만 사 줘요. 저도 컵라면 사 주세요. 저도 아침 안 먹었단 말이에요."

당연히 사 줘야 한다. 안 사 주면 나쁜 놈이다. 이빨을 뽑아 버려야 한다.

"왜 아침을 안 먹었는데?"

"반찬이 없어서요. 우리 할머니가 반찬도 안 해 놓고 맨날 집에 맛없는 것만 있고……. 사 주세요오, 어어어어."

어어, 이건 아니다. 너는 좀 더 굶는 게 낫겠다. 아침만 굶을 게 아니라 점심도 저녁도 굶어야겠다. 누구는 사 주고 누구는 안 사 주겠다. 난 학생 차별하는 선생이다. 난 못된 인간이 되고 말겠다. 너는 스스로 무릎을 세워 일어설 생각부터 해야 한다. 이건 무릎을 세우기는커녕 오히려 흙구덩이에 벌렁 누워 울고 있는 꼴 아닌가. 이래서는 손 내밀 사람 없다. 같이 끌려들어 갈 뿐이다.

"싫어. 먹고 싶으면 너 돈으로 사 먹어."

혜림이한테 친절하게 대해 줘야 한다는 것 알고 있다. 아주 잘 알고 있다. 우리 중에 한번쯤 그런 다짐 안 해 본 사람 없을 것이다. 생각으로는 그렇다. 하지만 말과 행동은 그와 반대다. 자립의 의지가 안 보이는 사람한테는, 마냥 대접받겠다는 사람한테는 친절하게 대하기 싫은 것이다.

나중에 혜림이도 컵라면 먹었다. 다시 생각해 본다. 맛있는 반찬 없어 안 먹었다는 혜림이의 말은 얼마나 정직한가. 아이를 있는 그대로 보지 못하고 아무것도 아닌 한쪽 길로 잡아끄는 것 또한 폭력이다. 반성했다. [2008.6]

# 학교 가는 길

아침 7시. 가방 메고 집을 나섰다. 학교까지는 한 시간 거리다. 꾀꼬리가 운다. 여름 철새가 아직 그냥 머물러 있다. 여름이 다 간 건 아니구나. 붉은 소나무 가지에 매미가 운다. 마지막 악을 쓴다.

코스모스 한창이다. 코스모스는 생명력 약한 꽃. 사람이 돌봐 주는 길가에만 간들간들 서 있다. 풀숲에 떨어진 씨앗들은 그대로 풀에 눌려 새봄에는 깨어나지 못할 것이다. 여기에 대면 달맞이꽃 쑥꽃은 얼마나 강한가. 내가 지금 이대로 걸어 학교에 가서 아이들을 코스모스로 가꾸려는 건 아닌가.

언덕길 모퉁이를 획 돌아가는데 바닥에 길쭉 시커먼 것. 어이쿠 저게 뭐야. 놀랐다. 펄쩍 뛰어 한 발 비켜났다. 뱀이다. 뱀이구나 생각하고 다시 살펴보았다. 뱀 아니다. 전봇대 안 쓰러지게 버텨 주는 꼬은 철사줄 도막이었다. 속았다. 내 몸 반사 신경이 빨리 반응하는 것에 스스로 감탄했다.

과수원길 샛길로 접어들었다. 저 앞에 길쭉하게 검은 게 길바닥을 가로질러 있다. 이번엔 놀라지 않았다.

"뭐 뱀이네."

가까이 가서 보니 뱀 맞다. 대가리가 작은 미추리 뱀이다. 안 가고 엎드려 있다. 밟아 보자. 다가가서 왼쪽 발을 들어 뱀 대가리를 밟으려니까 이놈의 뱀이 그제서야 사태를 알아채고 도랑둑 아래로 스륵 미끄러져 내뺀다. 그런데 그 옆에 또 한 마리가 있었다. 아이쿠, 놀랐다. 미추리 옆에 꽃뱀이 같이 붙어 있다가 정신없이 달아난다. 꽃뱀 때문에 또 놀랐다.

미리 알고 있던 건 놀라지 않았는데 예상하지 못했던 건 놀라게 된다. 이래서 경험 많은 노인들은 뭘 봐도 시큰둥하고 경험 없는 아이들은 뭘 봐도 놀라운 눈빛으로 반짝이는가 보다. 자꾸자꾸 놀라고 허둥대며 오늘 하루 만나야지. [ 2008.9 ]

# 나 숨 쉬어도 돼?

점심밥 먹고 교실 내 자리에 앉아 턱을 괴고 있었다. 우리 반 애선이가 다가오더니

"놀아도 돼요?"

기껏 놀다가 새삼스럽게. 밥 먹었고 점심시간 끝나려면 한참 남았으니 안 노는 사람이 이상하지. 말을 걸어 보고 싶다 이거네. 나도 장난으로 받는다.

"음, 니는 놀면 안 돼. 앉아 공부해. 다른 사람은 다 놀아도 돼."

이럴 때 아이들은

"에이, 선생님이나 공부해요. 난 놀 거예요."

이러며 놀게 되어 있다. 그런데 안 그랬다. 대번 풀이 죽더니

"알았어요. 공부할게요."

고개 푹 숙이고 뒤로 돌아 터덜터덜 털썩 자리에 앉는다. 허리를 길게 늘여 책상에 엎드려서 두 손에 쥔 책을 보는 둥 마는 둥. 거참, 미안하게시리. 마음대로 해라. 아이들은 "이게 다 선생님 때문이에요" 하는

데 내가 뭘 어쨌다고. 뭐 어깨라도 감싸고 두드리며

"그래, 점심시간이니까 씩씩하게 뛰어노는 거예요."

이러길 바라나. 수학 시간에는 모르는 것 좀 물어봐 달라 해도 입을 꼭 다물면서. 그래, 안 물어도 될 것만 자꾸자꾸 물어봐라. 다 가르쳐 주마.

어둡게 엎드려 있더니 허리를 편다. 두 손으로 머리카락을 쓸어 넘기며

"공부 다했으니까 놀아야지."

옳지, 마음이 풀렸나 보다. 나는 애선이를 바라보며 급하게 외쳤다.

"애선아! 나 숨 쉬어도 돼?"

안 된다고 한다.

"으으윽 숨 막혀!"

목을 쥐고 핵핵거리며 또 묻는다.

"애선아, 눈 깜빡거려도 돼?"

"안 돼요."

"윽."

"눈 떠도 돼?"

"말해도 돼?"

"생각해도 돼?" [2008.9]

# 몽실 언니

내일이면 다 읽는다. 마지막 23장 '가파른 고갯길'을 읽을 차례.

30년이 흘렀고, 시장에서 콩나물 장사를 하는 기덕이 엄마가 한쪽 다리를 절며 집으로 가고 있다. 산비탈 나지막한 블록 담 집으로 들어가서 기덕이를 부르자 안에서 여자아이가 나온다. 어릴 때의 몽실이 모습과 꼭 닮았다.

폐병 요양원에 찾아온 몽실 언니가 절뚝거리며 황톳길 산모퉁이를 돌아가고 있다. 난남이가 언니 뒷모습을 바라보며 언니…… 몽실 언니…… 부르고 있다.

그동안 꾹꾹 눌러 참았지만 마지막 장은 자신 없다. 울면 끝장이다. 보나 마나 기준이같이 입 가벼운 아이는 "에에 운다 운다, 흑흑흑" 흉내를 낼 게 뻔하고, 나는 읽던 책 내려놓거나 집어던지게 될 테고 분위기는 깨진다.

수업 마치고 아이들 없는 빈 교실에서 혼자 연습을 했다. 소리 내어 읽다가 목이 메어 창문을 열고 밖을 보았다. 내일 아이들 앞에서 울지 않고 읽을 방법을 생각해 보았다.

(1) 어디까지나 글자일 뿐이다. 글자를 눈으로만 읽어야 한다.

(2) 머릿속으로 그 장면을 떠올려서는 안 된다.

(3) 큰 소리로 무뚝뚝하게 읽어야 한다.

(4) 생각할 틈을 갖지 말고 빨리 읽어야 한다.

(5) 그래도 울지 몰라. 아이들한테 얼굴 정면을 보이지 말고 돌아서서 읽자.

(6) 정 안 되겠으면 창밖에 해를 보고 눈을 부릅뜨자.

(7) 제자리에 가만히 앉거나 서서 읽지 말고 처벅처벅 발을 옮겨 걸으며 읽자.

9월 1일부터 시작해서 내일 마치게 되니 한 달쯤 아침마다 읽은 것이다. 그동안 아이들은 조용히 내 책 읽는 소리에 귀를 기울였다. 뭐 눈알 굴리는 소리만 나도 내가 눈에 힘을 줘서 강렬한 눈빛으로 찌릿, 전기를 보냈으니 감동이 안 되면 감전이라도 될 수밖에 없었지.

하루 지났다.

9월 26일 목요일 아침 9시. 아이들은 움직임을 멈추었다. 오늘은 몽실 언니가 어떻게 될까 궁금한 얼굴들. 내가 입을 열기를 기다리고 있는 눈빛. 내 몸짓 하나하나를 담으려 들겠지. 책을 폈다. 숨을 깊게 들이 마시고, 시작. 읽는다.

난남은 현관문 기둥을 붙잡았다. 뜨거운 눈물이 그제서야 볼을 타고 내려왔다. "언니…… 몽실 언니……."

어디까지나 글자다. 눈으로만, 무뚝뚝하게, 처벅처벅 옮겨 걸으며, 겨우겨우 넘겼다. 책을 탁 덮으며 "끝."

아이들도 소리친다.

"끝났다!"

이런, 이건 아닌데. 혹시 글썽이는 아이가 있을까 살펴봤다. 그런 눈치는 없다. 엉덩이 들고 일어서는 아이들을 자리에 좀 앉혔다.

"누가 소감 같은 거라도 적어 봐라."

웬 독후감이냐며 눈 동그랗게 뜨고 고개 젓는다. 어쨌든 기대를 버리지 않고 기다렸다. 김이슬만 책 읽은 이야기를 써냈다.

"난 이제부터 이슬이만 좋아할 거야. 이슬아, 싸랑해."

《몽실 언니》와는 별 상관없는 이야기지만 그나마 고맙다. 들어 놓겠다.

> 몽실 언니를 읽었다. 내가 울먹였던 장면은 이렇다.
>
> 몽실이랑 몽실이 아버지 정씨랑 부산병원 갔을 때 20일 넘게 기다리고 거의 병원 문에 들어갈 차례가 다 됐는데 결국 몽실이 아버지 정씨는 길에서 죽었다. 몽실이가 상자에 있는 뼈를 노루실에 가져가서 북촌댁 옆에 묻었다. 부산에서 노루실 가기 전에 배근수 오빠가 난남이 데리고 와서 금년이 아줌마랑 같이 살자고 했다. 다리가 다 낳으면 일할테니 같이 살자 그랬다. 몽실이가 난남이 데리고 부산에 갔다.
>
> 나는 사실 솔직하지 못한 편이다. 정씨가 죽었을 때 펑펑 울고 싶

었다. 하지만 우는 내 자신이 부끄러울 것 같았다. 나는 슬픈 드라마를 보면 운다. 내가 예전에 에덴의 동쪽이라는 드라마를 33번 mbc에서 봤는데 슬퍼서 울었다. 그때 아름이도 같이 봤는데 아름이도 울었다. 내 눈에서 눈물이 볼을 타고 내려와 이불에 툭하고 떨어졌을 땐 계속 눈물이 나왔다. (5학년 김이슬)

열네 명 가운데 한 명만 감동을? 에잇, 기껏 읽고 들었으면 뭔 반응이 있어야지. 이럴 바에는 뒷산 대숲에 내린 참새 떼한테 읽어 주는 게 낫겠다. 멀쩡한 얼굴로 앉아 있는 아이들을 보니 자꾸 심술만 난다. 이대로 교실에 있다가는 잔소리나 퍼붓다가 하루가 간다.

2층 골마루에서 내다보니 뒷산에 산밤나무 밤송이가 빈 입만 벌리고 있다. 지난밤 바람에 물고 있던 밤알이 몽창 빠졌다.

"야, 밤 줏으러 가자! 나 먼저 간다."

대나무 숲 사이로 좁은 길이 나 있다. 가파르다. 아이들도 급하게 비닐봉지 챙겨 들고 내 뒤를 따랐다.

"여기 좀 잡아 줘요."

못 들은 척.

"왜 혼자만 가요."

어쩌라고.

"니 몸은 니가 알아서 해."

바닥에 쫙 깔렸다. 혼자 밤을 주우며 앞으로 나간다. 뒤에서 바짝 따라붙지 못하게, 너무 멀어지지 않게. 굵은 것 좋은 것은 그냥 두자. 아이들이 큰 밤 주웠다고 떠드는 소리를 듣고 있는 게 더 기쁘지. 작은 골을 오르며 줍다가 저쪽 등을 타고 내려오며 주웠다. 뒤에서 원망하는 기운이 골짜기에 가득. 자기네가 잘못된들 말든 선생님은 관심도 없다며 투덜대는데 이건 사실과 다름.

관심 없는 게 아냐. 나도 걱정스럽거든. 다치면 어떡하나. 하지만 "조심조심!" "돌 있어!" "여기는 비탈!" "가시덤불!" 이렇게 안 해도 5학년이면 다들 알아서 다닐 만한 곳이잖아. 내가 니들 때는 요만한 뒷동산이 아니라 무지무지 험한 산을 올랐어. 이런 산은 쩹도 안 돼. 손에 굵은 몽둥이 하나씩 들고 눈에 푹푹 빠지며 곰을 잡으러, 아니 토끼 잡으러 다녔지. 그냥 걷는 게 아니라 날고뛰었지. 달아나는 동물도 붙잡는데, 제자리에 가만히 놓여 있는 밤 줍는 게 뭐 일이나 된다고 도와 달라 잡아 달라 야단이냐. 발밑을 봐. 정신을 저 앞에 두고 바둥바둥 손을 내밀면 다쳐. 아무도 도와줄 사람 없어야 스스로 길을 찾아 헤쳐 나가지.

내가 내려오고 아이들이 내려왔다. 검은 봉지에 불룩하게 밤을 주워 들고 내려와서는 나를 힐뜯고 있고, 나는 마땅히 대꾸할 말을 준비하고 있을 때 대나무 숲에서 "야아아! 도와줘어!" 이런 소리가 난다. 일령이 목소리다. 이런, 곰탱이. 그냥 넘어져도 제 몸무게를 못 이겨 상처가 나는 일령이. 일령이 길 잃었다고 갇혔다고 선생님 때문이라고 아이들이 또 난리다. 야단났네.

서둘러 산길을 뛰어올랐다. 그 옛날 곰한테 쫓길 때보다 더 빠르게, 헉헉헉. 풀 줄기 덤불 헤치고 휘청이는 대나무에 얻어맞으며 뛰었다. 저 앞에 뚱뚱한 몸의 한 부분이 보인다. 대숲 한가운데 들어 있다.

"야 여기. 빨리 와!"

내 쪽으로 온다. 오면서도 허리 굽혀 마른 잎 위에 밤을 줍고 있다. 나는 홱 돌아 내려왔다. 일령이가 헐떡거리며 뒤따라왔다. 일령이 고함소리에 놀라 뒤뜰에 서서 산을 올려다보던 학교 아저씨도 그제서야 안심했다는 듯 웃는다. 평소에 아이들이 뭔 일이라도 해 보려 하면 "니들은 해 주는 밥 먹고 똥이나 싸" 하며 할 줄 아는 게 아무것도 없는 놈들이라고 설움을 줘서 아저씨 별명은 "밥먹고똥싸 아저씨"가 되었다. 밥먹고똥싸 아저씨가 산을 내려오는 일령이를 보자 대뜸

"저놈은 어디다 꽁꽁 묶어 놔야 한다니까요. 어디 못 따라다니게. 지 몸도 주체 못 하는 놈이 밤이 다 뭐여."

일령이 탓 아니다. 아이들 안 돌아본 내 탓이다. 그러기에 누가 《몽실언니》 읽고 감동 안 받으래?

내일은 냄비 가져와 밤 삶아야지. [2008.9.26]

# 메뚜기 먹었다

우리 학교에 기사 아저씨 한 분은 아이들이 일을 하고 있으면 버럭 소리 지른다.

"해 주는 밥이나 먹고 똥이나 싸."

이게 아이들한테 하는 말이다. 아저씨가 보기에는 아이들이 그 손으로 할 줄 아는 게 아무것도 없다. 하지만 아이들이 보기에 어른은 모든 게 서투르면서 잔소리나 잘하는 걸로 여길 수도 있다. 핸드폰 문자 보내기, 컴퓨터, 책을 읽어 내는 능력, 음악에 흠뻑 빠져 보기 따위는 도저히 아이들을 따라갈 수 없다. 그러나 어른들이 이런 것들에 서툴다고 해서 아이가 어른한테 "밥 먹고 똥이나 싸" 하며 깔보고 야단치는 일은 없다. 아이들은 자기가 알고 있으면 누구한테라도 차근차근 가르쳐 주기를 좋아한다.

아저씨가 아이였을 때는 온갖 일을 하며 살았을 것이다. 도끼로 장작을 팼고 호미 쇠스랑으로 밭고랑을 캤고 제 손으로 썰매나 팽이 따위 놀이 도구를 만들었을 것이다. 학교 마치면 소를 먹이러 다녔고 눈이 온 겨울에는 동물 발자국을 쫓아다녔을 것이다.

요즘 아이들은 그런 일 해 본 적 없다. 아이들이 일을 못 해 본 건 어른 탓이다. 그러니 아저씨가 버럭 소리 질러야 할 대상은 아이들이 아니라 어른들이어야 한다. 아이들이 손에 들어 본 도구가 숟가락 핸드폰 말고 얼마나 더 있겠나. 서양 사람이 젓가락으로 콩알 집어 먹는 게 서툴 듯, 당연히 일이 서툴 수밖에 없다. 삽을 들어도 서툴고, 호미를 쥐어도 서툴고, 쪼그려 앉아 콩을 따도 서툴 수밖에 없다.

아이들은 일을 해 보고 싶어 한다. 그러나 집이든 학교든 일은 허락되지 않는다. 집에서는 잘 뛰어놀거나 사람한테 예의를 차리거나 옥수수를 심을 줄 알거나 헤엄을 칠 줄 아는 건 중요하지 않다. 밖에 나간 아이는 학원에 있어야 안심을 하고, 집 안에 있는 아이는 연필을 쥐고 있어야 안심을 한다. 학교에서는 시험 성적 잘 나오는 게 중요하다. 붉나무잎을 살펴서 가을의 깊이를 헤아리는 것, 늦가을 햇살에 시냇물 반짝이는 모습, 마을의 산줄기는 어떻게 이어지고 물줄기는 어디에서 오고 있는가 따위는 중요하지 않다.

아침에 혜원이가 의견을 냈다. 아침에 학교 오다 보니 메뚜기가 많더라며 메뚜기 잡으러 가자고 한다. 회의가 열렸다. 나도 찬성.

다음 날 상평 앞들에 메뚜기 잡으러 갔다. 벼 베어 낸 빈 논에서 꾸드득꾸드득 벼 그루터기를 밟으며 메뚜기를 쫓아다녔다. 아이들은 메뚜기 잡는 게 서투르다. 논두렁 풀을 발로 헤치며 메뚜기를 튀어 오르게 하는 것, 메뚜기가 한번 튀었으면 그다음 자리에 내려앉았을 때 뒷다리에 힘 줘서 다시 날아오를 채비를 갖추기 전에 덮쳐야 하는 것, 덮칠 때

손가락을 감싸듯 구부려야 하는 것도 잘 못한다. 하지만 문제없다. 이런 건 누가 가르쳐서 머리로 배우는 게 아니다. 해 보고 저절로 익힌다.

몇 아이는 끝내 메뚜기를 손에 쥐어 보지 못했다. 메뚜기가 튀면 꺄악, 소리치며 달아났다. 덩치가 큰 이슬이나 은준이 같은 아이가 놀라 도망치는 걸 보면 웃음이 나온다. "이게 뭐가 무섭다고" 하며 이슬이에게 메뚜기를 던지며 놀려 주었다. 나중에 생각하니 이런 장난은 좋지 않았다. 모두가 덥석 쥐거나 무엇을 잘하게 되기를 바라는 건 갑갑한 일이다. 있는 그대로 보아주는 게 낫다.

잡은 메뚜기를 교실에 두었다. 페트병 속에서 투둑투둑 튀었다. 하루 묵으면 똥을 다 싸고 속을 깨끗이 비울 것이다. 다음 날 튀겨 먹자.

다음 날 아침. 깨끗하게 씻어서 끓는 물에 데쳐서 건져 말려서 프라이팬에 볶았다. 소금으로 간 맞추고. 기름 냄새 교실에 퍼진다. 치르르 기름 튀는 소리. 죽어서도 눈은 그대로다. 형태도 그대로다.

"이상해요. 안 먹을래요."

몇몇 아이는 징그럽다고 안 먹겠다고 하며 입을 막는다. 메뚜기 맛을 보아 두는 것은 나쁘지 않지. 그래서 뒷다리 하나라도 먹어야 한다며 우겼다.

"메뚜기 잡으러 가자는 의견을 냈고, 한 사람을 빼고는 모두가 찬성을 했기 때문에 지금 이 프라이팬 위에서 메뚜기가 익고 있는 중이다. 의견을 냈거나 그 의견에 찬성한 사람은 먹어야 한다."

이렇게 우겨서 몇 명 더 먹었다. 바삭했다. 희영이 혜림이가 잘 먹었다. 이 아이들은 모든 일에 도전한다. [2008.10.21]

# 실험 보고서

"주제 : 온도에 따른 물고기의 호흡 수 변화"

실험을 하려면 물고기가 있어야 한다. 우리 학교에 있는 금붕어를 건져? 손바닥만 한 놈, 치렁치렁한 꼬리, 부담스럽다. 시장에 가서 사 와? 으, 그 번잡스러움.

그냥 설명으로 때워? 실험 안 해도 다 안다. 개도 온도 높은 여름날엔 혓바닥을 내밀고 헐떡거리고 추운 겨울날엔 옴츠린다. 물고기라고 다를 것 없다. 결과보다는 과정. 생각은 일에서 나오고 일은 손발에서 나온다. 우체국 옆 개울에 물고기 있다. 잡아서 실험하고 놓아 주자.

· 준비물 - 낚싯대, 반두, 어항, 시험관, 삼각플라스크, 알코올램프, 얼음 조각, 성냥, 수조.
· 주의 사항 - 가져간 얼음이 녹기 전에 물고기를 잡아야 한다.

고기 잡으러 갔다. 성민이는 저쪽에 혼자 떨어져 낚시질한다. 혼자 있는 걸 정말 좋아하는 아이다. 물이 얕아 낚시가 될 것 같지는 않다. 바위 밑에 어항을 놓았다. 어항은 페트병 잘라서 구멍을 거꾸로 박은 것. 그리고는 흐르는 물에 반두 대고 돌 일쿠고 샥샥 쉬쉬쉬 고기 몬다.

• 잡은 고기 - 퉁가리, 꺽지, 돌고기, 황어살이, 버들치, 미꾸라지, 옹고지, 기름종개
• 놓친 고기 - 메기(반두를 펄쩍 넘어 달아났음), 황어(컸음)

팔뚝만 한 고기 놓친 게 아쉽다. 내 종아리를 스치며 도망쳤다. 황어 새끼들이 잡히는 걸로 봐서 그놈은 황어였을 것이다.

"야, 그만 잡어. 실험해야지. 얼음 다 녹잖아."

알코올램프에 불 붙여 물 데우고, 얼음 넣은 차가운 물에 고기 넣어 얼마나 뻐끔거리는가 보고, 시계 들여다보면서 시간 재고.

• 결과
(1) 얼음물에 넣은 고기 - 죽음. 배를 뒤집고 물 위로 떠서 움직임 없음.
(2) 그냥 물에 넣은 고기 - 1분에 190번 아가미를 뻐끔거림.
(3) 조금 미지근한 물에 넣은 고기 - 1분에 299번 뻐끔거림.
• 실험에 쓴 고기는 돌고기. 퉁가리나 미꾸라지처럼 참을성 많은 놈이었다면 다른 결과가 나왔을 것임.
• 실수로 온도계를 안 가져왔음.

얼음물에 넣은 죽은 고기가 혹시 다시 살아날까 싶어 냇물에 던져 주었다. 30분쯤 지나서 살펴보니 다시 살아서 헤엄치기 시작했다. 그럴 줄 알았다. 하도 오랫동안 숨을 안 쉬기에 기절이 아니라 죽은 줄 알았지.

학교로 돌아갈 시간. 서른 마리쯤 잡았다. 작은 놈들뿐이라 물고기 잡았다는 말 꺼내기 부끄럽다. 잡은 고기 어떻게 할까 물었다. 처음 계획대로 그냥 놓아주자는 의견이 나오길 바랐다. 그러나 그렇게 말해 주는 아이 없었다. 놓아줄 걸 뭐 하러 고생하며 잡았냐고 눈 부라린다. 고깃국 끓여 먹자고 한다. 고생은 뭐 고생, 잡는 거 재밌다고 좋다고 소리소리 지르고 떠들고 난리를 쳤으면서. 죽여서 먹을 거면 뭐 하러 잡은 고기 살린다고 수조에 돌멩이 넣어 주고 물 갈아 주며 야단이었나.

아이들 집으로 가고 나 혼자 수돗가에 서서 투덜거렸다. 이렇게 펄펄 살아 헤엄치는 놈들 잡아 배 떼기는 게 안 내킨다. 아, 오늘 본 게 있지. 죽여서 손질하자. 냉장고에서 얼음을 꺼내 고기 통에 쏟았다. 빌빌거리며 죽어 줬다. 기절한 것이겠지. 미꾸라지는 끝까지 기절 안 했다.


• 새롭게 안 것

(1) 물고기는 얼음물에서 기절하고 사람은 열심히 가르쳐 주면 기절한다.

(2) 물고기는 흐르는 물속에 있을 때 살아 있고 사람은 고기 잡아 국 끓여 먹을 욕심에 팔팔하다. [2008.9]

# 누가 했나, 그 낙서

선생님 여기 좀 와 보세요, 해서 따라갔다.

"개새끼. 촌놈. 죽어 버려. 우리 학교에서 꺼져라. 우리 엄마한테 일러 야지."

나를 개새끼라고 썼다. 연필 글씨가 씩씩하다. 남자 글씨체다. 목요 일마다 분교 아이들이 우리 학교에 와서 합동 특활을 한다. 나는 연극 부를 맡았고, 연극부 교실은 강당이고, 피아노는 강당 안에 놓여 있고, 낙서는 피아노 뚜껑에 적혀 있었다.

모두들 내 얼굴을 빤히 바라보며 반응을 살핀다. 당황스럽다. 아이들 이 성환이 성환이 하며 지들끼리 수군수군한다. 내 귀가 그 작은 목소 리들을 안테나처럼 받는다. 겉으로는 대범하게 허허허 웃는 소리를 내 며 난 조금도 알고 싶지 않다고 했다. 그 아이는 그렇게 쓸 수밖에 없다 고, 참 잘 쓴 글씨라며 글씨 칭찬을 했다. 웃는 얼굴을 하려고 애썼지만 속으로는 자꾸 글자에 마음이 갔다. 마음 한구석이 껌껌해졌다. 겨우 수업을 마쳤다.

좋은 기회를 만났다고 여겼다. 누군가 욕을 먹을 때, 낙서 공격을 받을 때, 왕따를 당할 때 어떤 심정인지 나는 알지 못했다. 대단히 슬프고 힘들 거라고 짐작만 할 뿐이었다. 그와 아픔을 같이하는 척했을 뿐, 진정으로 느끼지는 못했다.

잘됐다. 내 마음을 자세히, 낱낱이 살펴보자. 마음속에서 어떤 생각이 일어나는지, 어떤 깨달음이 생기는지, 또는 아무렇지도 않은지.

처음 느낌은 '기쁨'이었다. 이런 기분이 몇 시간 갔다. 하지만 점점 나 자신을 꾸짖는 마음이 일었다.

'아, 나라는 몸뚱이는 아이들한테 얼마나 부담을 주고 있는가.'

아니야, 그럴 리 없어. 나 좋다고 하는 아이들이 얼마나 많은데. 아침에 만나면 "보고 싶었어요, 저 보면 심장 뛰어요?" 묻고, 쉬는 시간마다 놀아 달라고 조르고, 점심 먹을 때는 같은 자리에서 먹겠다고 자리를 다투고. 그거 다 거짓이라고? 내가 자기들을 얼마나 좋아하는데. 아니, 보통 아이들은 나를 좋아하거나 그저 그렇게 여기고 있을 거야. 미워하는 아이가 한둘쯤 있을 거야.

그럼 나한테 앙심을 품고 사는 아이가 누구지? 성환이라고? 아냐, 만날 때 안아 주고, 헤어질 때 안아 주고, 창문 밖으로 또 손 흔들며 멀어지는 발걸음을 아쉬워하는 사이인데. 그래도 아이들 수군대던 말을 되씹고, 내가 뭘 잘못했나 집중하다 보니 성환이가 맞는 것 같다. 아니, 확실하다. 성환이다. 맞아, 3월에 내가 크게 혼낸 적이 있어. 이번에 다시 한번 사과를 하자.

3월에 반 아이들이 운동장에서 진놀이를 했다. 성환이는 자기가 안 죽었는데 죽었다 한다며 놀이하다가 말고 돌을 집어 들더니 여자아이들한테 던졌다. 운동장 한복판에서 고래고래 욕을 퍼부으며 손에 집히는 대로 돌을 던졌다. 운동장은 공포와 충격이다. 하루 전에 돼지 불알 놀이할 때도 희영이한테 돌을 던져서 말렸는데 또 같은 일을 되풀이했다. 그냥 주먹으로 여자아이 때리는 것도 문제지만 이건 돌멩이다. 이건 고쳐야 된다.

"이 시끼, 니가 깡패냐……."

나는 다가가서 멱살을 잡았다. 과장해서 화를 냈다. 겁먹고 고분고분 당해 줄 아이가 아니다. 나한테 덤벼들었다. 식식거리며 "그래서 어쩌라고요" 하며 주먹을 쥐고 노려보고 욕을 했다. 이대로 물러서면 끝장이다. 나는 더욱더 크게, 힘껏 소리 질러 가며 화를 냈다. 누군가 동영상으로 찍어서 인터넷에 올렸으면 나는 폭력 교사로 당장 쫓겨났을지도 모른다.

나중에 성환이가 "죄송해요! 죄송하다구요!" 고함쳐서 사건은 거기서 끝났다. 이건 내가 아이를 몰라서 벌어진 실수다. 같이 지내며 차차 정을 쌓으며 돌아보니 그때 아이의 행동을 이해할 수 있었다. 성환이는 무엇을 표현하는 게 서툰 아이다. 누군가 자기에게 손해를 끼친다 싶으면 말로는 감정 전달을 못하니까 소리 지르고 욕부터 한다. 흥분하면 눈이 뒤집힌다. 상대가 대통령 할애비라도 덤빌 거다. 그날 살살 달래며 뭐가 억울했는지부터 들어 봤어야 했다. 아이들한테 물어보니 성환이가 돌을 던졌어도 자기들은 위협을 느끼지 않았다고 한다. 왜냐하면 원래 착한 아이니까. 성환이도 자기는 하늘로 던졌다고, 선생님이 오해

한 거라고 일기에 썼다.

나는 사과했다. 성환이는 용서해 준다고 말했다. 또 선생님이 죄송하기 때문에 자기가 죄송하다고 말했다. 우리는 앞으로 잘 지내자며 손을 잡았다. 그렇게 끝났다. 그 뒤로도 아이는 여전히 싸우기를 좋아했다. 하지만 손에 돌이나 물건을 들고 던지는 행동은 참아 줬다.

어쨌든 내가 이 학교에 와서 아이와 부딪힌 건 성환이밖에 없다. 다른 선생하고는 부딪혔지만, 선생들은 남 시키는 건 좋아하지만 자기 몸으로 움직이는 걸 귀찮아하기 때문에 낙서 같은 거 안 한다. 1, 2, 3, 4학년 아이들은 아직 어려서 그런 배짱을 못 가졌고 6학년한테는 내가 잔소리 한번 안 한 것 같다. 아무리 따져 봐도 우리 학교에서는 성환이밖에 없다.

그런데 3월 초에 벌어진 일을 두고 1년이 다 가고 있는 지금에 와서 이런 낙서를 했다는 건 이상하다. 내 경험으로는 어른이 웬만큼 잘못을 저질러도 아이들은 쉽게 용서한다. 원한을 간직할 줄 모른다. 그럼 그때 일이 뼛속에 사무쳤단 말인가. 그때 새긴 미움이 두고두고 살아난다는 말인가. 아니야. 자신 있게 말할 수 있다. 나는 그때 때리지는 않았다. 아이한테 고함만 쳐 댔다. 나 때문에 자존심은 상했겠지만 뼈에 새길 정도는 아닐 거야. 그때 3월에 했던 낙서가 이제야 발견된 게 분명해.

성환이라는 게 확실해지자 다시 기쁨이 찾아왔다. 잘못했다고 빌고 감동을 줘서 확실히 그 일을 씻어 내자. 생각을 해 보게 한 것, 나를 단련시킨 것, 얼마나 고마운가. 아무 일도 없어서 디룩디룩 게을러지는 것보다는 훨씬 낫다.

다음 날 아침 성환이한테 그때 일을 생각하면 내가 또 미안하다고
했다.

"예? 예?"

성환이가 그게 뭔 말인가 듣고 있다가는 화를 막 냈다. 아이가 안 했
다면 안 한 게 맞는 거다. 의심해서 미안하다고 또다시 사과했다. 그렇
다면 누구란 말이냐. 도대체 내가 서운하게 만든 아이는 어디 있나. 어
제까지는 마음이 기뻤다. 돈 주고도 살 수 없는 선물을 안겨 준 그가 고
마웠다. 멋지게 사과하리라 마음먹었다. 그런데 누군지 모른다는 것,
상대는 나를 보고 있고 나는 상대를 볼 수 없다는 것. 갑갑했다. 어두워
지고 있다. 그토록 믿었던 성환이가 아니라니, 그렇다면 누구란 말이
냐. 도대체 내가 서운하게 만든 아이는 어디 있나. 이제부터 불편하다.
조롱당하는 느낌이다. 자꾸자꾸 생각해 보았다. 아하, 그 아이일지도
몰라. 분교에 있는 5학년 남자아이. 뚱뚱한 아이.

지난주에 본교와 분교가 같이 모여 체력 검사라는 걸 했다. 윗몸일
으키기, 제자리멀리뛰기, 달리기, 오래달리기 따위 기록을 잰다. 오래달
리기는 맨 마지막에 한다. 어디선가 오래전에 오래달리기를 하다가 죽
은 아이가 있었기 때문에 요즘에는 숨이 찬 사람은 그냥 걷도록 하고
있다. 그래도 웬만한 아이들은 뛴다. 특별한 아이는 걷는다. 뚱뚱한 그
아이는 당연히 걸었다. 처음부터 걸었다. 걷는 걸 누가 뭐라 하나. 그런
데 걷더라도 좀 부지런히 걸을 것이지, 운동장 트랙을 벗어났다가 되돌
아갔다가, 일부러 어기적어기적 걷고 있었다. 다음 차례를 기다리고 있

는 사람들 생각도 해 줘야지. 이거야 원 자벌레도 아니고. 아이한테 다가가서 얌마, 빨리 좀 걸어라, 엉덩이를 툭 쳤다. 그런데 엉덩이 살이 많아서 "짝" 소리가 나고 말았다. 아이는 걷다 말고 그 자리에 멈춰 서더니 "에이씨 뭐예요" 하며 눈을 부라렸다. 귀여운 얼굴이었다. 저쪽 출발선에서 초시계를 들고 있던 그 학교 선생이 아이한테 꽥 소리 질렀다. 빨리 안 오고 뭐 하냐고. 아이는 씨발씨발 바쁘게 걸어갔다.

나는 엉덩이 툭 쳤을 뿐이라고 썼지만, 아이는 억울하게 쥐터졌다고 생각할 수도 있다. 내 잘못이다. 아이가 어떻게 걷든 뭐라 할 일 아니었다. 다른 아이들 다 쌩쌩 끝났는데 혼자서 그 넓은 운동장 걷고 있는 심정은 오죽했겠나. 누군 빨리 가고 싶지 않았겠나. 평소에 느림보라는 설움 얼마나 받으며 살았겠나. 못 뛰는 것도 창피한데 얻어맞기까지 했으니 내가 미울 수도 있었겠다. 원한이 생길 수도 있었겠다. 그날 서운했던 감정을 그대로 간직하고 있다가 특별 활동으로 본교에 왔을 때 숨김없이 썼을 수도 있겠다. 맞아. 확실해. 그 아이야. 조금 기쁨이 찾아왔다.

여기까지 낙서 사건 덕분에 깨달은 것. '집중하면 보인다'는 것.

다시 한 주가 지나 목요일 특활 시간. 현서분교 아이들이 왔다. 일부러 우람이를 만났다. 체력 검사할 때 일어났던 일을 사과했다. 아이는 내 말을 못 알아들었다. 그때 일을 기억 못 하고 있는 듯했다. 자세히 설명했다. 내가 무엇을 잘못했는지, 네가 얼마나 속상한 일을 당했는지.

"니가 그때 걷고 있었잖아. 걷다 말다 혼자서 장난치며 운동장을 걸었잖아. 그래서 내가 니 엉덩이를 툭 쳤잖아. 좀 빨리 가라고."

아이는 그제야 생각났는지 아하, 알겠다고 했다. 그런데 그게 어쨌다고요, 한다. 특활 시작하려면 시간이 남았으니 이상한 소리 하지 말고 공이나 차자고 조른다. 그 일로 왜 자기가 사과를 받아야 하는지 도무지 모르겠다고 한다. 아이한테 낙서에 대한 말은 아예 못 꺼내고 말았다. 이 아이도 아니다. 그렇다면 이제 내 둘레에서 내가 서운하게 했던 사람은 아무도 없다.

머리에서 발끝까지 정신을 모으고 생각을 끄집어내 봐도 없다. 나는 사과를 하고 싶다. 정말 정직하고 진실하게 손을 내밀고, 나 앞으로 바르게 살 테니까 용서해 줘, 우리 친하게 지내자, 이러고 싶다. 그런데 없다. 누군가 내 둘레를 돌며 겉으로 웃고 속으로 손가락질하고 있다는 생각을 하면 마음이 안 편하다.

여기까지 일주일이 지났음. 깨달은 것. 아이들을 믿지 못하게 됨. 모두가 한 패거리인 것처럼 보이기도 함.

6학년인가? 아하, 6학년이다. 6학년은 남자만 다섯. 물론 6학년이랑 나는 친하다. 점심시간마다 우리는 축구를 한다. 학교 끝나도 축구를 한다. 어떤 때는 농구를 한다. 6학년은 5학년이랑 합쳐서 한편, 나는 2학년이랑 한편이다. 6학년 남자아이들은 키가 나보다 크거나 비슷하다. 달리기도 비슷하다. 슬슬 봐주면 안 된다. 나는 우리 편 안 지게 하려고 숨이 차게 달려서 공을 뺏고 찬다. 부딪히고 넘어지거나 넘어뜨린 일도 있다. 그래서 우리 편이 이기는 날이 더 많다.

'이 자식들, 치사하게, 축구 하다가 졌다고 낙서를 해? 아니, 공 차다

가 부딪힐 수도 있지, 그런 방법으로 복수를 하나?'

여기까지 생각이 미치니 서운하다. 삐쳤다. 에라이, 치사 빤쓰. 그래 안 찬다 인마. 날마다 공을 차던 나는 이제 교실에 들어앉았다. 혹시 아닐지도 몰라. 아니면 말고. 그냥 덮어씌우기로 했다. 왜냐하면 지들이 억울하면 누가 낙서했는지 알려 줄 테니까. 6학년이 그것도 모를까.

회장을 비롯해서 6학년이 자기들 억울하다고 정말 억울하다고, 믿어 달라고 했다. 5학년 정택이도 6학년은 그렇게 치사하지 않다고 했다. 6학년한테 당하고 사는 정택이가 그렇다니 아니긴 아닌 모양이다. 며칠 동안 운동장 안 나갔다. 하지만 이 녀석들, 내내 믿어 달라는 말만 한다. 그래, 믿어 준다. 다시 축구를 시작했다. 덮어씌우기 덕분에 한 가지 얻어 내기는 했다. 공 찰 때 회장이란 놈은 나한테 공을 뺏기면 "에이 치사한, 에이 더티한 플레이, 나쁜 선생" 하며 내 옷자락을 잡고 늘어지는 버릇이 있었다. 그런데 딱 걸렸다. 회장 입에서 에이 더티한, 나쁜 이런 말이 나올 때 나는 "바로 그거야, 거기에 바로 그렇게 쓰여 있었어" 꼬투리를 잡았다. 아이는 곧장 고개를 떨구었다. 믿어 달라고 했다. 말조심하려고 애쓰는 눈치였다.

여기까지 다시 일주일이 지났다. 쩨쩨해졌던 마음이 서서히 부풀어 원래대로 가고 있음.

그럼 우리 학교 아이도 아니고, 분교 아이도 아니다. 나를 미워할 사람이 또 있기는 하다. 마을 중학생 고등학생 대학생, 마을 청년들이다. 그쪽으로 슬슬 의심이 생기다가 결국 그쪽으로 생각이 굳어졌다. 이 마을 형들이 낙서한 거라면 나는 오히려 당당하다.

이러는 사이 시간이 흘렀다. 이제는 완전히 편안해짐. 마음 쓸 때는 온통 그것만 중요한 것 같더니, 시간이 지나고 나니 안 중요함.

중학생 고등학생 대학생, 마을 청년들은 늘 학교에 와서 쓰레기를 버렸다. 월요일 아침마다 학교에 쓰레기가 수북했다. 3월 첫 주부터 시작하더니 주말마다 안 거르고 찾아와서 운동장에 쓰레기를 버린다. 토요일 일요일에 학교에 몰려와서는 과자도 사 먹고 음료수도 사 먹고 술도 사 먹고 담배도 피우고 한다. 마땅히 놀 자리가 없으니 학교 오는게 당연하지. 그걸 누가 뭐라나. 버리기만 하고 줍지 않는 게 문제지. 학교 동생들이 줍게 된다는 걸 뻔히 알면서도 버리는 게 괘씸하지. 내가 이 학교에 오기 전부터, 작년에도 재작년에도 그전에도 그랬다고 한다. 학교에서는 누구도 말릴 생각을 못 한다. 요즘 아이들 무섭다고, 말 잘못 꺼냈다가는 큰일 난다고, 맞는다고 한다. 학교에 찾아와서 멀쩡한 유리창 다 깨 놓을 거라고 한다. 10년 전부터 그랬을 거라고, 학교의 전통이라고 한다.

쓰레기 버리는 아이들 다 여기 졸업생이다. 학교 다닐 때는 불만 가득 쓰레기 줍다가 졸업하고는 자기가 쓰레기 버리러 오는 거다. 말이 안 된다. 깨질 땐 깨지더라도 부딪혀야 할 일이다. 쓰레기 버릇 고치든 말든 마음대로 해라. 니들 버릇에는 관심 없다. 하지만 쓰레기 문제를 해결하려고 애쓰는 과정에서 우리 아이들은 배우는 게 있을 것이다. 우리 아이들은 졸업해도 쓰레기 버리러 오는 패거리에는 안 들어가게 할 거다. 그러면 쓰레기 학교에서 벗어날 수 있고, 세상은 그렇게 나아가는 거다. 아무것도 안 하면 영원히 되풀이되는 것이다.

"마을 형들한테 한 번만 더 쓰레기 버리면 경찰에 고발한다고 해라."

아이들을 모아 놓고 내 말을 전하라고 했다. 분명히 중·고등학생들 귀에, 청년들 귀에 들어갔을 것이다. 그런데도 쓰레기는 여전했다. 실습지 밭에 심어 놓은 고구마며 땅콩을 캐내서는 학교 문간 앞에 불을 피워 놓고 구워 먹기도 했다. 뭔가 보여 줘야 한다.

월요일 아침에 담배꽁초를 줍고 있는 우리 아이들한테 소리를 꽥 질렀다.

"줍지 마. 니들이 학교 공부하러 왔지, 담배꽁초 주우러 왔냐. 걔네들 와서 주우라 그래."

어서 파출소에 가서 신고하라고 고함을 쳤다. 머뭇거리고 있는 아이들을 마구 몰아세웠다. 3, 4, 5, 6학년 수십 명이 줄을 지어 마을 파출소로 갔다. 나는 멀찍이 따라갔다. 주춤거리며 뒤쪽에 서려던 아이들이 거리로 나서자 점점 용감해졌다. 쓰레기봉투를 높이 치켜들고 파출소에 갔다. 자기들이 얼마나 고생을 하고 있는지, 이 마을에 얼마나 못된 형들이 살고 있는지 떠들어 댔다. 출근하고 있던 파출소장이 어쩔 줄 몰라 허둥댔다. 아이들이 물러가고 난 뒤에 내가 파출소에 가서 이건 마을 청년들한테 시위하는 거라고 했다. 학교 아이들이 파출소에 몰려갔다는 소문이 나면 쓰레기를 덜 버리지 않겠냐고 했다. 파출소장이 웃었다. 가끔 학교 운동장을 순찰하겠다고 했다.

그다음 월요일에도 쓰레기는 있었다. 그래, 끝장을 보자. 중학교 1학년부터 대학생까지, 그냥 놀고 있는 20대들까지, 마을에 사는 학생들 청년들 이름을 다 조사했다. 그이들 집에 편지를 보냈다. 집집마다 보냈다. 농협, 보건소, 파출소, 예비군 중대, 마을 이장, 방범대원한테 다 돌렸다. '호소하는 글'을 써서 버스 타는 곳곳에 붙였다. 학교 담벼락에 가득 쓰레기 금지 포스터를 붙였다. 밤새 누군가 떼어 내면 또 붙였다.

편지 쓰기, 봉투 쓰기, 집집마다 돌리기, 호소하는 글 써서 붙이기, 포스터 그려서 붙이기, 학급신문에 소식 쓰기. 하나에서 열까지 아이들 손이 한 일이다. 괴로움을 주는데도 가만히 있는 건 더 밟으라는 뜻이다. 힘을 모아 일어서라. 싸워라. 언제나 약한 쪽에 서라.

드디어 쓰레기 없는 월요일을 맞게 되었다. 그다음 주에도 그다음 주에도 쓰레기는 없었다. 완전히 없어졌다. 학교 운동장에는 담배꽁초 하나, 과자 봉지 하나도 안 나오게 되었다.

그리고 낙서 발견.

분명해졌다. 대학생은 "우리 엄마한테 일러야지" 이런 유치한 낙서는 안 할 테니 의심 명단에서 빼고, 그럼 중·고등학생들이다. 이들이 그토록 버리고 싶은 쓰레기를 못 버리게 된 거에 앙심을 품은 거다. 자기들 짓이 온 동네에 다 알려졌으니까 분풀이를 한 거다. 몰래 강당에 들어와 낙서를 하고 내뺐다. 쓰레기 대신 낙서라. 괘씸한. 뭐 정의로운 일을 하다 보면 이 정도 일이야. 밤길에 망치 들고 덤비는 것보다는 낫네. 그렇게 알고 넘어갔다. 마음 편하다.

시간은 흘렀다. 낙서 사건 한 달 보름 뒤.

오후에 아이들과 벚나무 밑에 앉아 있는데 중학생 아이가 온다. 중학교는 시험 기간이라서 수업이 빨리 끝났다고 한다. 학교에 공 차러 오는 거다. 나도 모르게 혼잣말을 했다.

"저 녀석 또 낙서하러 오나?"

이쪽으로 가까이 와 보라고 손짓했다. 우리 반 여자아이가 벚나무 밑에 금 그어 놓고 폴짝폴짝 뛰다 말고 멈추더니 깜짝 놀라는 얼굴로 묻는다. 선생님은 아직도 낙서한 아이가 누군지 모르냐고. 모른다고 했다. 낙서 누가 하는지 보았다고, 자기들은 다 알고 있었지만 선생님이 괴로워할까 봐 비밀을 지켰다고 한다. 그게 누군지 소곤소곤 말해 준다. 가가? 그랬군, 맞아.

이제 안 와도 되는데, 중학생 형이 가까이 오고 말았다. 중학교 생활은 재미있냐고, 시험 보는 거 힘들겠다고 웃는 낯으로 말을 붙였다. 아이가 고개를 끄덕끄덕하더니 갑자기 자기는 억울하다고 했다. 여태까지 학교에 와서 딱 한 번만 쓰레기 버렸는데, 다른 형들이 다 버렸는데, 자기까지 경고 편지 받고 어른한테 욕먹고, 억울하다고 했다. 그러면서 저쪽으로 가더니 화단 나무 사이에 끼어 있던 사탕 껍데기를 집어 들며, 이것도 자기가 버린 건 아닌데 또 의심받을까 봐 그냥 줍는 거라고 했다. 저렇게 순진한 녀석을 안 순진하게 본 내가 나빴다. 낙서 이야기까지 꺼냈으면 억울 곱하기 억울이었겠다.

중학생이 저쪽으로 간 뒤, 혼자 앉아 생각했다. 전혀 생각도 못 했던 아이가 한 낙서다. 그랬구나. 다른 학교 아이다. 얼마 전에 연극부에 들어온 아이다. 그래서 요즘 그 아이가 나랑 가까워지고 싶어 했나? 그래서 다른 아이들이 내 팔에 막 매달리면 "야야, 우리 선생님한테 왜 그러니" 하며 내 팔 아픈 걱정을 해 주었구나. 전에는 별로 안 친했는데, 갑자기 친하게 굴었다. 그 아이는 낙서를 하고 난 뒤 미안했던 거다.

특활부 연극을 할 때 한번은 아이들이 쓴 일기로 연극을 한 적이 있다. 누군가의 일기에 다른 사람을 말도 안 되게 괴롭히는 한 아이의 이야기가 있었다. 그 일기를 복사해서 나누어 주었다. 아이들의 일기를 쭉 나누어 주고는 마음에 드는 글을 골라 장면을 나누고 대사를 넣어서 연극을 만들어 보라고 했다. 이래서 자기가 남 괴롭힌 일이 다 알려지게 된 그 아이는 부끄럽고 화가 났던 것이다. 홧김에 낙서를 해 놓고는 미안하다는 신호를 보냈던 것이다. 사실과 다르면 그게 아니라고 그 자리에서 말할 것이지, 그렇게 끙끙 앓고 있었구나. 내 실수다. 미안.

[ 2008. 12 ]

우리 학교에서
꺼져 라

# 전기 실험

계단을 올라 복도로 들어서면 성민이가 "쌔엠!" 하며 달려와 뛰어들고는 했다. 오늘은 감감하다. 대신 지은이와 정택이가 다가와 내 앞을 가로막는다. 먼저 말하겠다고 어깨를 밀치며

"성민이랑 학교 아저씨랑 싸웠어요."

"시끄러워서 귀 막고 있었어요."

"20분도 넘게 싸웠어요."

햐, 왜 하필 오늘따라 늦었을까. 쫌만 일찍 왔으면 구경할 수 있었는데, 아쉽네. 아침에 학교 아저씨가 풀이 없다 했더니 그런 일이 있었구나.

"싸웠어? 누가 이겼어?"

"몰라요. 성민이가 대들었어요."

"아저씨가 책상으로 찍을라 그랬어요."

음, 좀 심각하군. 곧 다른 아이들도 몰려와서 폭력이니 어쩌니 와글와글 떠든다. 아이들은 거의 성민이가 억울한 걸로 말한다. 평소에는 안 친하더니 이럴 땐 같은 편이네. 나야 당연히 아이 편이지. 하지만 아

니다. 성민이보다는 아저씨가 힘들 것 같다. 편들어 주는 사람이 하나도 없으니 불쌍하다. 지금쯤 아래층 행정실에 껌껌하게 앉아 자기를 괴로워하고 있겠지. 누군가 자기 말을 할 것 같아 의심스럽고 초조하겠지. 아니, 아무리 넓게 이해를 하려 해도 고 작은 아이를 책상을 치켜들고 찍을라 했다니, 이건 말이 안 된다. 뭔가 있을 거야. 겉으로 보이는 것만 자꾸 가지를 치고 부풀려지게 해서는 안 된다.

"그 자리에 있었던 사람만 손들어 봐."

기껏 다 본 것처럼 떠들더니 실제로 보았다는 아이는 넷뿐이다.

"못 봤으면 말을 하지 마. 보지 않고 말하면 다 거짓이야."

네 아이와 성민이한테 종이를 갖다 주었다. 종이에 적힌 것만 사실이고, 종이에 적지 않은 것은 없는 일이니 앞으로 말하지 말자고 했다. 유림이는 좀 전까지는 보았다고 하더니 종이가 자기 앞에 오자 사실은 못 보았다고 말을 바꾸었다. 치이, 봤으면서.


## 아이들이 쓴 글

### 전기 실험

전기로 잠깐 실험을 했다. 근데 기사님이 왔다. 아니 이 세끼가 어디서 전기로 장난치고 있어 앙! 실험 중인데…… 말하기 전에 기사님이 말했다. 야! 이게 니 장난감이야 앙! 이게 아예 사고를 치네! 저기 실험한 건데…… 실험? 놀고 있네. 너 눈엔 다른 사람들이 안 보이나! 하마터면 큰일날 뻔했네. 잠깐만요! 저가 실험하는데 뭔 참견이에요? 뭐가 어쩌고 저레! 니가 뭔데 어른한테 반말이야! 너 한번 혼나 볼래?!! 아니 제가 그렇게 큰일도 저지르지 않았는데 왜 화를 내냐고요! 아니 저게! 이걸 확! 기사님이 책상을 들고 던질라 했다. (성민)


## 플러그 싸움

오늘 아침 성민이가 어제 만든 플러그를 한 번 더 되는지 실험해 보려고 전기 코드를 꽂아 보았다. 그때 갑자기 윤 기사님께서 우리 교실로 들어오셨다.

"이놈의 자식아, 그건 왜 건드려."

성민이가 대꾸했다.

"실험하는 거에요."

"니가 뭔 실험이야! 응?"

"실험하는 거라고요."

성민이는 계속 말대꾸를 했다. 성민이는 윤 기사님을 째려보고 있었다. 혜진이랑 나는 너무 시끄러워서 6학년 교실로 가 정택이와 찬호 오빠가 오목 두는 걸 구경했다. 6학년 교실까지 싸우는 소리가 들린다. '짝!' 하는 소리와 '쿵!' 소리가 들렸다. 순간 깜짝 놀랐다. 6학년 교실 창문 밖에서 유림이와 하늘이가 오는 걸 보았다. 계단을 내려가 신발장에서 같이 유림이와 교실로 들어갔다. 성민이가 "씨이……"라고 했다. 윤 기사님께서는 "씨이 뭐!"라고 말하셨다. 윤 기사님은 성민이에게 손짓을 하더니 "너 다음부터 그러면 알아서 해!" 윤 기사님께서는 나가시려고 하셨다. 하지만 성민이가 "나이만 많으면 다야!" 소리쳤다. 결국 윤 기사님께서는 성민이의 책상을 두 손으로 번쩍 들고 다시 우당탕 내리셨다. 내릴 때 쿵 소리가 났다. 윤 기사님은 나가시고, 나는 한숨을 푸욱 내쉬었다. 드디어 끝났구나. (지은)

어제 실과 시간에 콘센트와 플러그 조립을 한 적이 있다. 아이들이 조립한 콘센트에 내가 전기 주전자를 꽂아 물을 끓이며 "짠, 합격!" 했다. 재미있었는지 오늘 아침에 성민이는 그걸 다시 해 본 것이다. 학교 아저씨는 위험한 전기로 장난질한다고 잔소리를 퍼부었고, 아이는 숙이지 않았다. 험한 눈빛과 비웃는 얼굴 표정과 깔보는 말투들이 아이 마음속에 웅크리고 있던 어떤 열등감 같은 걸 건드렸을 것이다. 아저씨도 마찬가지. 그래도 몸과 몸이 부딪힌 폭력은 없었다니 얼마나 다행인가.

지나가는 말처럼 한마디 했다.

"어쩐지 아저씨가 아침에 기운이 하나도 없더라니. 성민이한테 미안해하는 얼굴이던데……."

나도 선생이니 뭔가 말을 하기는 해야겠지. 아저씨가 어렸을 때 받았을 상처, 자존심을 세우는 것과 자존심을 바라보고 있는 문제, 인간을 맞이하는 태도, 존중과 존경 따위. 하지만 뻔하다. 진정으로, 마음을 끌어 모아, 살며시 다가간다 해도, 아이들은 내 말이 닿기 전에 이미 고개 끄덕일 준비를 하고 있을 것이다. 교훈을 주려 들 거라며 자기 벽을 허물지 않을 것이다. 어떤 말도 겉돌게 되어 있다.

그래도 뭔가 해 보자. 아무것도 안 하는 것보다는 낫다. 아저씨와 성민이 사이에 아무 문제가 없었던 것보다는 문제가 있었기 때문에 오히려 잘됐다. 우리를 성장시킬 가능성이 보인다. 뭔가를 하는 것은 아무것도 안 하는 것보다 낫다. 둥그렇게 둘러앉아 이야기를 나누었다.


## 이야기 나누기

기준: 정택이는 남이 싸우면 잘 말린다. 이번에는 못 말리고 떨었다.

지은: 정택이가 말리러 갈라 했는데 싸움이 너무 커서 겁먹고 못 갔다. 윤 기사님이 있어서 못 말렸다.

희영: 성민이나 윤 기사 아저씨 둘 다 마음이 약하다. 그런데 둘 다 자존심이 세다.

동철: 왜 그렇게 생각하나.

희영: 자존심이 세서 작은 일에도 화를 내고, 또 싸우고 나서는 금방 미안해하기 때문이다. 마음이 약해서 상처를 준 만큼 상처 입는 성격이다. 하지만 자존심을 꺾이고 싶어 하지는 않는다.

정택: 그래도 윤 기사님이 먼저 욕을 했다.

희영: 윤 기사님은 사고 생길까 봐 걱정한 것 같다. 윤 기사 아저씨는 성민이의 화를 이해 못하고 있고, 성민이는 아저씨의 화를 이해 못하고 있다.

일령: 서로 이해를 못하니까 서로 반대로 생각하고 있다. 그래서 반대로 일이 일어나기 때문에 부딪쳐서 싸움이 일어난 것 같다.

동철: 어떤 반대?

일령: 윤 기사 아저씨는 사고 날까 봐 걱정하는 건데 성민이는 자기를 욕하는 걸로 듣고, 성민이는 말투가 원래 그런데 윤 기사 아저씨는 자기한테 대드는 걸로 알고.

기준: 둘 다 성격이 똑같아서 싸움이 일어났다.

동철: 그럼 일 때문에 생긴 싸움이 아니라 성격 때문에 생긴 싸움인가?

기준: 한 사람이라도 다른 성격이면 안 싸웠을 것 같다.

슬기: (한참 뒤 다른 자리에서 한 말) 두 사람 사이에는 아무 일도 안 일어난 거다. 남들이 보기에만 싸움이다. 거칠게 말하고 화내는 성격을 가졌고, 성격대로 살 뿐이다. 그러니까 거칠게 말하고 화내고 부딪히는 건 자연스럽다. 그냥 두 사람의 인생이다. 이번에는 서로 상대를 제대로 만났을 뿐이다.


아이들 말대로라면 두 사람의 성격이 똑같고, 똑같은 두 사람이 만났기 때문에 싸울 수밖에 없고, 싸움은 자연스럽고, 앞으로도 이런 성격이 만나면 또 싸우게 될 거다. 내 생각도 그렇다. 그래서 어쩌라고. 계속 가 보자. 이번에는 설명이 아니라 장면으로.


성격 바꾸기(연극)

둘씩, 셋씩 짝을 지어서 연극을 해 보기로 했다. (1), (2), (3), (4) 중에 고르기.

(1) 성민이 그대로, 아저씨 그대로

(2) 성민이 그대로, 아저씨만 바꾸기

(3) 아저씨 그대로, 성민이만 바꾸기

(4) 성민이랑 아저씨 모두 바꾸기


(1) 성민이 그대로, 아저씨 그대로

– 자존감이 꺾여 있기 때문에 오히려 상대를 통해 날카롭게 자기 자존심을 세우려 드는 두 사람의 만남(정택이네 모둠)

아저씨: 야, 이 자식아. 왜 그 위험한 장난을 치고 난리야.

성민: 실험하는 건데요.

아저씨: 실험은 뭘 놈의 실험이야. 당장 걷어치워.

성민: 싫어요. 아저씨가 뭔데 상관이에요. 씨이.

아저씨: 뭐, 씨이? 이게 어디서(때리려 한다). 에이구 드러워서. 내가 참는다(식식거리며 교실 밖으로 나오려 한다).

성민: 지가 나이만 많으면 다야?

아저씨: (폭발. 책상을 번쩍 들고) 이 새끼가 어리다고 봐줬더니(꽝, 내려 던진다).


(2) 성민이 그대로, 아저씨만 바꾸기

– 고집 센 성격과 위험한 걸 그냥 지켜보는 사람이 만났음(유림이네 모둠)

교실에서 성민이가 콘센트에 전기 주전자를 꽂았다. 선생님이 지나

가다가 봤다.

　동철: 그거 위험하지 않을까?

　성민: 안 위험해요.

　동철: 위험해 보이는데……(옆에 앉아서 지켜본다).

　성민: (전기 통했다) 으악!

　동철: 미안, 말렸어야 했는데…….


(3) 아저씨 그대로, 성민이만 바꾸기

(가) 남 무시하는 성격과 말 잘 듣는 아이가 만났음(기준이네 모둠)

　아저씨: 왜 그 위험한 장난을 치고 난리야.

　기준: 죄송해요. 이제 안 할게요.


(나) 아저씨 그대로, 대들지는 않지만 하고 싶은 건 못 참는 아이가

만났음(희영이네 모둠)

　아저씨: 야, 이 자식아. 왜 그 위험한 장난을 치고 그래.

　희영: 안 하면 되잖아요.

　아저씨: (밖으로 나간다.)

　희영: (아저씨가 안 보이자 다시 꺼낸다) 어, 다 됐다. 히히.


(다) 아저씨 그대로, 말만 꺼내면 우는 아이가 만났음(유림이네 모둠)

　아저씨: 야, 인마. 왜 쓸데없는 장난질이야.

　혜림: 엉엉엉(콘센트를 내려놓고 엎드려 운다).

(4) 아저씨, 성민이 둘 다 바꾸기

(가) 친절한 성격과 뒷말하는 성격이 만났음(혜원이네 모둠)

아저씨: 그거 위험하지 않을까?

혜원: (콘센트에 젓가락 끼우던 걸 멈춘다)

아저씨가 밖으로 나가자 뒤에서 궁시렁궁시렁 속닥속닥 흉본다.


(나) 무조건 공부만 하라는 성격과 무조건 우는 아이(정택이네 모둠)

교무 선생님: 그거 치워. 다 소용없는 짓이야. 공부해. 니들이 공부 열심히 해야 나라가 발전하지.

혜림: 어으어으어으.


(다) 무조건 우는 아이(일령이네 모둠)

다른 아저씨: 너 뭐 하는 거야.

혜림: 엉엉엉.

다른 아저씨: 왜 울어. 말을 하려 하면 울어.

혜림: 엉엉엉(운다, 무조건 운다).


성격이 아니라 일을 바꾸어도, 전기 콘센트가 아니라 축구공이라도, 다른 무엇이라도 마찬가지로, 아저씨와 성민이가 그 성격 그대로 만나면 싸움이 생길 수밖에 없었다. 그밖에는 어떤 경우라도 싸움이 되지를 않았다. 하지만 "둘이 똑같다. 그러니까 싸웠다"는 말은 입 밖으로 나오는 순간 틀렸다. 부딪히는 게 나쁘다는 것 아니다. 부딪히는 게 나쁘면 안 부딪히는 건 더 나쁘다. 아저씨가 쓸데없는 짓 한다고 야단쳤을 때, "그래, 나 같은 건 안 돼" 하며 자기 마음에 생채기를 내고 마는 사람이라면 성민이한테 배워라. 거친 말에 굴복하는 것보다는 나도 인간이라고 선언하는 것이 아름답다.

비난도, 설득도, 교훈도, 그럴듯한 감동도 필요 없다. 우리는 서로를 보아주고 있고, 우리들 중 한 사람한테 일어난 일은 세상의 중심이라는 표시를 했을 뿐, 그 끝은 모른다. 끝없이 진실에 가까워지기를 바랄 뿐이다. 끝.

그런데 한 가지 걸리는 것.

아이들은 혜림이 역할 맡기를 좋아한다. 은근히 놀리고 있는 거다. 어쩌면 아침에 부딪힌 일보다 이게 더 심각한 일인지 모른다. 누가 뭐라 해도 전혀 대응하지 못하는 혜림이, 징징 우는 소리만 내는 혜림이. 아이들은 혜림이의 말과 몸짓을 "재미있구나, 한심하구나" 정도로 보고 있었다. 그렇다면 내가 1년 내내 혜림이한테 요구했던 것도 결국 놀리는 꼴이 된 셈이다. 그냥 주저앉지 말라고 했지. 네 주장을 하라고 했지. 우리끼리 손을 꼭 잡고 살자고 했지. 그런데 내 말이 귀에 닿아 행동이 된 게 아니었다. 아이들은 말하느라 나불거리는 내 입만 저들 눈에 새기고 있었을 뿐이다. 아이들도 나와 같은 입, 나불거리는 입이 되고 말았다. 그 손을 놓아 버리고는 내 쪽으로 옮겨 와서 내 말을 하고 있었다. 한 사람을 깔보고 있는 마음들이 오늘 연극으로 나왔다.

의지하지 말라고? 스스로 서라고? 싸우라고? 하지만 1년이 끝나 가는 지금도 혜림이는 여전히 혜림이다. 강해질 리 없고, 그래서 아무하고도 싸우지 않았다. 내 욕심만 없었다면, 그대로 보아줄 수만 있었다면 얼마나 사랑스러운 아이였나. 징징거릴 줄만 아는 아이, 울 줄만 아는 아이, 싸우려 해도 싸움이 되지를 않는 아이. 싸움 없는 세상, 바보 이반의 나라. 평화. 모든 이들이 자기 의지를 버리고, 남이 무엇이 되기를 바라는 마음도 버리고, 혜림이처럼 그저 징징 울고만 있다면 그것도 평화 아니겠나. 혜림이야말로 진정한 평화주의자 아닐까.

"혜림이는 남이 못 느끼는 감정을 느끼기 때문에 눈물이 많은 거야, 혜림이는 감정이 풍부하니까 예술가 소질이 있어."

이렇게 아이를 띄웠다. 그동안은 요구만 하다가, 뭐라도 좀 해 보라고 퍼붓다가, 이번에는 덮어놓고 잘한다고 말해 놓고 나니 나도 기분이 좋아졌다.

이래서 아침에 성민이와 아저씨가 부딪혔던 일은 혜림이를 칭찬하는 걸로 마무리를 했다. 끝. [2008.12]

# 각서

비 온다. 교문에 들어설 때 3학년이랑 2학년 여자아이가 우산 두 개를 맞붙여서 나를 씌워 줬다. 나는 목을 구부려 구부정하게 걸었지만 조그마한 두 아이는 내 머리 위로 우산을 받치느라 팔을 번쩍 들고는 팔 아프다 한다.

점심밥 먹고 나서 어슬렁거리는데 반장이 다들 모이라고, 회의를 열겠다고 한다. 누군가 의논거리가 있다고 하면 무조건 회의를 열어야 하는 것이 규칙이니 어쩔 수 없다. "손가락에 묻은 코딱지, 진달래 화전, 천렵, 곰 사냥" 따위, 모든 일의 시작은 한 사람의 말이나 글이다. 누구 말에 진실이 있고 눈물이 있고 감동이 있는가를 따져서 결정한다. 감동을 따질 만한 것이 아닐 때는 다수결. 아이들이 좋아하는 일은 어른인 내가 귀찮고, 내가 하자고 하는 일은 아이들이 반대한다. 하지만 끝까지 싸우거나 공부와 얼마나 관련이 있는지 근거를 대서 말하면 어쩔 수 없다. 아무리 싫은 일이라도 할 수밖에 없다. 이래서 지난겨울에는 부모들의 걱정하는 전화를 무시하고 바람 쌩쌩 부는 날에 골짜기에 들어가 헤맨 적이 있다. 그 전날 나는 분명히 얼어 죽기 딱 맞다며 반대했다. 하지만 정택이가 정신 단련이니 어쩌니 산에 가야 되는 여러 이유를 대며 물러서지 않았고, 아이들이 정택이 편을 드는 바람에 어쩔 수 없었다. 곰은커녕 고라니 한 마리도 못 보고 춥기만 하고, 지금 생각해도 정강이뼈가 시리다.

이번 주 반장은 혜림이니까 혜림이가 사회자다. 첫 번째 회의거리는 "자리 바꾸기"다. 예은이가 교실 일기에 썼던 주제다. 회의 결과, 자리는 한 달에 한 번 바꾸는 걸로, 바꿀 때 책상과 책상 주인이 같이 옮겨 가기로, 앉는 자리는 제비를 뽑아서 정하기로 했다. 내일 아침에 당장 바꾸기로 했다. 예은이가 안 말했으면 우리는 1년 내내 같은 자리에 앉아 버티며 목이 꼬이고 눈이 비뚤어져도 불편한 줄 몰랐을 것이다.

두 번째는 "전학 온 아이들에게 다가가기"다. 정택이가 내놓았다.

- 주제 : 전학 온 아이들한테 먼저 다가가자.
- 실천 방법
(1) 웃는 얼굴을 보여 주자. (정택)
(2) 축구도 같이 하면서 친해지자. (일령)
(3) 어색한 아이들에게 먼저 말 걸어 주자. (유림)
(4) 눈높이를 맞추자. (정택)
(5) 먹을 거 있으면 주자. (동철)

뭐가 하나 더 있었는데 잊어버렸다. 다음 주 회의 시간이 되면 자기가 어떻게 했는지 말하고 다른 사람한테 심판을 받아야 한다. 우연히 되거나 저절로 이루어진 건 퇴짜다. 자기 의지를 갖고 행동한 것만 인정한다.

올해 우리 학교에 새로 전학 온 아이는 열네 명. 다니던 학교에서 시달리는 게 싫어 오기도 하고, 분교에 다니다가 친구를 사귀려고 온 아이도 있고, 시골 체험을 하려고 일부러 서울에서 온 아이도 있다. 학기 초라 낯설 때다. 오늘 교실에서 정택이가 전학 온 아이들 이야기를 꺼낸 것은 참으로 잘한 일 같다.

공부 끝나고 아이들이 집에 갈 때 나도 문간 밖으로 나갔다. 빨리 찾자. 전학 온 사람 어디 있나. 다른 아이들도 전학생 찾는다고 흩어졌다. 일부러 찾으니 잘 안 보인다. 옳지, 저쪽에 은비가 있다. 현서분교에서 온 3학년 여자아이다. 키 작고 얼굴이 동그랗고 통통하다.

"은비야!"

어서 오라고 두 손을 내밀어 펄럭펄럭 간절하게 부르니 가까이 왔다. 먼저 눈높이를 맞추었다. 회의에서 정했던 방법 중 (4)번에 들어맞는다. 벚나무 옆 계단에서 무릎을 구부려 몸을 낮추고 두 눈을 딱 맞추었다. 그리고 말을 걸었다. 말 걸기는 (3)번 방법 어색한 아이들에게 먼저 말 걸어 주는 것과 관계있다. 그리고 (1)번 웃는 얼굴을 보여 주자, 입을 헤에 벌리고 웃었다. 그리고 (5)번 먹을 거 있으면 주자, 주머니를 뒤지니 마침 막대 사탕이 있다. 아침에 우리 반 유림이가 나 먹으라고 준 사탕이다. 사탕을 은비한테 내밀며 (3)번,

"은비야, 난 너가 좋아."

그리고 다시 (1)번, 웃으며 말했다. 은비가 사탕을 받아 들고는 좋다고 펄쩍 뛰더니 "에잇, 뭐 이런 게 다 있어!" 하며 내 등을 퍽 치고 내뺐다. 뭐 어쨌든 나는 할 말 생겼다. 신난다. 어서 와라, 회의 시간.

뿌듯한 마음으로 벚나무 옆에 서 있는데 갑자기 3학년 아이들이 떼로 몰려온다. 열 명이 넘는다.

"사탕 내놔요. 은비한테만 주고."

주머니마다 뒤지고 옷자락을 잡고 늘어지고 등에 올라타서 협박하고 난리다. 옷이랑 머리가 걸레다. 내일 주겠다고 애원해도 소용없다.

"좋아, 이거라도 받아."

나사를 잡아 빼듯 익익, 힘을 줘서 한쪽 눈알을 잡아 돌리다가 홱 잡아 뽑았다. 잠깐 조용해졌다. 꽉 감고 있는 내 오른쪽 눈을 들여다보더니 사기 치지 말라며 곧장 덤빈다. 할 수 없다. 이에는 이, 눈에는 눈. 두 팔 쑥 내밀고 입술 쭉 내밀고 "사랑해" 하며 사탕 대신 내 사랑을 받아 달라고 쫓아다녔다. "으악, 변태다!" 아이들이 저쪽으로 막 몰려 도망칠 때 뒤쫓는 척하며 얼른 안으로 들어왔다. 교실에 앉아 숨을 돌리고 있는데 녀석들이 금방 또 6학년 우리 교실로 몰려왔다. 다시 덤벼드는 줄 알고는 입술을 쑤우우욱 내밀면서 막아 낼 준비를 하고 있는데 뜻밖에도 점잖다. 종이 한 장을 척 내민다.

"각서 월요일 아침까지 사탕을 주기로 함 탁동철 (인)"

사인하라고 해서 사인했다.

퇴근하면서 가게에 들러 사탕 한 봉지 샀다. [2009.3.13]

# 담쟁이

내일은 11월 11일. 아이들이 며칠 전부터 빼빼로 타령을 했으니 나도 하나쯤 얻어먹게 될지 모른다. 칠판에 시를 한 편 적었다.

저것은 벽
어쩔 수 없는 벽이라고 우리가 느낄 때
그때
담쟁이는 말없이 그 벽을 오른다.
물 한 방울 없고 씨앗 한 톨 살아남을 수 없는
저것은 절망의 벽이라고 말할 때
담쟁이는 서두르지 않고 앞으로 나아간다.
한 뼘이라도 꼭 여럿이 함께 손을 잡고 올라간다.
푸르게 절망을 다 덮을 때까지
바로 그 절망을 잡고 놓지 않는다.
저것은 넘을 수 없는 벽이라고 고개를 떨구고 있을 때

담쟁이 잎 하나는 담쟁이 잎 수천 개를 이끌고

결국 그 벽을 넘는다. (도종환 '담쟁이')

희영: 절망을 벽이라고 했다. 담쟁이는 희망이고.

일령: 아이들이 밤늦게 학원 다니고 컴퓨터에 매달리고 이런 게 절망
이다. 하지만 담쟁이잎이 푸르다는 건 어린이한테 갖는 희망 같다.

"내일 무슨 날?"

"빼빼로데이요."

"달력 보고 말해."

정택이가 벽에 걸린 달력을 본다.

"농업인의 날이라고 쓰여 있는데요."

앞에서 읽은 시를 갖다 붙이며

"자식처럼 가꾼 벼를 갈아엎는대. 선택해. 벽이 될 것인가, 벽을 넘어
가는 담쟁이가 될 것인가, 아니면 벽을 높이는 또 한 장의 벽돌이 될 것
인가."

그래서 내일은 가래떡으로 떡볶이를 만들어 먹기로 했다. 어떻게 만
들까. 고추장은 매워서 못 먹으니까 넣지 말자, 양파를 넣자, 양파 싫다,
당근을 넣자, 아니 치즈를 넣자, 여러 말이 나왔다. 먹어 보고 결정하자.
읍내에 있는 떡볶이집들 중에 아이들이 맛있다고 하는 세 곳을 골랐다.

누네띠네, 큰 입 작은 입, 김밥 천국, 이렇게 세 모둠으로 나누어 떡
볶이 유학을 떠나기로 했다. 그 집 떡볶이를 먹어 보고 맛이 있으면 그

집처럼 만들고, 그 집 떡볶이에 문제가 있으면 방법을 바꾸고. 유학비와 재료비로 한 모둠에 5천 원씩 돈을 줬다. 아이들은 버스를 타고 읍내로 떠났다.

비는 며칠째 그치지 않고 있다. 내가 맡은 준비물, 가래떡 어묵 냄비 가스레인지 라면을 챙겨서 낑낑 들고 교문을 들어섰다. 2층 교실에서 창밖을 내다보고 있던 정택이가 빗속을 뛰어나온다. 이 녀석은 도대체 미운 구석이 없다는 게 문제라면 문제다. 냄비 뚜껑 하나만 남기고 짐을 정택이한테 넘겼다. 정택이는 교실로 들어갔고, 나는 냄비 뚜껑을 우산 삼아 머리에 받치고 가운데 문간 쪽으로 걸어갔다.

한 아이가 막대과자를 돌리고 있다. 나한테도 준다. 마음은 고맙다. 먹을까 안 먹을까. 그냥 보아주자. 기쁘게 받아먹는 모습을 보면 아이는 얼마나 행복하겠나. 아니다. 좀 서운해도 고집을 밀고 나가야 할 때가 있는 것이다. 우선 한쪽 구석에 밀쳐놓았다.

재료를 꺼내서 떡볶이를 만들기 시작했다.

큰 입 작은 입 모둠은 냄비에 한꺼번에 털어 넣고 끓이고 있다. 당근 양파 양배추가 들어갔다. 김밥 천국 모둠은 음식을 다 익힌 뒤에 치즈를 넣는다. 치즈라볶이라 한다. 누네띠네 모둠은 달걀 대신 메추리알을 넣었다. 고추장 풀어서 국을 끓이듯 한다. 국물이 좀 많아 보인다. 내가 "그 집 아줌마가 이렇게 만드는 것 같지는 않던데. 유학 간 게 소용없잖아" 하며 갸웃했더니 희영이가 "응용력"이라고 짧게 대답한다.

다 만든 걸 급식소에 가져갔다. 큰 입 작은 입과 김밥 천국 모둠은 일찍 만들어서 일찍 가져갔고, 다른 학년 아이들한테 인기가 좋았나 보다. 가 보니 냄비 바닥을 긁고 있었다. 하지만 나중에 가져간 누네 띠네 모둠 떡볶이는 반응이 시원찮았다. 치즈를 너무 넣는다 싶더니만.

## 잡탕 떡볶이

급식소에 갔다. 아이들이 우리가 만든 떡볶이를 맛보더니 잡탕이라고 말했다. 만든 내가 봐도 그랬다. 우리 떡볶이는 인기가 없었다. 속이 느글거렸다. 처음으로 매운 떡볶이가 그리워졌다.

교실에 오니 일령이가 배가 터질 것 같다며 의자에 다리를 벌리고 앉아 있었다. 밀가루 자루가 비스듬히 놓여있는 것 같았다. 내가 빨리 후라이팬이나 씻어오라고 소리쳤다. 후라이팬 바닥에는 메추리알 껍질이 있었는데 일령이가 씻어온 걸 보니까 씻기 전이랑 별 차이가 없었다. 요리사가 되겠다는 놈이 요리에서 가장 중요한 뒷정리를 못하냐. 나는 화가 나서 일령이한테 소리치고 책상 정리를 했다. 일령이는 내가 소리치는데도 의자에 앉아서 허허 웃고 있었다. 앞으로 4개월 동안 떡볶이 못 먹겠다고 하면서. (6학년 백희영)

[2009.11]

# 금붕어

아침에 아이들 앞에서 고백할 말이 있었다. 먼저 시를 한 편 읽었다.

우리 반에서 키우던
금붕어가 죽었다.

숨쉬기 좋으라고 넣어 둔
공기주입기에 끼여
숨 막혀 죽었다.

눈길도 안 주던 동무들
어항 앞에 모여서
죽은 금붕어를 바라본다.

살아서 받아보지 못한 관심

죽어서 받는다. (최종득《쫀드기 쌤 찐드기 쌤》에서 '금붕어')

희영: 숨 쉬라고 넣어 준 게 공기 주입기인데 그것 때문에 죽었다. 살라고 넣어 줬더니 그것 때문에 죽었다.

정택: 어쨌든 사람 손을 타면 죽게 되어 있다. 혜진이네 다람쥐도 그래서 죽었다.

일령: 공기 주입기는 자기 무덤이다. 미래를 내다보고 한다는 일이 자기를 해칠 수 있다.

기준: 그 금붕어는 어차피 죽는다. 수명이 다해서 죽을 수도 있고 싸우다가 죽을 수도 있다. 어차피 죽는 건데 하필 공기 주입기에 끼여 죽은 것이다.

정택: 어차피 죽는 건 맞지만 덜 억울하게 죽을 수도 있다. 야구에서 쓰리볼에서 어차피 마지막 공은 볼이라서 포볼로 나갈 상황이었다. 그런데 마지막 공이 하필 데드볼이면 억울하다.

예은: 우리 집에 금붕어 여섯 마리 키웠는데 이틀 만에 네 마리가 죽었다. 밤에 볼 때는 움직이고 있었고, 공기 주입기로 공기도 넣어 주었는데 다음 날 보니까 죽었다. 죽을 거는 어차피 죽는다.

희영: 살라고 놓아둔 것에 죽었다. 말뚝에 매인 염소가 말뚝을 벗어나겠다고 버둥거리다가 밧줄이 점점 좁혀 들어 자신을 조이는 것과 같다. 숨 쉬는 것까지 참견해서는 안 된다. 애들 주위를 빙빙 도는 헬리콥터 부모는 아이들의 숨을 막히게 하는 것과 같다.

정택: "살아서 못 받은 관심 죽어서 받는다"는 당연하다. 예은이는 공

부 시간에 말이 없어서 존재감을 못 느낀다. 그러나 예은이가 아프고 신종플루 같은 병에 걸리면 모두의 관심을 받게 될 것이다.


"숨 쉬기 좋으라고 넣어 둔 공기 주입기에 끼여 숨 막혀 죽었다"는 것에 대해 아이들은 두 가지 의견을 말했다.

"첫째, 살 놈은 어차피 살고, 죽을 놈은 어차피 죽는다."

금붕어가 죽었다면 그건 죽은 거다. 공기 주입기에 끼이지 않았으면 누구랑 박치기를 해서라도 죽었을 거다. 죽은 건 자기 책임이다.

"둘째, 친절한 공기 주입기 때문에 죽었다."

너를 키우리라 살리리라, 숨 쉬는 일까지 간섭하는 것은 지나치다. 나는 여기에 한 가지를 보태겠다.

"셋째, 형편없는 공기 주입기 때문에 죽었다."

공기가 부족해서 숨 쉬려고 가까이 더 가까이 다가와 벌름거리다가 코가 끼여 죽은 거다. 구닥다리 공기 주입기 책임이다.

첫 번째 것은 내가 할 말이 아니고 나는 이제까지 두 번째, 친절한 공기 주입기 때문에 죽었다는 것으로 생각해 왔다.

'공기 주입기가 자기 공간을 차지하고서 그 자리에 버티고 있는 한 그것은 올가미다. 지나친 친절 속에 놓여 있는 것은 그늘 속에서 자라는 풀과 같다. 기대지 않고는 설 수 없는 기생 넝쿨 새삼과 같다. 햇빛에 나아가 제 스스로 일어날 힘을 기르지 못하면 떨어지는 빗방울에도 맞아 죽을 것이다. 자신을 격려하느라 툭툭 두드려 주는 누군가의 손바닥에도 펄썩 주저앉을 것이다. 네 속이 빈 것은 안다. 하지만 그 빈 것

을 채울 수 있는 사람은 자신뿐이다. 네가 그토록 원하는 특별한 친절
은 너를 해치는 독이다. 내 속에 감추고 있는 것, 뺏기지 않으려고 꼭
품고 있는 것은 빨간 병 노란 병 하얀 병. 그것에 손을 뻗어 후벼 간 것
은 너 자신이다. 연기 속에서 불꽃 속에서 괴로워하는 것, 네 책임이다.'

　어젯밤 뒤로 나는 마음을 바꾸려 한다. 세 번째 것으로. 대체로 공기
는 통했다. 하지만 누구한테는 부족했다. 전체에 고르게 퍼지는 구닥
다리 공기 주입기 대신 부족하다고 느끼는 누구한테만 왕창 뿜어 주는
새 공기 주입기를 들여놓겠다. 외로우니까 속이는 것이고 채울 수 없으
니까 훔치는 것이다. 자기만 바라보라고 하는 아이가 있다면 그 아이만
바라보자. 지독한 친절과 배려, 엄청난 편애가 옳다. 다른 모든 아이들
의 원망을 사게 되더라도. 이렇게 쓰고 보니 건방지다. 나는 공기 주입
기가 되어 본 적이 없다. 아이가 공기 주입기였고 나는 공기 주입기 덕
분에 뻐끔뻐끔 살아가는 금붕어였다.

　시를 읽고, 아이들 감상을 들어 본 뒤 다시 고개를 들고 아이들 앞에
섰다. 정택이가 "선생님, 눈알이 벌게요" 한다. 주머니에서 주섬주섬 물
건을 꺼내어 번쩍 치켜들었다. 두 사람이 허리 붙들고 씨름을 하고 있
는 도자기 인형이다. 크기는 반 뼘쯤 된다.

　"이거, 이거 내가 어제 어디에서 슬쩍 집어 온 거야. 지금 나는 아무
일도 못 하겠어. 부끄럽고, 괴롭고, 세상이 다 나만 욕하는 거 같고, 아
아 힘들어."

　가슴을 문지르고 머리카락을 쥐어뜯었다. 아이들이 눈을 크게 뜨고
본다. 숨소리가 없다. 어, 이게 아닌 것 같기도 하다. 나는 급하게 변

명했다. 주인한테 말하고 훔쳤다고, 아니 아니, 갖다 주기로 하고 집어왔다고.

나는 그날 그 아이가 남의 가방에서 지갑을 빼내 숨기는 걸 보고 말았다. 반 아이들에게 종이를 한 장씩 내주고 아무 글이라도 쓰라고, 노래 가사도 좋고, 책을 공중에 던져서 펼쳐지는 쪽을 베껴도 좋고, 아무튼 길게 쓰라고, 글 중간에 단 한 낱말이라도 다음에는 안 그럴 거라는 표현을 써 달라고, 그러면 누구인지 밝히지 않고 넘어가겠다고 했다. 깃털 끝을 건드리고 가는 바람만큼이라도 아이가 나를 안심시켜 주기를 바랐다. 하지만 아이는 끝내 인정하지 않았다. 오히려 어떤 녀석이 그랬냐고 고래고래 소리를 질러 댔다. 미웠다. 그동안 교실에서 아이들이 잃어버렸던 물건도 몽땅 그 아이 짓이었을까. 모든 행동이 가짜로 느껴졌다. 그 아이가 남보다 교실에서 늦게 나가도 의심이 갔고, 남보다 먼저 나가도 의심이 갔다. 다른 아이들도 그 아이 뒤에서 수군거렸다. 믿음이란 게 무너지는 듯했다.

나는 지금 내 앞에 있는 인형을 두 손으로 조심조심 감쌌다. 아이한테 미안했다. 차가운 눈빛으로 바라본 내가 나빴다. 얼마나 두려웠을까. 힘들고 괴로운 걸 감추기 위해 오히려 겉으로 뻔뻔스럽게 행동했을 것이다.

이제 그 일을 잊겠다고 했다. 미안하다고 했다. 니들도 잊어 달라고, 나를 용서해 달라고 했다. 나는 오늘 인형을 갖다 놓을 거라 했다. 충분히 힘들고 괴로워했으니 주인한테 잘못을 빌지는 않을 거라 했다.

[2009.12]

# 시험 보는 날

우산 쓰고 걷는다. 물 고인 논에 모가 서 있다. 가로세로 줄이 딱딱 맞는다. 곡식은 줄을 맞춰야 재배가 편하고, 인간은 줄을 세워야 지배가 쉽고. 푸른 모포기 사이로 백로가 걷는다. 훨훨 날아간다.

오늘은 신나는 시험 보는 날. 학생이야 고생스럽지만 선생은 할 일이 없다. 엉덩이 털썩 붙이고 앉아서 랄랄라, 시험 채점 마치고 나서 이렇게 쉬운 걸 왜 틀렸냐고 물어보면 그만이다.

저쪽에 한 자리가 비었다. 가로세로 줄 사이를 비집고 한 아이가 나갔다. 남은 아이들은 줄 맞춰 앉아 고개 숙였다. 복종하고 살아라, 지배받고 살아라. 내가 감시해 주마. 연필 소리 삭삭, 한숨 식식. 밖에 나간 아이가 들어왔다. 지켜보는 눈이 있으니 한마디 안 할 수 없다.

"어디 가 있었어!"

"밖에요."

"밭?"

"밖."

밖을 밭으로 잘못 들었다. 비 구경을 했나 보다. 혼자서 날았다. 잔소리하고 싶지 않다. 이왕 잘못 들은 거 계속 밀고 나가자. 내 귀가 썩은 걸로 해 두자.

"밭에 있었구나. 몰랐네."

"아니, 밖에 있었다고요."

"그래, 밭."

다른 말은 안 들려, 안 들려. 밖이 아니라 밭, 밭.

"밭에 옥수수가 많이 컸어? 시간 나면 풀도 뽑아야 할 텐데. 그만 자리에 들어가 시험 봐."

말하고 있는 나도 멍하고, 자리 찾아 들어가는 아이도 멍하고, 지켜보는 아이들도 멍한 날이다. [2009.5]

# 이 닦기

점심을 먹고 나면 여자아이들은 이빨을 닦는다. 이빨을 안 닦는 여자는 하나도 없다. 남자아이들은 이빨을 안 닦는다. 아무리 말해도 안 닦는다. 학급신문에 이빨 안 닦는 사람 명단을 공개해도 안 닦는다.

- 이 닦은 사람: 지은, 유림, 혜림, 혜진, 혜원, 은준, 희영, 기준, 동철, 예은
- 정택이는 이빨을 2주에 한 번 닦는다고 한다. 드러운 놈. (은준)
- 이 안 닦은 애들: 정택, 일령, 성민. 깨끗하게 좀 살아라, 이것들아. (유림)
- 이빨 안 닦은 사람: 정택, 성민, 일령. 좀 닦아라. 이빨에 고춧가루 끼었다. 이빨을 안 닦는 이유를 물어보았다. 정택이는 칫솔이 없다고 한다. 내일부터 닦는다고 한다. 성민이는 귀찮다고 한다. 치약 칫솔이 없다고 한다. 일령이는 명랑하고 씩씩하니까 놀기 위해서 이빨 닦는 것을 잊어버린다고 한다. (유림)

– 이빨 안 닦은 사람: 일령, 성민, 정택. (유림)

　– 이빨 안 닦은 사람: 일령, 성민, 정택, 기준. (유림)

　– 정택이는 밥 먹고 나서 칫솔도 치약도 들지 않았다. (유림)


　점심 먹고 이빨을 닦으러 가던 혜진이가 저쪽 교실 바닥에서 공기놀이를 하고 있던 정택이한테 소리쳤다.

　"이정택은 이빨을 닦아라!"

　다른 여자아이들도 혜진이 말을 따라서 외쳤다. 이게 재미가 붙었는지 아예 구호를 적어서 복도로 나가더니 시위를 하였다.

　"남자들은 양치해라."

　"남자들 이정택 홍일령, 양치하라!"

　나는 아이들 하는 놀이가 재미있어서 사진기를 들고 와서 찍었다. 정택이가 이건 인권침해라며 씨불씨불 불만을 말한다.

　"이 닦으라고 소리치면 인권침해인가"

　이 주제로 이야기를 했다. 이 안 닦는 남자와 이 닦으라고 요구하는 여자로 편이 갈렸다. 남자 중에서 가끔 이빨을 닦는 기준이는 자기주장을 바꿔서 여자 쪽 주장이 맞다는 의견을 내기도 했다.


　정택: 내 몸은 내 맘대로 할 자유가 있다. 남의 몸에 대해 간섭하는 것은 인권침해다.

　희영: 자유를 존중받을 수 있는 테두리라는 게 있다. 그 안에 있을 때만 자유를 인정받을 수 있다.

정택: 테두리라는 것이 사람마다 다르다. 모두 똑같은 테두리로 넣고 생각하는 것은 문제가 있다.

기준: 개성은 인정해야 한다. 머리를 야광으로 염색하는 것은 개성이지만 이를 안 닦는 것은 개성이 아니다.

정택: 머리 염색이나 야광 염색이나 발 냄새나 그게 그거다. 모두 신체의 자유에 속하는 거다. 자기 몸은 자기 자유. 손을 씻든 안 씻든, 이빨을 닦든 안 닦든, 머리를 염색하든 안 하든 그건 다 똑같은 개인의 자유에 대한 문제다. 남이 함부로 간섭할 권리가 없다.

유림: 손은 안 씻든 말든 자유지만 이빨을 안 닦으면 남한테 피해를 준다. 냄새나잖아. 충치 균도 신종플루처럼 나쁘다.

성민: 손 안 씻는 거는 자기 일. 점점 때가 쌓이면 자기만 손해다.

혜원: 손 안 씻는 문제도 남이 간섭할 수 있다. 드러운 손으로 학교 물건 만지면 깨끗이 손을 씻은 다른 사람한테 병균이 옮아간다.

희영: 엄마가 이 안 닦고 뽀뽀하면 아기한테 충치가 옮는다고 한다.

정택: 나는 뽀뽀는 안 하겠다.

희영: 이 안 닦고 말하면 공기 중으로 세균이 옮아갈 수 있다. 당연히 피해를 받는 쪽에서는 이 닦으라고 요구할 수 있다.

일령: 하아아아…….

기준: 머리 염색은 개성이다. 머리 염색으로 뭐라 하는 것은 안 된다. 이건 남의 얼굴을 두고 뭐라 하는 것과 같다. '니 얼굴 때문에 취업 안 됐다'고 말하는 것은 인권침해다. '다름'을 인정하지 못하는 다른 사람의 잘못이다. 하지만 이 안 닦거나 발 안 씻는 것은 개성이 아니다. 게

으름이다. 그걸로 남한테 피해가 가서는 안 된다.

혜원: 야광 머리로 염색한 아이 때문에 뒤에 앉은 아이가 불쾌하다면 앞으로 보내면 된다. 눈이 부시면 그 아이한테 모자를 씌우면 된다. 하지만 발 냄새는 해결할 방법이 없다. 모두에게 피해를 준다. 마찬가지로 이 안 닦는 문제도 해결할 방법이 없다. 이 안 닦는 아이한테 이 닦으라고 요구하는 것은 당연하다.

일령: 충치 균은 나의 친구. 사람만 생물이 아니다.

정택: 사소한 것인데 큰 실망을 갖게 된다.

희영: 이 닦기는 사소한 것인데 그걸 안 해서 여러 사람이 큰 실망을 갖는다. 사소한 이 닦기를 해서 큰 실망을 얻지 않길 바란다.


정택이는 자기가 이를 안 닦는 건 사소한 일인데 그걸로 너무 여러 아이들이 몰아붙이니까 큰 실망을 하게 되었나 보다. 이쯤에서 정택이 편을 들어주었다.

"이를 안 닦으니까 이를 닦으라고 요구할 수는 있겠지만 이름을 넣어서 구호를 외치면 인권침해가 될 수도 있겠다."

정택이가 꼬리를 내렸기 때문에 끝났다. 좀 억울할 것 같다. 자기 충치 균이 퍼져서 남한테 피해를 준다는 증거는 없는 것 아닌가. 게으를 자유는 어쩌란 말이냐. 쉽게 물러설 일 아니다. 이빨 안 닦을 권리를 내주고 나면 또 다른 것을 요구하게 될 것이고, 또 다른 것을 내어주게 될 것이다. 에이, 밥 먹었으면 이빨을 닦아야지, 어떻게 1년 내내 여학생한테 욕을 먹고 있냐. 시위까지 했으니 전교에 소문 다 났다. 시위 놀이를 하는 건 처음 보겠다. 감동스러웠다. 코미디 프로그램 영향을 받은 놀이가 아닐까 생각한다.

맨 처음 했던 피켓 글씨를 정리해서 써 보는 걸로 토론을 정리했다. 이 안 닦는 사람한테 이 닦으라는 요구를 하는 여학생과 이 안 닦을 자유를 밟지 말라는 남자들과 정택이의 주장. 나는 더 재미있는 쪽이 무조건 옳다고 본다.

남학생이 만든 피켓

- 충치 균은 나의 친구. 사람만 생물이 아니다. 여자들은 나의 친구를 사형시키고 있다.
- 이빨 하나 없어져도 내 이빨은 내가 책임진다.
- 여자들 치사하게 인권 침해하지 마라. 내 이빨 냄새보다 너네 얼굴이 더 드럽다.

여학생이 만든 피켓

- 이○택, 염○민, 홍○령! 니 이는 네 마음이지만 입은 열지 마라.
- 남자들이 이빨 안 닦으면 우리가 인권침해 받는다.
- 드러운 것을 보고 있는 나도 괴롭다.
- 썩은 너의 이빨, 너의 몸도 썩어 간다.
- 양치 안 하면 젊었을 땐 썩은 이빨이고 늙었을 땐 이빨 없다.
- 너희의 자유만 있냐. 우리의 자유도 있다.

[ 2009.12 ]

# 조르르르

잠결에 전화 받았다. 옆 동네 성택이다. 지금 집을 떠날 거라 한다.

"가출?"

"가출은 아니고, 차비 아끼려고 걸어요."

핸드폰 결재 요금이 많이 나와서 할아버지가 돈 갚으라 했다 한다. 그렇게 대항해서 할아버지 속상하게 해 봤자 남는 게 없다, 집에서 방이라도 쓸고 닦으면서 아르바이트한다고 해라, 그러면 할아버지가 마음이 차차 풀리지 않겠냐고 설득했다. 하지만 이미 결심이 선 모양으로, 먹히지 않았다. 자기는 어쨌든 갈 거라고 한다. 나한테 전화한 까닭은 같이 가자는 것일 텐데. 아, 나는 어제 늦게 잤고, 조금이라도 더 자고 싶다. 어차피 차비만 벌면 될 테니까 떠나는 시간을 좀 늦추라 하니 그럼 머리 걸린다고, 밑변과 높이요 하며 헤헤 웃는다.

밑변과 높이? 그놈에 머리는 끈질기게도 괴롭히네. 초등학교 때는 할머니가 자기 앞머리와 옆머리를 수평과 수직으로 깎았다고 하루 학교 안 나오고 집을 나간 적이 있다. 중학교 2학년인 지금은 교문 단속 선생한테 걸릴까 봐 이 새벽에 학교에 가겠다는 거다. 원래 단속은 8시부터 하는데, 그 학교 학생부장이 7시 45분에 학교 오기 때문에 그 전에 가야 한단다.

지금은 새벽 5시 20분. 쉬지 않고 걸으면 면사무소가 있는 마을 우리 학교까지는 한 시간, 군청이 있는 읍내 중학교까지 두 시간 거리니까, 나는 지금 떠나면 6시 반에 학교 출근이다. 나 혼자 어두컴컴한 운동장을 서성이며 학교 문이 열리길 기다리는 건 황당하고 귀찮다. 난 못 간다, 너 혼자 잘 가라, 하고 보니 내가 의리가 없다. 거기 성택이네 동네랑 우리 동네가 합쳐지는 언덕길에서 만나기로 했다.

개구리처럼 이불 속에서 몸만 빠져나와 세수하고 밖을 나왔다. 파란 새벽이 아니라 어두컴컴한 밤, 가로등 빛에 군데군데 눈이 허옇고 눈 녹아 흐르는 개울물 소리 세차고, 봄에 우는 새 호랑지빠귀가 호윽호윽 울고, 시간 공간 배경은 대충 뭐 이 정도다.

저 앞에서 여기요 여기 손짓하면서 떠드는데 혼자가 아니다. 언덕 위에는 성택이랑 성택이 동생이랑 재명이랑 재명이 동생이랑 이렇게 넷이 있다. 의리 있는 녀석들.

중학생 아이들과 걸었다. 바람 속을 웅크리며 걷다 보니 차차 동쪽 하늘이 밝아지고 길이 차차 환해졌다. 성택이 계산은 이렇다. 하루에 차비가 천 원이니까 왕복 계산하면 2천 원, 2천 원씩 한 달이면 6만 원. 토요일 일요일에는 오토바이 가게에 가서 나사 돌리는 아르바이트를 하겠다고 한다. 핸드폰 게임 결제 요금은 3만 얼마가 나왔는데, 그걸 다 갚고도 돈이 엄청 남는다. 금방 부자가 될 것같이 들떠 있다.

"공부 하나도 안 해요. 공부 시간에 하나도 못 알아들어요."

인마, 알아들을 준비를 좀 하고 학교에 가지. 공부 안 하는 것도, 머리 단속 안 걸리는 게 중요한 것도 30년 전 아버지 때와 같다.

"졸라 무서워요. 막 때려요. 자기 고발할라면 고발하래요."

애네 아버지도, 나도 그 선생한테 맞고 벌 받고 그랬다. 숙제 안 해가서 팔굽혀펴기를 얼마나 했는지 팔이 퉁퉁 부어 밥숟가락을 들지 못한 적도 있다. 우리는 대를 이어서 똑같은 선생한테 벌벌 기고 맞고 있는 것이다.

"도덕만 재미있어요. 공부 안 하고 떠들어도 70점은 나와요."

나는 애네가 공부하러 학교 가는 줄 알고 있었다. 아이들과 같이 읍내 중학교가 있는 마을까지 걸었다. 읍내 언저리에서 헤어졌다. 아이들은 곧장 걸어 중학교로 가고, 나는 뒤로 돌아 내가 가야 할 학교로 왔다. 운동장을 지나 교실에 들어가니 8시 40분이다.

"나는 오늘 아침 조르르르 소리 내는 검은 새를 보았어요."

우리 반 성래가 한 말이다. 참으로 놀라운 말이라고 칭찬했다. 3월 첫날 "나는 오늘 시내버스를 봤다" 정도에서 안 벗어나더니 갑자기 달라졌다. "소리 내는"에 밑줄을 긋는다.

"소리 내는 대신 쓸 수 있는 말은?"

"우는."

"말하는."

"떠드는."

"웃는."

"짖는."

"씨부렁거리는."

예진이는 "웃는"을 골랐다. 집에서 용돈 5천 원을 받았다고 한다. 행동으로 보여 주기.

기쁜 얼굴로 학교 걸어온다. 소리 듣고 멈춘다. 그쪽을 본다. 1초 2초 3초 4초 5초. 조르르르 새가 웃고, 자기도 웃고, 걸어 학교 오기.

성래는 "씨부렁거리는"을 골랐다. 아침밥 안 먹기. 집수리해야 되는데 벽지 장판 낡아서 수리해야 되는데, 하고 걱정하기. 새소리가 나서 멈추고 조르르르 새가 씨부리고 자기도 씨부리고 다시 학교로 오기.

새가 뭐라고 하는지 모르면서 자기 마음대로 이러니저러니 막 갖다 붙이는 건 억지다. 모르면 가만히 듣기나 하지. 그냥 소리 낸다고 하는 게 더 맞는 표현일 수 있다. 아니, 씨부렁거리는 게 맞다.

학교 독후감만 해도 그렇다. 아이들이 독후감을 얼마나 써 대야만 교육청 홈페이지에도 올리고 저쪽 독후 자료실 이엘에쓰에다가도 올려서 학교가 교육 활동 잘한다는 걸 높은 사람들한테 알릴 수 있단 말이냐. 애들이 지들끼리 칭찬하면 그만이지, 칭찬을 안 할 수도 있지, 왜 자꾸 칭찬을 해야 하고, 자기가 칭찬했다는 걸 홈페이지에 올려야 하나. 애들이 서로 말로 칭찬하는 건 소용없다 한다. 무조건 인터넷 게시판 기록에 남아야만 교육청에서 그 횟수를 계산해서 우수한 학교로 인정을 한다고 한다. 실제로 무엇을 한 거는 다 소용없다. 인터넷에 실적만 있으면 되는 거다. 까짓 거 독후감 따위 하루에 열 번도 쓸 수 있다. 아무거나 책 이름 적어 놓고, 뭘 읽었다 재미있었다 끝. 칭찬 따위, 재가 나를 칭찬했다 끝. 칭찬했더니 칭찬했다고 칭찬했다 끝.

아이들한테 행복해지는 걸 가르칠 게 아니라 실제로 행복해 보기도 해야지, 노는 걸 가르치고 배우기만 할 게 아니라 실제로 놀아 보기도 해야지, 이건 뭐 하루 종일 가르치기만 하고, 하루 종일 배우기만 하고. 아침 9시부터 오후 4시까지 노는 시간이 하나도 없고 마음대로 쉬는 시간이 하나도 없고, 점심 먹고 소화시킬 시간도 없이 밥숟갈 들고 20분 뒤에는 또 뭔가를 해야 하고. 가르침 배움, 이런 말은 오염되고 타락하고 가짜만 둥둥 떠다니고. 계속 떠먹여라. 더 편하고 좋은 시설에 뉘어라. 단추만 누르게 해라.

"100번!"

돈까스.

"3번!"

짜장면.

"17번!"

라면.

아무 생각 필요 없다. 완벽한 돼지 새끼로 자라게 될 것이다. 저절로 주어지는 것은 다 공해다. 깡통에 줄을 매서 밥 얻으러 다니는 게 낫다.

선생은 아이들 자리에 앉혀 놓고 열심히 성실하게 백 개든 천 개든 가르치고 싶겠지. 아이가 눈 반짝반짝 뜨고 자기 말 쏙쏙 받아들이길 원하겠지. 그러나 열심히 가르침을 준 훌륭한 우리 쌤보다는 안 가르쳤는데 지 혼자 알아냈다고 삐길 수 있는, 눈에 띄지도 않을 만치 초라하고 작은 한 개도 있어야 한다. 어른이 지어 올리는 백 개의 탑은 추상이

다. 뭐도 가르치고 뭐도 가르치고 뭐도 가르쳤다는 어른 자신의 탑이
다.

퇴근하고 버스를 기다렸다. 거기에 나무가 있다. 호두나무다. 가지에
검은 비닐이 걸려 펄럭인다. 나무 앞에 서서 말을 걸었다. 나무가 뭐라
하는지 들어 보았다. 아무 말도 못 들었다. 버스가 왔다. 나무는 거기
있고 나는 떠난다.

아침에 같이 걸었던 중학생 아이가 버스에 탔다. 아침저녁으로 걷겠
다더니 한 번 걷고 끝이네. 결심이 하루도 못 간 것에 대해 쪽팔리다고
할까 봐 못 본 척 고개를 돌렸다. 아이가 말 건다. 아침에 걷고 학교에
갔더니 1, 2교시에 바로 체육 하더라고. 운동장을 뛰는데 다리가 덜덜
떨렸다고. 그래서 걸어오려다가 못 걸었다고. 변명 안 해도 된다. 너는
떳떳하다. [2010.3]

# 들리지 않는 말

졸업 하루 전. 마지막 교실이다. 머리 긁기도, 코딱지 파기도, 지루하게 이어지는 내 말, 건망증, 시 쓰기, 칠판 글씨, 등 때리기, 노래……. 동시 한 편을 읽으며 자기 길을 말해 보자고 했다.

풀섶 두꺼비가
엉금엉금 비 소식을 알려온다

비 젖은 달팽이가
한 입 한 입 잎사귀를 오르며 길을 낸다

흙 속에서 지렁이가
음물음물 진흙 똥을 토해 낸다

작고

느리고
힘없는 것들이

크고
빠르고
드센 것들 틈에서

보이지도 않고
들리지도 않는
바닥 숨을 쉬고 있다 (김환영 《깜장꽃》에서 '들리지 않는 말')

　희영: 작고 느리고 힘없는 것들과 크고 빠르고 드센 것들이 서로 대
조를 이루고 있다. 보통은 이런 식으로 딱딱 맞아 떨어지면 재미가 없
다. 그런데 이 시는 너무 통일되어 있지도 않고 너무 서로 다른 것이 반
대로 되어 있지도 않고 딱 알맞게 되어 있다. 바닥은 땅이고 밑바탕이
다. 중요한 것은 바닥에 있다. 바닥에 있는 것, 얘네가 없으면 크고 드
센 것은 못 산다. 지금도 어딘가에서 누군가가 분명히 말은 하고 있지
만 안 들린다. 안 들으려고 하는 사람한테는 안 들린다. 들으려고 하는
사람한테만 들린다.
　작고 느리고 힘없는 것과 크고 드센 것 사이에 틈이 있기 때문에 세
상이 살 수 있다. 아이와 어른은 같이 못 산다. 아이가 어른을 이해하기
때문에 산다. 작고 느리고 힘없는 것들, 얘네가 크고 드센 것들을 이해

하기 때문에 살 수 있는 것이다.

혜원: 글쓴이는 자기 앞의 것을 살펴보는 힘이 있다. 이 사람 앞에 가면 모든 것이 의미를 갖는다. 두꺼비가 기어가는 모습을 흉내 낸 말은 좀 흔하다. 나 같으면 두꺼비가 기어가는 것을 실제로 잡아내겠다. 글쓴이가 보고 있는 것들은 모두 땅바닥이 집이다. 땅바닥은 중요하다. 새는 나무에 집을 짓지만 그 나무도 땅바닥에서부터 시작한다. 환경을 말할 때 딱 맞는 시다. 중요한 일을 하는 것들은 보이지 않는다. 보이지 않는 곳에서 땅을 숨 쉬게 만들고 환경을 살리고. 사람도 마찬가지다.

기준: 지은이는 바닥에 집중하는 사람이다. 눈으로 보고 있는 모든 것들이 바닥에 집중되어 있다. 두꺼비, 지렁이, 달팽이, 작고, 느리고, 힘없는 것들이 다 바닥에 집중되어 있다.

아이들은 글을 쓴 어른을 두고 "바닥에 집중하는 사람, 자기 눈에 들어오는 모든 것에 의미를 갖게 하는 사람"이라 했다. 내가 '들리지 않는 말'을 쓴 사람과 술을 몇 번 마셔 보아서 아는데, 그가 바닥에 놓인 소주잔을 손으로 집을 때는 아이들 말이 거의 맞다. 그림을 그리고 글을 쓸 때의 눈빛도 '바닥, 의미'와 닿아 있을 것 같다.

아이들이 시에 대해 한마디씩 한 것 또한 그럴 듯하다. "바닥이 중요하다, 중요한 것은 바닥에 있다, 중요한 일을 하는 것들은 안 보인다, 힘없는 것들이 드센 것들을 봐주고 아이가 어른을 봐주기 때문에 산다"고 했다. 시를 쓴 어른도 나무랄 데 없고 시를 읽은 아이도 훌륭하다. 나도 이런 어른과 아이들 곁에 가까이 있으면 저절로 물이 들어서 좀 괜찮은 인간이 될 날이 올 것만 같다.

시 한 편씩 적어 내라 했다. 아이들은 썼다. 대충 써낸 글도 있고, 정성을 기울인 글도 있다. 글자로 채워진 글을 원했던 것 아니다. 어떤 것을 내놓든 "좋아!" 잘했다, 수고했다, 씩씩하게 걸어가라는 말을 해 보고 싶었다.

칭찬을 진심으로 받아들인 아이가 있을 테고, 귀가 간지러운 아이도 있을 것이다. 흔해 빠진 돌멩이, 발길에 차이는 개똥, 물 새는 바가지, 들리지 않는 말. 앞에 놓인 그 모든 것은 한 사람을 키우기도 하고 지치게도 한다.

자기 눈으로 자기 손으로 자신을 껴안고 툭툭툭 격려하며 앞으로 나아가기를 빈다. 아이들이 써낸 글을 읽는다.

> 아침에 비가 왔다. / 쉴 새 없이 내리는 비 / 계속계속 점심까지 내리는 비 / 점심 끝나고 눈이 온다 / 쉴 새 없이 막 온다. / 그리고 끝나고 / 눈, 비가 같이 온다. / 눈이 비를 먹고 / 비가 눈을 먹고 / 비는 눈을 녹이고 / 눈은 비를 얼리고. ('눈, 비')

아이는 방학 동안 아버지한테 언어맞고 집을 나온 적이 있다.

"쓰레기 같은 놈!"

잠결에 일어나 앉아 머리통을 문질렀다지만 정말 아픈 곳은 따로 있었을 것이다. 닭똥이나 치우라는 말에 집 밖으로 나왔고, 집과 닭장을 뒤로한 채 양말도 안 신은 발로 찬바람 속을 걸어 학교까지 왔다 한다.

아버지가 했다는 말이 아프다. 아이한테 공부 계획표를 짜서 주었으나 사흘 동안 한 번도 지키는 걸 못 보았다고, 참고 참다가 터진 거라 한다. 공부를 안 해서 화가 난 게 아니라 자기 말을 안 듣는 것에 폭발한 것이겠지. 나는 누군가 내 말을 안 듣는 것에 기뻐해야지, 생각했다. 나도 쓰레기 같은 놈이 되어야지, 생각했다.

아이는 아버지가 안 밉다고, 아버지를 용서한다고 했다. 그렇게 버티며 사는 것이다. 아이가 봐주기 때문에 어른이 사는 것이다. 어린아이한테 업혀서 철들고 충성스럽고 빠르고 안 틀리고 비겁하고 훌륭하고 힘센 어른이 살고 세상이 이어지는 것이다. 다른 아이 글을 읽는다.

> 혜림이가 향수를 가방에서 꺼냈다. / 다른 애들이 뿌리지 말라고 해도 / 계속 뿌린다. / 혜림이가 간 뒤에 / 교실에는 혜림이 대신 / 향수 냄새만 남아있다. / 코끝이 찡하다. (6학년 이애선 '향수')

애선이는 어렸을 때 어머니와 헤어지고 두 오빠와 남동생과 삼촌과 아버지의 밥과 빨래를 하며 학교에 다녔다. 어서 스무 살이 되어 돈을 벌고 싶단다. 나는 아이의 짐을 티끌만큼도 덜어 주지 못했고, 오히려 아이한테 업혀서 왔구나 싶다. 냄새라도 남긴 혜림이가 우러러보인다.

게시판에 붙어 있던 그림들을 떼었다. 혜림이 그림을 뗀다. 날아오는 공과 내민 손을 잘 그렸다고 좋아한 적이 있다. 화분에 물을 주고 있는 지은이 그림을 뗀다. 판화 새길 때 피 흘리지 말라고, 조각칼 나가는 방향과 고무판 잡은 손을 수평으로 유지하라는 잔소리가 그림 어딘가에 붙어 있을 것이다. 혜진이 그림을 떼어 낸다. 그림에 머리통을 디밀며 "입 좀 봐라" 입을 대담하게 그렸다고 감탄한 적이 있다. 한때 마음을 달달 떨며 열중했던 그것들, 한때 우리들을 대신했던 그림들을 떼었다.

게시판은 비었고 떼어 낸 도화지는 아무렇게 쌓였다. 또릿또릿 새겼던 눈빛, 정성을 들였던 마음은 이미 어디에도 없다. 냄새도 흔적도 사라졌다. 다들 보이지 않는 곳으로 스몄을 거라고, 가슴 깊은 곳에 샘물처럼 고였을 거라고 지 마음대로 위로해 본다.

아침부터 내리더니 이젠 눈발이 굵다. 층층나무는 꼿꼿하게 버티고 서서 눈을 맞는다. 앙상한 가지로 제 몸만큼만 받으며 견디는 나무다. 주목나무는 내리는 눈을 고스란히 머리에 받아 이고 있다. 한 송이 한 송이 무게가 더해지는 만큼 숙이게 될 것이다. 아무리 숙이고 휘어도 부러지지 않는 나무, 질긴 나무다. 주목나무처럼 질기지도 못하면서 내리는 대로 잎에 가지에 척척 받아 안는 소나무가 가장 미련하고 시시하다. 스스로 무너질 준비가 되어 있기 때문에 받을 것 안 받을 것 들을 말 안 들을 말 다 젊어지고는 어느 순간 질꺽 부러져 버리는 것이다. 꼿꼿하게 버티든, 숙이며 버티든, 버티고 견딘 것은 봄을 맞는다.

내일은 졸업식. 식을 마치면 우리는 무뚝뚝하게 차갑게 돌아서자. 얼굴을 들여다본다고, 콧구멍을 더 바라본다고 달라질 것 없다. 볼 만큼 봤다. 그냥 헤어지자. 얼굴이 아니라 몸뚱이가 아니라 수다스런 말이 아니라 온통 득실거리는 왕이 아니라, 우리가 그려 낸 것 우리가 잡아낸 것, 그것과 만나자. [2010.2.9]

책 다시 들추다 말고 움츠러든다. 허술하고 실수투성이고 괴롭히고. 감정을 읽는 것보다 행동을 먼저 보고 아무렇게 판단한 일, 못 본 척 넘어가야 할 일, 해결하지 않아도 저절로 풀어질 일을 붙들고 다투는 꼴이 부끄럽다.

몇 년 지나 더 나이를 먹은 지금도 한 발 물러나서 바라볼 줄 아는 지혜 따위는 안 생겼다. 여전히 내 인격은 콩알만 하고, 아옹다옹 부딪히고 후회하고 불쑥 내뱉어 놓고 미안해하며 하루해를 지운다.

전에 냈던 책 《달려라, 탁샘》을 제목 바꾸어 다시 낸다. "이거…… 달려라 탁샘……" 하며 누군가한테 책을 건넬 때마다 건네는 손이 좀 멋쩍다 싶었다. 달리는 것보다는 걷는 게 낫고 걷는 것보다는 멈추거나 기는 것이 나을 것 같다. 기거나 멈추면 조금 더 들릴지도 모르니까.

학교 회의 시간에 선생들만 말하는 것 때문에 자기들 입을 꾹 닫은 채 콧김 흥흥 불만스러운 5학년 우리 반 아이들한테 물었다.

"니들이 교장도 하고 선생도 하고 다 해 봐. 니들 맘대로 학교 하나 만들어. 어떤 학교 만들래?"

"놀아요."

"맨날 상 줘요."

"개나 염소를 데리고 와서 동물에 대해 배워요."

"밭에 감자 심고 고구마 심어서 팔아서 돈 벌어요."

아이들 말을 정리해서 칠판에 적어 놓고는 이런 학교에 선생이면 재미있겠구나, 흥얼거려 본다.


학교


학교 길 즐거워.

타박타박 사뿐가뿐.

재미없는 건 없어.

지루한 건 없어.

학교엔 하나도 없어.


조회시간 재밌어.

맨날맨날 상을 준다.

숨을 잘 쉰다고.

코딱지 크다고.

하늘을 닮았다고.

규칙은 우리가 정해.

앉아서만 수업 듣지 말고 여러 자세로 들어도 돼.

학생이 선생님을 가르치는 시간도 있어야 돼.

학교에 동물을 키워.

강아지나 멧돼지나 사자나 고양이 같은.

어른 말 안 들었다고 축구 금지 당하는 일은 없어.

방과 후 안 하고 싶은 날은 쉬어도 돼.

쉬는 날이 많아도 개교기념일은 꼭 쉬어야 돼.

점심시간엔 우리 손으로 밥 퍼서 먹어.

먹은 그릇은 우리가 씻어.


방과후 시간 즐거워.

서예 시간엔 붓글씨 대신

냇가에 가서 물고기 잡아.

오케스트라 시간엔

소리를 찾아다녀.

새소리 개소리 물소리 바람소리

돌멩이 땀 흘리는 소리.

우리는 시를 써.

내가 딛은 땅.

다 같이 꿈꾸는 세상.

우리는 노래 해.

우리가 만든 우리들 세상.

학교는 즐거워.

[ 2017.11.21 ]

책을 내며

올해는 가을이 길어요.

11월 중순인데 메뚜기가 살아서 마른풀 위에 붙어 있어요. 어젯밤에는 귀뚜라미 울음소리에 홀렸어요. 살금살금 소리 나는 곳으로 가고 있는 내 몸이 점점 작아지는 느낌. 아주 작은 몸이 되어 *끄륵끄륵 끅끅끅* 돌 틈에서 새어 나오는 벌레 소리에 귀 기울였어요.

요렇게 작은 몸이면 누구 말이라도, 어떤 말이라도 잘 들을 수 있을 것 같았어요.

......

오늘 오후 특활 시간은 독서 활동이에요.

"보고 듣고 겪고 읽고 생각한 것을 어떤 형태로 드러내 놓기. 네가 표현한 그것이 바로 지금 우리 자리. 우리가 있는 자리 들여다보기."

읽은 책, 또는 겪은 일로 그리기, 만들기, 글쓰기, 연극 따위를 하며 놀아요. 지지난 주에는 시로 놀았고, 지난주에는 옛이야기로 놀았고, 이번 주에는 겪은 일로 놀아 보려 해요.

한 주 동안 지내온 일을 돌아보며 이야깃거리를 떠올렸어요. 아무 일도 아닌, 스쳐 지나가는 일일 수 있는데 누군가가 말을 했기 때문에 그때부터 중요해지는 거예요.

아이들이 말하는 제목을 칠판에 적었어요.

'자기 잠바랑 싸우는 영민'

'먹을 것 혼자 먹는 준익'

'준익이와 경원이의 싸움'

'탁 샘의 이상한 포즈'

'탁 샘과 ○○의 맞짱'

이런 것들이 제목으로 나왔어요. 이상하게 아이들이 말한 제목은 좋았던 일보다는 안 좋았던 일에 대한 것이 많아요. 그러니까 서투르고 부딪히고 실패한 것이 있어서 다행이에요. 혼란이 있었기 때문에 지금 자리를 돌아보며 단단해지고, 잘못된 것이 있었기 때문에 오히려 공부가 깊어질 수 있어요. 물론 참 좋은 것을 발견해 내는 눈이 아이들한테 있다면 그때 가서는 제가 다른 말을 하게 되겠지만 지금은 여기까지만 생각하기로 했어요.

마음에 드는 제목을 고르고, 같은 제목을 고른 사람끼리 모여서 의논하고 연습하고 발표하기. 있었던 일을 똑같이 흉내 내는 것 말고, 있었던 일의 의미를 찾아내어 주제를 정하고, 주제를 중심으로 앞뒤 이야기를 이어 붙이기. 사실에서 더 나아가 그 일의 진실을 밝혀 보여 주기.

……

지금 있는 학교 교실의 오늘 하루 이야기를 해 보았어요.

98년부터 2010년까지 십몇 년 동안 양양 설악산 자락 학교에서 아이들을 만났고, 2011년 올해부터는 속초 바닷가 학교에서 아이들을 만나요. 이곳 바닷가 아이들은 씩씩하고 의리 있고 뭐든 의욕이 넘쳐서 나는 참 복이 많다 여기고 있는데, 나를 만난 아이들은 그 반대로 여길지 몰라요.

글을 정리하며 지난 일 떠올리니 괴롭고 부끄러워 어디 돌 틈에라도 들어가 웅크리고 싶어요. 하지만 다시 돌아가서 바로잡을 수는 없는 일, 그냥 잘된 일이라 여기기로 했어요. 그래, 이미 지나간 것은 비록 실패한 일이라도 오히려 잘되었어요. 그 일이 있었기 때문에 등 뒤에 발자국이 있고 발자국에 이야기가 담기고 앞으로 디뎌 갈 발걸음을 생각해요. 서로 보여 주고 보아 주며 지금까지 왔고, 또 가고 있어요.

지내 온 시간과 공간의 어디쯤에 내가 있고 아이가 있고, 그리고 이야기의 어디쯤에 그동안 만났던 선생님, 글쓰기회 동무들, 그리고 〈글과그림〉 형들의 숨결이 스며 있을 거예요. [2011.11.16]

# 아이는 혼자 울러 갔다

1판 1쇄 발행 2012년 1월 2일 | 2판 1쇄 발행 2018년 1월 22일

**글쓴이** 탁동철

**펴낸이** 조재은 | **펴낸곳** (주)양철북출판사 | **등록** 제25100-2002-380호(2001년 11월 21일)

**책임편집** 이혜숙 | **책임디자인** 하늘·민 | **그림** 조원희

**편집** 박선주 김명옥 | **디자인** 육수정 | **마케팅** 조희정 | **관리** 정영주

**주소** 서울시 마포구 양화로8길 17-9 | **전화** 02-335-6407 | **팩스** 02-335-6408

ISBN 978-89-6372-263-4 03810 | **값** 14,000원

**카페** http://cafe.daum.net/tindrum | **블로그** http://blog.naver.com/tin_drum

**페이스북** http://facebook.com/tindrum2001

달려라 탁샘 ⓒ 탁동철 2012 | 아이는 혼자 울러 갔다 ⓒ 탁동철 2017
이 책의 내용을 쓸 때는 저작권자와 출판사의 허락을 받아야 합니다.

＊잘못된 책은 바꾸어 드립니다.